MEU IRMÃO

H. M. Naqvi

MEU IRMÃO

Tradução
LUCAS MURTINHO

Título original
HOME BOY

Este livro é uma obra de ficção. Nomes, personagens, lugares e incidentes são produtos da imaginação do autor, foram usados de forma fictícia. Qualquer semelhança com pessoas reais, vivas ou não, acontecimentos ou locais, é mera coincidência.

Copyright © 2009 *by* H.M. Naqvi / Todos os direitos reservados.

Agradecimento é feito a seguir pela autorização de reproduzir material já publicado: Alfred A Knopf e Harold Ober Associates: excertos de "Catch" extraído de *The Collected Poems of Langston Hughes by Langston Hughes*, organizado por Arnold Rampersad com David Roessel, Associate Editor, *copyright* © 1994 *by* Espólio de Langston Hughes. Permissão para formato convencional: Reproduzido com autorização de Alfred A Knopf, uma divisão da Random House, Inc. Permissão para formato eletrônico: Reproduzido com autorização de Harold Ober Associates.

The New Times: "$25 and Under: Juicy Kebabs Tucked Away in a Queens Cabby Haunt" de *The New York Times*, Dining In/Dining Out Section, de 13/3/2002, página F10, *copyright* © 2002 *The New York Times*. Todos os direitos reservados. Reproduzido com autorização de PARS International Corp. em nome da The New York Times e protegido pela Copyright Laws of the United States. Proibida cópia, impressão, redistribuição ou retransmissão do material sem a expressa autorização por escrito.

Princeton University Press: excerto de "The Hour of Faithlessness" extraído de *The True Subject*, por Faiz Ahmed Faiz, *copyright* © 1987 *by* Princeton University Press. Reproduzido com autorização da Princeton University Press.

Direitos para a língua portuguesa reservados
com exclusividade para o Brasil à
EDITORA ROCCO LTDA.
Av. Presidente Wilson, 231 – 8º andar
20030-021 – Rio de Janeiro – RJ
Tel.: (21) 3525-2000 – Fax: (21) 3525-2001
rocco@rocco.com.br / www.rocco.com.br

Printed in Brazil/Impresso no Brasil

preparação de originais: MAIRA PARULA

CIP-Brasil. Catalogação na fonte.
Sindicato Nacional dos Editores de Livros, RJ.

N176i	Naqvi, H. M.
	Meu irmão / H. M. Naqvi; tradução de Lucas Murtinho. – Rio de Janeiro: Rocco, 2012.
	14x21 cm
	Tradução de: Home boy
	ISBN 978-85-325-2721-9
	1. Romance paquistanês (Inglês). I. Murtinho, Lucas, 1983-. II. Título.
11-8129	CDD-828.9954913
	CDU-821.111(549.1)-3

Para Aliya

É claro que a vida é um processo contínuo de demolição, mas os golpes mais dramáticos – os golpes repentinos que vêm ou parecem vir de fora – são aqueles que não esquecemos e nos fazem culpar a tudo... esses não mostram seu efeito de imediato. Há outro tipo de golpe que vem de dentro – que só vamos sentir quando é tarde demais para fazer alguma coisa, quando percebemos que de certa forma nunca mais seremos uma boa pessoa.

– F. SCOTT FITZGERALD, *O colapso*

Pergunto ao meu coração vagabundo:
"Ir para onde agora?"
Ninguém é de ninguém a uma hora dessas. Esqueça.
Ninguém te receberá a uma hora dessas. Deixa pra lá.
Ir para onde agora?

– FAIZ AHMED FAIZ, "The Hour of Faithlessness"

É assim que deve ser feito/
Este é inigualável.

– ERIC B. & RAKIM, "I Know You Got Soul"

1.

Tínhamos nos tornado japas, judeus, crioulos. Não éramos nada disso antes. AC, Jimbo e eu acreditávamos ser *bons-vivants*, prosadores, homens da Renascença. Havíamos basicamente inventado a nós mesmos e tínhamos certeza de entender perfeitamente a grande dialética global. Percorríamos diariamente o *New York Times*, o *Washington Post* e outros tratados do discurso estabelecido, consultávamos semanalmente o *Village Voice* e folheávamos com frequência outras publicações de público mais restrito, como *Tight* ou *Big Butt*. Tirando Jimbo, que não era muito de ler, tínhamos lido os russos e o cânone pós-colonial, mas fôramos conquistados pelas vozes impertinentes e tonitruantes da ficção americana contemporânea; víamos documentários sobre a natureza quando víamos TV, e programas de variedades na Telemundo, e em geral não acompanhávamos esporte algum, a não ser quando o Paquistão enfrentava a Índia no críquete ou os play-offs dos Knicks; ouvíamos Nusrat e a nova geração de roqueiros nativos, bem como a velha guarda do gangsta-rap, tanto que éramos conhecidos por espontaneamente cantar *Straight outta Compton, crazy motherfucker named Ice Cube/ From a gang called Niggaz With Attitude*, mas não nos impressionava a hegemonia do hip-hop (embora Jimbo fosse conhecido por defender as composições trimétricas do Eminem e comparar os ritmos internos do hip-hop à batida das bandas marciais curdas). E vagabundeávamos pelos cantões secretos do Central Park, evitávamos o Meatpacking District, jantávamos frequentemente em Jackson Heights; não éramos ricos nem pobres (possuindo, por exemplo, calçados extravagantes, mas não imóveis); não éramos carolas, mas evitávamos comer porco – eu por princípio e Jimbo por força do hábito –, embora o ateísmo vigoroso de AC lhe oferecesse extensa latitude culinária; e bebíamos em todos os lugares, alguns mais do que outros, celebrando a nós mesmos com vodca com gelo ou uísque com água (e eu descobrira a cerveja em junho) na companhia de mulheres, tanto negras quanto orientais ou caucasianas.

Embora tivéssemos um denominador comum e nos dissessem, meio brincando e meio a sério, *Ah, vocês, paquistaneses, são todos iguais*, não éramos iguais, AC, Jimbo e eu. AC – um criptônimo, abreviatura de, entre outras coisas, Ali Chaudhry – era um vigarista charmoso, um dândi intelectualizado, um homem de presença teatral. Adentrando um aposento a passos largos, com seu tradicional bigodinho de malandro, casaco de veludo de um botão e botas de pele de cobra na altura dos tornozelos, ele exigia atenção, um público. Penteava sua juba cheia de brilhantina para trás e a alisava com palmas abertas. Levantava o braço, revelava um sorriso manchado de nicotina e urrava: "Que comece a festança!" Depois marchava na sua direção, palma gorda estendida, dizendo: "Aí está você, parceiro! Precisamos conversar agora!" De nós três, era o único imigrante. Enquanto passava os dias num apartamento alugado no Hell's Kitchen e ocasionalmente como professor substituto numa escola secundária no Bronx, sua irmã mais velha tinha migrado em 1981 – na rabeira da primeira onda de imigrantes paquistaneses – e conquistara um sucesso espetacular. Uma década mais tarde, ela patrocinou o green card de AC. Baixinha e sem papas na língua, Mini Auntie trabalhava na ala pediátrica do hospital Beth Israel, na East 87th Street, vivia numa casa com fachada de pedra na esquina e financiava o intermitente doutorado e a estudada depravação de AC.

Jamshed Khan, universalmente conhecido como Jimbo, era um bicho totalmente diferente, uma montanha de homem, suave e de cara redonda, com dreadlocks encarapinhados e um nariz semítico que, segundo AC, confirmava a especulação antropológica de que os patanes são a Tribo Perdida de Israel. Não que tais temas grandiosos interessassem ou motivassem Jimbo. Encostado na parede feito um espantalho gordo e benigno, ele ficava na dele, porém mais tarde te pegava pelo braço para articular a conversa que vinha tendo na própria cabeça. Jimbo era conhecido por conversar por não malapropismos e palavras-valise, suas locuções deliberadas caracterizadas por uma inflexão irregular da voz, guiadas não tanto pela lógica quanto pela rima. Na superfície, era um viajandão, mas sabíamos que ele sabia qual era a da parada. Diferente de AC ou de mim, tinha uma namorada firme e, como DJ e produtor, uma vocação com certo charme. A trajetória da sua carreira lhe abria portas na cidade, mas também o afastava do seu pai septuagenário, um capataz aposentado estabelecido em Jersey City há um quarto de século. Naquele espaço de tempo ele supervisionara o crescimento de um filho e uma filha e de diversos edifícios notáveis em ambos os lados do rio Hudson. Nascido e criado em Jersey, Jimbo era um americano autêntico.

Quanto a mim, me chamavam de Chuck e o nome pegou. Eu estava crescendo, mas achava que estava crescido, era e continuo sendo não muito alto, esguio, angular, feito meu falecido pai, tenho cabelo castanho, olhos tingidos de estanho e um nariz reto, "feito um filhote de águia", gostava de dizer minha mãe. Tinha chegado em Nova York de Karachi quatro anos antes para cursar a faculdade, que terminei, nadando de braçada, em três, e, embora fosse o único expatriado entre nós, gostava de acreditar que desde então eu me apoderara da cidade e a cidade se apoderara de mim.

* * *

A virada do século tinha sido épica, e estávamos sossegados, e quinzenalmente nas noites de segunda dava para nos encontrar no Tja!, um bar-restaurante-lounge frequentado pelos moderninhos escandinavos locais e por expatriados de origens variadas, bem como socialites, arrivistas, homossexuais, metrossexuais e um punhado de ex e novas modelos. Localizado na periferia de Tribeca, o Tja! raramente atraía os passantes ou as massas, talvez porque não houvesse cordas douradas circunscrevendo a entrada nem leões de chácara ou travestis rabugentos fazendo vigília do lado de fora. Era um segredo, convites enviados por piscadela e boca a boca. Descobrimos o lugar naquele verão, quando meu amigo gay Lawrence, nascido Larry, nos apresentou a um par de promôteres lésbicas, que se chamavam Loura e Louríssima, e desde então o *beau monde* incluía um contingente paquistanês composto por Jimbo, AC e eu.

Em pouco tempo Jimbo, ou DJ Jumbolaya, estava fazendo o som por lá, e quando eu chegava ele já estava na cabine, esbelto, num agasalho de moletom estilo kung fu, se sacudindo de um lado para o outro, mão em concha sobre a orelha, as pontas dos dedos roliços acariciando vinil como se fosse pão árabe. Ele começava com uma música lenta, algo como uma cantora portuguesa de lounge com voz de passarinho, depois mandava ver com um pouco de pop senegalês bem bate-estaca, sem transição nem esforço aparentes, como se um fosse uma extensão orgânica do outro. O DJ Jumbolaya destilava o cânone pós-disco-proto-house-neo-soul nas suas composições. Seu credo: *Tudo É Bom.*

Quando eu deslizava para o seu lado e lhe oferecia meus respeitos – palmas estalando, peitos se chocando, esse tipo de coisa –, ele dizia algo como: "Cara, você veio beber martíni e desfilar sua estampa porque você é um sedutor, um amante, um profeta, um sonhador." E quando eu perguntava o que ele estava bebendo, ele dizia *qualquer coisa*, então eu pedia dois coquetéis para Jon, o barman, cuja camisa ficava desabotoada até o umbigo e que fazia drinques para a gente por conta da casa. Ele tinha me contado que servira na Legião Estrangeira francesa como chef, e, me identificando como um cosmopolita, me dava notícias ("Ouviu falar da última ofensiva Mai-Mai?"), oferecia conselhos exclusivos ("É melhor deixar água quente correr sobre a lâmina antes de se barbear, porque o metal se expande") e discutia questões de estética ("Aquela ali, é, aquela que tá olhando pra mim, ela tem o que eu chamaria de um rabo calipígio"). Inclinado sobre o bar, drinque na mão, eu absorvia tudo.

Amigos apareciam sozinhos e aos pares, figuras que conhecíamos do Tja! e de outros cantos. Um deles era Roger, um *sommelier* imenso vindo de Castle Hill, que tinha feito aulas de conversação em urdu porque, segundo ele, "me amarro nas mulheres de vocês". Uma vez ele perguntou:

– Você acha que elas transariam com um negão? O que que eu preciso fazer, cara? Tipo recitar Faiz?

E Ari, curador de uma galeria de arte em Chelsea, que cultivava um topete de Elvis em fim de carreira, tinha uma ótima história sobre o seu primeiro dia numa escola pública do Brooklyn, quando foi parar na quadra de queimado durante o almoço:

– Aí as crianças brancas e negras se separaram em dois times, como se fosse 1951, ou sei lá, e tinha um china de pescoço fino e um monte de italianos tristonhos, e eu, o judeuzinho. A gente não sabia em que time entrar, e ninguém queria a gente, então a gente se juntou, tipo os últimos dos moicanos. E claro que a gente levou uma surra no primeiro dia, mas, cara, depois de algumas semanas eram *eles* que ficavam com hematomas...

De lá pra cá, de braços dados, Loura e Louríssima circulavam, batendo papo e gesticulando muito:

– Gostei daqueles sapatos!

– Canapé pra todo mundo!

Às vezes a namorada do Jimbo aparecia. Uma mulher alinhada e masculina com barriga e um andar de pato, ela vinha da aristocracia da Costa Leste, bebericava Bellinis de cereja, sem cassis, e andava com uma galera antenada – o que hoje se define como tribo urbana –, incluindo acólitos. Todos nós a amávamos e a chamávamos de Pato. Às vezes, quando eu achava uma garota empoleirada num banquinho distante, pernas cruzadas, cabelo exalando perfume de xampu de maçã, eu dizia "Bye, bye, baby". Não era uma cantada, só uma frase que eu murmurava quando bêbado. Na última vez que eu estivera no Tja!, uma garota com olhos de sereia e um pronunciado ceceio latino respondeu ao meu avanço gentil com uma risada em *staccato*.

– Semana que vem – disse ela antes de ser puxada para longe –, você e eu, tan-go!

Acredito que havia grande promessa naquela frase, no que AC teria definido como o proverbial tango.

Em geral, porém, eu esperava o advento de AC, sua mão pesada no meu ombro. Todo explosão, nenhum suspiro, ele papeava, cantava, dançava burlescamente, flertava amavelmente, e eu ficava ao seu lado, concordando, sorrindo, me deliciando com aquele senso de espetáculo. Uma vez ele surgiu numa explosão, olhos injetados, urrando:

I rise at eleven,
I dine about two,
I get drunk before sev'n;
And the next thing I do,
I send for my whore, when for fear of a clap,
I spend in her hand, and I spew in her lap!

Conversas se interrompiam, um ou dois copos caíam e todo mundo se entreolhava – Jimbo e eu, Loura e Louríssima – como crianças aparvalhadas num show de mágica. Então vinham os aplausos, sonoros e espontâneos. Curvando-se de forma impecável, AC passava a atuar no papel do dito poeta, se metendo, gozando e tudo o mais. Com ele a noite sempre prometia um ímpeto picaresco. Jimbo se juntava a nós depois de terminar de tocar ritmos apimentados, e tagarelávamos e bebíamos um pouco mais, e depois fechávamos o bar, apenas para voltarmos na semana seguinte, ou na semana depois da seguinte. Na época, não pensávamos que houvesse ali algo mais do que o mero senso de espetáculo. Nos contentávamos em celebrar a nós mesmos e à nossa cidade, com libação. Foi mais tarde que percebemos que na época estávamos todos no mesmo terreno, em terra firme. Mais tarde também percebemos que aquilo não tinha sido uma espécie de espetáculo para os outros, para alguma outra pessoa. Não, éramos os protagonistas numa narrativa que precisava ser coerente por conta das nossas egoístas motivações e exigências próprias.

Duas, talvez três semanas depois, decidimos nos reunir no Tja! porque estávamos ansiosos e deprimidos e ficando com distúrbios psicológicos de assistir à CNN 24 horas por dia, sete dias por semana. Além disso, acreditávamos que havia algo de heroico em persistir, seguir em frente, em voltar à rotina, à festança.

Depois de chamar um táxi, desci a West Side Highway com a janela meio aberta, deixando a noite entrar. O ar estava quente e cheirava a peixe, e a lua, brilhante e baixa, era rasgada em pedaços pelas ondas serrilhadas do Hudson. O centro da cidade parecia festivo, iluminado por holofotes, mas os prédios obscureciam a devastação, as montanhas de detritos por trás deles. Três meses antes eu estava trabalhando no quadragésimo primeiro andar do 7 WTC, o terceiro prédio que caiu. Meus colegas escaparam com alguns cortes e machucados, mas passaram raspando pelo espetáculo que marcaria suas vidas.

O cheiro de queimado flutuava pela noite, e a distância as sirenes da polícia brilhavam como globos de discoteca. Era hora de esquecer, hora de ser feliz. Havia lá dentro um borrão de movimento e explosões de riso sobre a música que eram ao mesmo tempo vulgares e catárticos. Loura emergiu, dançando na minha direção em câmera lenta, girando seus braços como as rodas de uma bicicleta. Ela era alta e ossuda, e andava como um homem. Nos abraçamos desesperadamente, como amantes que se reencontram, e não dissemos nada sobre a festividade adiada.

– Onde você esteve, meu príncipe? – ela começou. – Muita gente perguntou por você. Acho que vi Lawrence, e sabe o Hogart?

Olhando para as mesas, cabeças, corpos espalhados pelo enorme bar de bambu, não reconheci ninguém: nem Roger, nem Ari, nem a sereia que me prometera tango. E eu não conhecia nenhum Hogart.

– Vai – Loura estava dizendo –, pega um drinque. Você parece estar precisando de um. Todos nós estamos.

Quando pedi o de sempre, o barman disse *Claro, irmão*, como se fôssemos amigos de longa data, mas eu nunca o vira mais gordo. Pensei em perguntar sobre meu velho amigo Jon, o legionário, mas ele foi muito rápido, ou eu fui muito devagar, e o cara ao meu lado não parava de falar bombasticamente:

– Quando me mudei pra cá, sabia que ia ter que encher as burras de dinheiro, que nem meu chapa, o Montana. Ele disse: "Neste país você tem que juntar dinheiro primeiro." Então, o que eu fiz? Fui pra bolsa. Era uma porra duma corrida do ouro, no duro, e ganhei pra caralho, comprei um bom carro, uma boa casa, um iate, uma mulher de capa de revista, e aí, *bum*...

Pausando, o Bombástico se virou para mim, provavelmente porque eu estava olhando como se ele fosse um artista de rua engolindo uma espada.

– O que você conta? – perguntou. Ofereci um dar de ombros ambíguo e um sorriso torto, e deslizei para longe. Que tal essa?

Enquanto eu paliava minhas ansiedades num canto com um martíni bem seco e bem sujo, a garota da outra vez se materializou num nimbo fragrante de creme facial de lavanda, gingando e bailando no ritmo do baixo, e embora eu tivesse ensaiado aquele momento por duas semanas, minha coragem falhou espetacularmente. Ela me roçou ao passar e desapareceu feito uma visão. Era cedo, mas já dava para ver que ia ser aquele tipo de noite, um pouquinho deslocada, um pouquinho defeituosa. Meu primeiro drinque desceu fácil, mas bateu pesado. De repente, por misericórdia, Lawrence, nascido Larry, apareceu, desafiadoramente estival num paletó leve de algodão drapeado sobre uma Lacoste amarelo-narciso. Ele tinha uma voz grave, uma risada suave e um ar de James Stewart. Nos abraçamos e examinamos um ao outro dos pés à cabeça para ver se estávamos inteiros.

– O que foi, rapaz? – perguntou ele, apertando minha bochecha.

– Você tá estranho. Deixa eu adivinhar: *você* ainda não viu o *pó de pirlimpimpim*! – Com um sorriso simpático, meteu a mão no bolso do paletó e retirou um pacotinho azul que apertou contra a minha mão. – Vem me pegar – disse ele, deslizando para longe.

Atravessando os corredores de bambu com a haste do segundo copo de martíni espetada entre meus dedos, passei por uma clique de órfãos beijando uns aos outros na bochecha e uma claque de devassos apinhados a caminho do banheiro, nos fundos. Como sempre, havia uma fila, e, como sempre, esperei, braços cruzados, costas contra a parede, vendo as portas se abrindo a intervalos irregulares. Casais e trios emergiam de vez em quando, rindo e acariciando os focinhos inchados com seus polegares. Ouvia-se o papo típico de banheiro: alguém falou algo sobre retocar a maquiagem; outro alguém disse: "Você fala *toalete* em vez de *banheiro*. Que chique!"

Quando chegou minha vez, entrei *tout seul*, trancando a porta.

Pus o espelho na beira da pia, tirei o pacote do meu bolso e montei na privada feito um profissional. Bati pedras de pó sobre a porcelana, cortei duas carreiras com a beira serrilhada de um MasterCard vencido e, enrolando uma nota de cinco, inalei através de cada narina. Há conforto no ritual e na rotina. Fechando os olhos, inalei, exalei e acenei com a cabeça para o céu, como se rezando. O cheiro de sabão e álcool e sândalo me invadiu. Antes de sair, me observei no espelho: meu cabelo estava elegantemente despenteado, minhas narinas dilatadas, meus olhos rosados e cheios de veias nas bordas. Eu estava com uma jaqueta clássica de couro, e de repente fez sentido virar o colarinho para cima.

Do lado de fora, acendi um cigarro, dei uma longa e satisfatória tragada. Mandei goela abaixo o segundo martíni, saboreando o salutar ressaibo de aspirina no alto da garganta. De repente, eu era uma festa, um animal. Como qualquer um no Tja! pode comprovar, o talco mexe com nosso licantropo interior, o imperativo primal. Ergui meu copo para uma garota numa mesa próxima, balançando-se sobre saltos, pernas alvas e sedosas abertas, e o imperativo primal endureceu. Eu queria lamber suas axilas raspadas, provar seus imaculados dedos dos pés; eu a queria, queria todas as mulheres, tanto as suecas quanto as orientais. Gritos de "*Skål!*" se ergueram das mesas, como se para corroborar meu sentimento. Era hora de encontrar a Garota de Ipanema. Mas, antes de fazer qualquer progresso significativo, identifiquei Jimbo nas picapes, como nos velhos tempos – jaqueta esportiva em dois tons, *dreads* reunidos num bolo sobre a cabeça –, a não ser pelas suas mãos, enfiadas nos bolsos, fazendo-o se curvar como uma criança nova na beirada do playground. Acontece que no meiotempo ele tinha sido substituído por outro DJ, o filho ou irmão de uma celebridade cujo repertório de *ragga* tribal tinha se tornado moda. Me abraçando com o esquerdo, Jimbo murmurou:

– Estavam mimsicais os camaradas, cara.

Embora ninguém nunca pudesse ter certeza do que Jimbo queria dizer – conversar com ele exigia feitos hermenêuticos –, suspeitei que fosse uma alusão a outra tragédia recente: o reboco, o gesso e algumas das ripas de madeira do teto da sua quitinete perto da Liberty Street tinham se soltado e depois desabado nos últimos dez dias, levando-o a buscar refúgio. Era para ele ficar comigo, mas AC insistiu em abrigá-lo porque AC, como sempre, estava numa espécie de viagem. O acerto provavelmente não foi fácil – nada em relação a AC era fácil –, mas, quando perguntei por que ele não podia ficar com a Pato Jimbo, acenou com a mão como quem tenta, sem muito ímpeto, matar uma mosca.

– AC tá te procurando, cara – falou como se não tivesse me ouvido. – Ficou falando sem parar sobre *seres humanos civilizados*. Sabe alguma coisa?

Dando de ombros, pensei em por que eu ainda não tinha cruzado com AC, que não era do tipo que atravessava a noite em silêncio. Então Jimbo apontou para ele bem no fundo do bar. Com o casaco de veludo de um botão que era sua marca registrada, o cabelo puxado para trás com brilhantina, AC estava ao lado do Bombástico, *in media res*, fazendo uma espécie de dissertação, reificando duas bolas pesadas e disformes nas suas mãos peludas e gesticulantes. Deixei Jimbo ruminando por um momento e me espremi e me empurrei e me desculpei até o outro lado.

– Você lembra – AC estava dizendo, sua voz estentórea vencendo o barulho ambiente – uns vinte anos atrás, quando bandos de afegãos enfrentaram o Exército Vermelho? Pois é, eles eram chamados de rebeldes, combatentes da liberdade, mujahidin, os Guerreiros Santos. Eles lutaram com rifles da Segunda Guerra, até que a gente os armou com fuzis AK-47 e Stingers. Convidamos todos eles para Washington e, ah, os comparamos com nossos Pais Fundadores. Eles eram os mocinhos, companheiro. Osama B. era um deles.

Quando AC fez uma pausa para uma tragada dramática, dei um tapinha no seu ombro. Surpreso, ele se virou e exclamou:

– Ah! Aí está você!

Um cacho de cabelo caiu sobre sua testa proeminente; ele parecia alguém que estava fazendo várias coisas ao mesmo tempo, focado, mas distraído, mais malabarista do que mestre de cerimônias.

– Escuta – disse ele, envolvendo-me conspiratoriamente com o braço. – A gente tem que conversar.

– Sobre o Jimbo? – perguntei. – Porque você sabe que ele pode ficar comigo sem problema.

– Não é isso...

– Mas você estava dizendo – interrompeu o Bombástico.

– Eu estava dizendo – AC continuou sem perder o pique –, depois que os mujahidin derrotaram os soviéticos, eles começaram a lutar entre si. Agora ninguém se lembra, mas dezenas de milhares morreram, Cabul virou ruínas e algo entre três e quatro milhões de refugiados foram para o Paquistão. O Afeganistão, na prática, deixou de ser um Estado, mas naquela altura ninguém mais se interessava pela região, pelo que, se eu me lembro bem, um cara no governo chamou de "a obscura guerra civil afegã". Entende, colega?

Enfático, o Bombástico fez que sim com a cabeça. AC assoou o nariz num guardanapo de coquetel e, virando-se para mim, anunciou:

– A gente precisa sentar, feito, ah, seres humanos civilizados. Temos planos a discutir que requerem consideração e calma, mas aqui é um zoológico. Estamos indo para o Jake's.

Antes que eu pudesse abrir a minha boca – *Que planos? Por que o Jake's? Por que agora?* –, AC retornou aos grandes temas e à audiência cativa:

– Então surgiu a progênie dos mujahidin, o Talibã, os Bastardos da Guerra! Você sabia que, quando atravessaram o Afeganistão, eles foram celebrados como heróis? Eles levaram ordem ao país, entende, pela primeira vez em décadas. Mas logo, como diz o ditado, deu-se a merda. Eles proibiram música, TV, diversão. Cortaram braços e pernas, mataram mulheres, explodiram a porra do Buda de Bamiyan! Agora eles, ah, se transmutaram nos vilões da civilização moderna, mas, sabe, eles não são muito diferentes dos pais – brutamontes armados –, só que dessa vez estão do lado errado da história.

Contente por estar a par dos imperativos de homens selvagens e dos acontecimentos de arenas distantes do mundo, o Bombástico perguntou:

– O que você está bebendo?

– Um Wild Turkey duplo, por favor, com um nadinha de água –
respondeu AC antes de me informar: – Vamos embora logo depois.

– Eu, hum, preciso encontrar alguém – respondi sem convicção.

O Bombástico se virou e perguntou:

– Então deixa eu entender direito: vocês não são indianos?

– Nós somos bonitos demais, companheiro! Pode nos chamar de
urbaneses! Saúde! *Skål! Adab!*

Partindo, eu disse:

– Te encontro lá, *yaar*.

– Oooou! – chamou AC, como se estivesse parando um riquixá
no tráfego de Karachi. – É sério. – Então, me encarando com um
olhar calculado para transmitir pertinência, gritou: – Vou ficar esperando!

Impelido, abri caminho pela multidão como um homem resoluto,
dei diversas voltas pelo bar e verifiquei absolutamente todas as mesas,
e os banheiros nos fundos por desencargo de consciência, mas a Garota de Ipanema não se mostrava para mim. Enquanto perambulava,
comecei a pensar no que ia dizer se a encontrasse, e então os martínis
se fundiram no meu estômago vazio. Sentindo-me insubstancial e
enjoado, decidi que era hora de ir embora, mas no que virei, dei de
cara com uma visão.

– Bye, bye – soltei, meu coração batendo feito techno.

– *¿Que?*

– Bau, au?

– Éres tu perrito?

– *Bom* – respondi –, gosto de pensar em mim mais como um
lobo.

Num esforço elucidativo, soltei um grunhido inconvincente e,
invocando o espanhol rudimentar que tinha aprendido assistindo
a Telemundo, acrescentei:

– *El loco.*

– Éres louco?

– Quer dizer, *el lobo, el lobo!*

– *¡El lobo! ¡Ha! ¿Habla español?*

– Posso aprender – murmurei para mim mesmo.

– *¿Que?*

– Você é, humm, argentina?

– No! – gritou ela, fingindo-se ofendida. – Soy da Venessuela.

– Claro que é.

– Como sabes?

– Porque – respondi com a extraordinária fluência de um sedutor contumaz – você é tão linda.

O elogio fez suas pálpebras flutuarem e olharem para longe, como se para me permitir um momento de escrutínio atento. E num piscar de olhos discerni os pelinhos recém-descoloridos na ponta do lábio superior, a pequena espinha no queixo e, o toque final de Deus, uma verruga em forma de crescente na clavícula. Num piscar de olhos eu estava apaixonado. Não precisava muito. Embora eu aspirasse ser despachado em relação às mulheres, ao contrário de AC, não conseguia lidar com rapidinhas em banheiros, amassos em táxis, o protocolo da galanteria metropolitana. Nos quatro anos que passara na cidade, nos vinte e um anos e meio que compreendiam a minha vida, me apaixonei com frequência. Quase sempre sem ser correspondido.

Quando propus pegar um drinque para ela, um mojito, *¿sí?*, ela disse *que rico* e repetiu a pergunta numa inflexão que sugeria concordância. Era um avanço fortuito e inesperado, uma dádiva. Encorajado, peguei na mão dela, conduzindo-a ao balcão do bar, onde arrumei as bebidas.

A Garota de Ipanema falava num gorgolejo lento, mas, embora estivéssemos próximos o bastante para nos beijarmos, consegui perder a maior parte da conversa porque estava ocupado, me maravilhando com seus lábios carnudos. E, embora seu sotaque fosse forte e seu domínio da língua, pobre, consegui entender que sua família tinha imigrado num passado não muito distante, uma decisão provocada pelo ressurgente neossocialismo populista que estava varrendo a América do Sul, especialmente a política radical de reforma agrária e o banditismo do regime atual:

– Eles pegam las casas todas do papá. Nós partimos. Nós somos americanos. Peguei-me pensando que, se casasse com ela, também me tornaria um americano legítimo. Num certo sentido, éramos farinha do mesmo saco, ela e eu, residentes do Terceiro Mundo transformados em refugiados econômicos transformados em moderninhos pelo destino, por capricho histórico. Foi quando achei que a ouvi dizer:

– Você tem ânus bonitos.

Com um olhar vazio, considerei o cumprimento, sem saber se eu tinha ouvido mal, ou se ela se expressara mal, se era assim que a paquera funcionava em Caracas – a lépida etiqueta de um povo de sangue quente –, ou se era uma questão local, algo relacionado ao fenômeno do "sexo do terror" comentado por jornais e revistas. Enquanto eu tentava formular uma resposta apropriada, algo gentil e espirituoso, ela acarinhou minhas pálpebras.

– Ah! – exclamei. – "*Olhos bonitos!* Obrigado! Muito obrigado.

Ela me perguntou de onde eu era, e, quando eu disse, ela respondeu:

– Você no italiano?

Cocei minha orelha, ela mordeu os lábios para ajeitar o batom quebrado e depois observamos em silêncio o barman esmagando duas folhas de menta com um garfo em dois copos altos diante de nós. Acrescentando açúcar, limonada, rum, ele coroou cada um com água com gás, raspas de gelo e um enfeite de rodelas de limão.

– *Gracias* – disse a venezuelana, sorridente.

– *De nada* – respondeu o barman com um sorriso malévolo.

– *Bueno* – entrei na conversa.

– Agora – anunciou a Garota de Ipanema –, vou ao banheiro –, antes de saracotear para longe pela segunda vez naquela noite. Naquele momento prenhe, eu não sabia se ficava parado ou ia atrás, se ela precisava de um lenço, uma encoxada, ou simplesmente tinha que se aliviar. De qualquer forma, eu devia ter dito um "Espera!" ou "Volta!" ou algo assim, e mais tarde, revendo o episódio na minha mente, lembrei de coisas para dizer, coisas engraçadas, coisas ousadas, coisas que homens dizem para atrair mulheres, mas na hora fiquei lá feito um bobo, minhas mãos balançando ao lado do corpo. Era como se o meu reservatório de bacanice estivesse seco. Era hora de ir. Pedi a conta com uma assinatura vigorosa no ar e paguei.

O Bombástico continuava:

– É o fim para a gente, mas não é o que você acha. Tem um relatório do Departamento de Defesa que diz que as armas de destruição em massa não são o maior perigo para a humanidade. É a natureza, cara! Aquecimento global, o segundo dilúvio de Noé, tá vindo te pegar! Você acha que Nova York vai escapar? Acha que a gente vai sobreviver? *Á-ã!* Vai todo mundo virar peixinho-dourado no aquário de Deus, meu querido...

As portas se fecharam sobre a música vulgar, as batidas distantes. Tribeca, atingida, estava num silêncio de morte, uma cidade-fantasma. As ruas estavam vazias e cobertas com o lixo de sempre. Passei correndo por portas trancadas e entradas fechadas, cada vez mais longe do desastre, pensando *É assim que se sentiria o último homem da Terra*. Virando na West Broadway, a civilização era sugerida pelos porteiros à toa em frente ao SoHo Grand Hotel, pelo casal cautelosamente atravessando uma rua vazia, por um mendigo dormindo. Não havia, porém, táxis em lugar algum. Os quarteirões entre a Canal e a Houston pareciam maiores do que o normal, provavelmente porque havia certa urgência no meu passo, como se eu já soubesse que anos depois aquela noite se destacaria no horizonte da minha memória.

2.

Nós que chegamos ao Ocidente após a empreitada colonial, após nossos antepassados, heróis, ícones – gente como Syed Ahmed Khan, Mulk Raj Anand e M. A. Jinnah –, descobrimos que a costa leste do Atlântico é habitável, embora nem sempre hospitaleira, mas a América era outra coisa. O clima em geral era agradável, as pessoas em geral eram calorosas, e a premissa da nação, a parte sobre "seus feridos e derrotados" (ou, como AC dizia no seu punjabi nativo, *"twaday tootay-phoothay"*), era algo totalmente diferente: você podia, como Mini Auntie me disse uma vez, passar dez anos na Inglaterra e nunca se sentir inglês, mas depois de passar dez anos em Nova York você era um nova-iorquino, um colono original, e num instante estaria andando para cima e para baixo, para um lado e para o outro, marchando, atravessando fora da faixa, indicando o caminho para turistas feito um mandarim. "Olha só", você diria, "é bem simples: a cidade é toda quadriculada."

A premissa teórica da América tinha implicações mais tangíveis. Você não precisava, por exemplo, se explicar. Quando soube que eu era "estrangeiro", meu colega de quarto na faculdade, Big Jack (natural de um lugar chamado Bangs, no Texas), perguntou: "Isso fica na América do Sul?" Tributo à teoria da interação simbólica, talvez, não importava, porque "não é de onde você vem", como Rakim uma vez asseverou, "é onde você está". Claro, diziam que o racismo institucionalizado estava a apenas algumas gerações e latitudes de distân-

25

cia, mas em Nova York você não se sentia diferente de ninguém; você era você mesmo; você era livre. A qualquer momento, podia decidir navegar rumo à Quinta Avenida para admirar relógios de luxo brilhantes nas vitrines, comer um cachorro-quente *kosher* no sul do Central Park ou ler *Introdução à sociologia* num café ao ar livre perto da Christopher Street.

E, claro, a independência tinha suas dimensões sombrias, seus locais pouco frequentados, como um banco verde desbotado no noroeste da Washington Square onde ninguém ia te procurar. Você abria o colarinho e ficava sentado com os braços cruzados, observando o embuste. Você não era diferente de ninguém: mendigo, traficante, pedinte, descontente desprezado com espinhos moldados a gel nascendo da cabeça feito ervas daninhas laqueadas. Nova York podia ser um lugar solitário, mas ao longo de um ano tais lugares se tornavam menos numerosos e mais distantes uns dos outros.

Havia a alcova atulhada de AC no Hell's Kitchen, um lugar fantástico e fecundo, entre os aposentos privados do Barba-Ruiva e um bordel de uma megalópole do *fin-de-siècle*, com papel de parede borgonha, tapetes cobrindo todo o piso, cortinas de veludo feitas de vestidos de brechós, uma rede, um aquário imundo, uma coleção de bonsais e prateleiras e mais prateleiras de livros. Havia livros empilhados no chão, os doze volumes de Toynbee no banheiro, e a *Crítica da razão pura* sustentava um pé bambo e infestado de cupins da mesa de jantar. Havia lixo por todo lado. A *pièce de résistance*, uma fonte em funcionamento em forma de querubim mijão com o nariz lascado, resgatada da venda de um espólio, era adornada com cordões de jasmim costurado em ocasiões especiais, como o Dia de Ação de Graças, Natal, 14 de agosto, Eid. O senhorio, que havia reformado os moquifos que alugava, reclamava de AC pelos motivos de sempre – barulho, aluguel atrasado, aluguel ignorado, fontes não são permitidas –, mas também porque ele tinha alterado a planta do apartamento de mais de cento e quarenta metros quadrados, erguendo paredes, compartimentalizando o espaço em biblioteca, bar, *sehen* e uma área aleatória banhada em luz ambiente azul chamada de Quarto Azul. "Este é o meu lugar neste mundo – ele insistia. – Eu faço o que quero com ele." Mais tarde eu frequentaria a casa para ler, jogar Scrabble sem tabuleiro ou pôquer, assistir a filmes da coleção de AC (com rótulos variados, como *Filmes de Ação Coreanos*, *Filmes c/Madeleine Stowe*) ou mexer com alucinógenos caseiros. Durante meu primeiro ano na faculdade, porém, só fui lá uma vez, porque, na época, AC era um homem possuído, trabalhando até às seis toda manhã na sua dissertação, que, ele proclamava sem falsa modéstia, mudaria os "contornos do discurso moderno".

Consequentemente, eu frequentava a casa da irmã de AC, onde sempre tinha "alguém além de outro alguém" e você era bem-vindo "a qualquer hora". Também havia a promessa de uma refeição ao fim do corredor de entrada, passando pela lâmpada damascena de latão, as litografias da era colonial e o espelho de moldura prateada no qual você verificava a risca do cabelo. Quando não estava atendendo um paciente no primeiro andar, Mini Auntie reinava na sala de jantar feito o Oráculo de Delfos, seus grandes olhos cinza examinando sua consciência quando você entrava. "Você precisa comer alguma coisa, menino. Está cadavérico! O que a sua mãe diria se te visse assim?" Se você tivesse sorte, ela esquentaria um prato de *nihari* mortal, que o transportaria direto para casa, para a Burns Road. Em outras ocasiões, você teria direito a pizza caseira ou um sanduíche de *shami kabab* com manteiga. Você também teria direito a palestras sobre política, amor, a vida, a instituição do casamento. "Arrume uma moça, menino, e a ame. Não destrua corações. Escute o que eu digo: você vai levar o troco." Depois de se divorciar do seu marido, um "respeitável *chamar*", ela deixou Lahore para trás e encontrou sua vocação na pediatria e na cidade. Baixinha, ela em seguida reencarnou como Mini, alcunha de uma palavra só, como Madonna, e como Madonna era uma instituição de uma mulher só, um pilar dos expatriados da comunidade paquistanesa na cidade. Para nós, filhos de seus amigos no país de origem, era uma mãe adotiva, especialmente porque ela mesma não tinha gerado progênie.

No meu último ano de faculdade, a casa de Mini Auntie foi substituída pela da Pato. A Pato vivia num estiloso apartamento de esquina com vista para a West Broadway, o *pied à terre* dos seus pais na cidade. Eles tinham outro na ilha Fishers e, até onde eu sabia, um em Aix-en-Provence. Diziam que os ancestrais do seu pai haviam desembarcado em Plymouth Rock e vagaram costa abaixo até New Canaan, Connecticut, enquanto a mãe da sua mãe vinha de uma linhagem francesa de sangue azul, embora eles não parecessem levar essas coisas muito a sério. A Pato certamente não levava. Ela estava na porta quando a gente chegava, nos chamando com os braços abertos, dedos se fechando sobre a palma virada para cima. Nos abraçava, nos ajeitava, nos sentava e, dependendo da ocasião ou da hora, nos servia conhaque, Porto, grapa. Era como se ela soubesse instintivamente do que você precisava. E ao mesmo tempo o cachorro da Pato – um terrier cinza com longos pelos sedosos e pequenos olhos pretos – te cheirava e latia feito uma *drag queen*.

– Chega, Lyman – ela dizia, dando tapinhas na própria coxa. – Você tem que ser legal, tem que ser educado.

Virando-se para seus convidados, ela dizia:

– Vocês vão conhecer pessoas especiais hoje, pessoas sem as quais Nova York não é Nova York! Esses são os famosos paquistaneses!

Ela tinha um talento para apresentações. No seu apartamento conhecíamos a verdadeira nata da cidade, de herdeiras que não usavam calcinha a homens grisalhos de traços marcados que te interpelavam com ceceios significativos. E no que você estava falando sobre aquela nova banda do momento que estava tocando em Badlands ou no Hammerstein Ballroom, eles apareceriam para a saideira, trazendo empresário e *groupies*, um pouco cansados, um pouco suados, mas, por causa da hospitalidade da Pato, rapidamente recuperados e prontos para outra. Havia grande festança, épica celebração noite adentro.

E antes de se retirar, às seis ou sete da manhã, antes daquela assustadora sensação ambígua de que o mundo é mesmo maravilhoso, mas nosso tempo nele é finito, você tomava café da manhã com estrelas do rock.

Quando não havia mais aonde ir, havia o Jake's. Não tínhamos certeza se o Jake's era lícito – o segredo cultivado por Jake parecia fabricado, e, ponderávamos, as autoridades deviam ter ouvido falar do lugar –, mas ele certamente tinha a fachada e o ambiente de um bar ilegal. Não havia placa nem outra indicação qualquer de que a grande porta preta – frequentemente confundida com uma entrada de serviço – levava a acomodações encardidas que abrigavam uma sala de sinuca e um bar. A sala de sinuca era tão estreita que não dava para alcançar a mesa por um lado sem usar a cruzeta, e o feltro era tão arranhado que jogadas de efeito eram *de rigueur*. Em várias noites os não iniciados eram trapaceados jogando bola nove, perdendo bem mais do que alguns trocados.

Uma única lâmpada verde revelava um nicho entre as duas salas onde a gente relaxava, circunscrito por duas poltronas juntas para formar um sofá, uma otomana ornamental puída, uma mesa de centro grosseiramente fabricada de um pedaço de tronco. Outros artefatos embelezavam a área: uma placa de construção triangular com zigue-zagues horizontais, um globo da época das guerras da unificação de Bismarck, um conjunto emoldurado de borboletas Harvester (a única espécie conhecida de borboleta carnívora norte-americana, que, dizia Jake, "pode devorar a tua cabeça, cara"), uma enorme e encarquilhada cartola de abas largas pregada na parede. Como era de esperar, cada item era acompanhado por uma história que mudava a cada recitação. Era uma amostra impressionante, resultado de uma vida inteira juntando tralha.

Jake ficava encostado num banco perto do fim do bar, ao lado de uma pequena TV em preto e branco com uma antena em forma de V. Esquálido, grisalho e de voz rouca, Jake vestia uma camisa branca engomada que revelava os ralos cachos no seu peito e um belo blazer escuro geralmente adornado por uma rosa negra. Embora parecesse um *capo*, ele assumia a persona de um cafetão caso você chegasse com uma *amiga*. Chamando dos fundos, exigia uma apresentação e um beijo nos lábios; então, tirando uma Kodak descartável do casaco, mandava você ir "para trás, cara, e manda um flash". Centenas de fotos mostrando Jake com seu braço esquelético sobre o ombro de mulheres sorrindo amarelo adornavam a treliça de madeira que separava a alcova do bar.

O bar era rudimentar e dava para um corredor que não parecia ser usado pelos inquilinos da casa de arenito perto de Bowery. No fim da passagem havia um banheiro onde só dava para mijar em pé e a gente cheirava pó. Atrás do banheiro havia um pátio a céu aberto onde era proibido ficar vadiando, mas que tinha que ser atravessado na saída. Você entrava por uma porta e saía por outra, e, se não seguisse o protocolo, Jake te botava para fora, gritando *"Bruttooor!", "Cattivo!"*, "NÃO TEM LUGAR PRA VOCÊS AQUI!". De qualquer jeito, não havia muito espaço: você nunca encontrava ou podia colocar mais do que sete ou oito pessoas lá dentro. Era um lugarzinho de merda secreto, uma discoteca para os dissolutos, os desconsolados.

Quando entrei naquela noite, Jake, iluminado pelo brilho da TV, olhou para mim do seu banco e me cumprimentou com a cabeça. Duas silhuetas curvadas rondavam o bar no fundo do cenário, enquanto Jimbo e AC estavam sentados no nicho em frente, entre copos vazios, garrafas de cerveja e um pacote amassado de American Spirits. Abrigado na otomana, Jimbo ponderava a simetria de um cigarro. Após muita deliberação e um persistente chiado, ele tinha largado de uma vez umas três semanas antes, um momento inoportuno na história do verão. Interessado na economia, eu também tentara, mas falhara. AC, enquanto isso, estava encurvado, camisa para fora da calça, como se entrando e saindo de um estupor ontológico. Quando me viu, deu um salto, gritando:

– Onde *diabos* você estava?

– Desculpe, *yaar* – ofeguei –, não tinha nenhum táxi em lugar nenhum...

– Você não pode fazer isso com a gente, colega. Ficamos preocupados. Estamos esperando há horas – fulminou ele, fazendo uma tempestade em copo d'água, mas ouvi em silêncio, respeitosamente, como sempre, polegares enganchados nos bolsos. Naquele instante ele poderia estar delirando de insônia ou chapado, ou pior, ambos. – Você precisa se lembrar, nós temos responsabilidades uns para com os outros, enquanto amigos e, mais importante, enquanto, ah, seres humanos. Não podemos nos permitir a cauterização. Somos a cola – anunciou, balançando um braço com floreios retóricos – que mantém a civilização unida. Sem laços e boas maneiras, sem compromissos, mesmo pequenos compromissos, não somos nada, desconectados, incivilizados, animais! Você me entende?

Fiz que sim com a cabeça duas vezes para passar a mensagem.

– Cara, você nunca tem certeza – interrompeu Jimbo –, e você tem certeza de que você pode estar certo...

– Não estou interessado no seu, ah, blá-blá-blá – exclamou AC.

– Desculpe, AC – eu disse. – De verdade.

Nós nos instalamos em cadeiras duras e num clima misteriosamente sombrio. Acendemos cigarros, passamos cerveja morna uns para os outros e concentramos nossos olhares no chão. Embora eu quisesse tirar o peso do episódio da Garota de Ipanema das costas, fiquei receoso de perturbar o silêncio estudado. Jimbo, porém, se inclinou para frente, cotovelos nos joelhos, prestes a conversar. Eu podia sentir que os grandes temas não ocupavam seu pensamento. Algo mais estava em sua mente, algo paroquial, algo caseiro.

– A Pato sumiu, cara – ele finalmente anunciou.

– Vão se foder, você e a Pato – proclamou AC.

– Não dá, gatinho – retorquiu Jimbo. – Ela não tá aqui.

– O que aconteceu? – perguntei.

– Num sei – ele respondeu, franzindo suas consideráveis sobrancelhas. – Ela não responde meus recados... Deve estar puta... Tenho que vê-la.

Amassando um cigarro até virar guimba, AC se levantou determinado e desapareceu nos fundos.

– Qual é o problema dele, *yaar*?

– Esse papo de civilização.

– Era sobre isso que ele estava querendo falar?

– Não, cara, é sobre o Shaman.

Mohammed Shah, ou o Shaman, moreno e magrelo, já não era um jovenzinho e podia ser descrito como um errante, um farsante, uma história de sucesso americana, um Gatsby paquistanês. Parece que ele tinha literalmente pulado do barco e subsistido dia a dia, por anos, trabalhando em postos de gasolina em Palisades Parkway e Queens Boulevard. Isso, entretanto, era mais boato. Algumas coisas que sabíamos de fato: ele dizia que era um xeique árabe às nativas de Long Island que cortejava em bares de hotéis. Às vezes funcionava. Além disso, recentemente o Shaman tinha obtido um cargo numa grande empresa de seguros e, de forma repentina, embora não totalmente inesperada, estava subindo na vida. Para celebrar, ele parcelara uma Mercedes 500 SEL escarlate e hipotecara uma daquelas casas de pedra virgem e madeira em Westbrook, Connecticut, onde dava festas ostentatórias enquanto se esgueirava sobriamente ao fundo.

– O que que tem o Shaman?

– O cara também sumiu.

Depois do 11 de setembro, tínhamos recebido notícias não apenas da família e dos amigos, mas também de parentes distantes, colegas e ex-colegas de trabalho, encontros de uma ou duas noites, vizinhos, amigos de infância e conhecidos, e em troca fizemos nossas próprias verificações, ligações, envios de e-mails. Quando AC voltou com uma dose de Wild Turkey, nos contou que tinha ligado para o Shaman, deixado mensagens.

– Tem alguma coisa errada. Tô com uma sensação – admito que é o, ah, proverbial instinto – de que o Shaman desapareceu.

Enquanto ele acendia solenemente um cigarro, Jimbo e eu trocamos olhares sorridentes e céticos, nos espreguiçamos, estalamos os dedos.

Shaman era um personagem pouco confiável na melhor das hipóteses, sumindo do mapa por séculos para reaparecer inesperadamente quando você está folheando uma edição de *Big Butt* na banca da esquina. Em qualquer outra hora nós talvez tivéssemos dito a AC para relaxar, porra, mas ele estava particularmente nervoso naquela noite. Num salto, como se uma borboleta carnívora tivesse mordido sua bunda, ele varreu com a mão as bolas na mesa de sinuca atrás dele.

– Que diabos – exclamou –, alguém diz alguma coisa!

Observamos as bolas ziguezagueando e batendo nas bordas e umas nas outras e entrando nas caçapas com baques ocos. Jake tossiu catarro nos fundos, gritando *"Buono, buono!"*. Então perguntei:

– Você não precisa de mais do que instinto pra fazer alguma coisa?

– Exatamente, colega – respondeu AC, batendo a bola oito na palma da sua mão. – Temos que encontrá-lo imediatamente, esta noite! Precisamos ir até a casa dele, ficar de tocaia, arrombar as portas, o que quer que seja. Somos amigos dele, talvez os únicos. É nossa obrigação para com ele... Nossa obrigação para com nós mesmos...

– Ele pode ter viajado, cara – interrompeu Jimbo. – Teve uma vez que a cidade tava me dando nos nervos – eu não tinha viajado há uns dez meses –, então fui pro interior, com a Pato, e eu não tava fumado nem nada, mas o azul e o verde do céu e da água tipo me atingiram de verdade, como se as cores tivessem vivas, ou sei lá, de repente porque azul e verde estão no meio do espectro de cores – sei lá –, mas eu estava tipo vem cá meu bem, *não aguento mais...*

De repente os olhos de AC brilharam, o único indício de uma explosão iminente:

– EU NÃO LIGO PRA PORRA DO ESPECTRO DE CORES, AMIGO! Eu ligo pro Shaman! Eu ligo pra essa cidade. – Seus cachos grossos e ondulados caíam sobre os olhos, e ele não parava de jogá-los para trás. – Aqueles miseráveis – ele continuou –, eles foderam com a *minha cidade*! ELES FODERAM COM A PORRA TODA!

Então houve um novo silêncio, a não ser pelo sussurro das sombras num canto do bar e o ruído de fundo da TV do Jake. Mas Jake não estava no seu banco. Devia ter ido ao banheiro. Naquele momento, as duas figuras do bar se materializaram. Tinham queixo proeminente, ombros largos, torso grosso, o físico ensebado de encrenqueiros. Com o passo tenso e incerto, moveram-se pesadamente na nossa direção feito duas grandes malas, provocados, aparentemente, pelo nosso lema.

– Tuquéfudêcuquê? – perguntou um deles; o outro repetiu a questão num tom mais agudo, como se para esclarecer a conotação ou o sentido. Como nós, eles estavam bebendo, exorcizando seus demônios.

Jimbo e eu olhamos para AC, o encrenqueiro de bar mais experiente do que nós. Com o corpo de um lutador, um *pahalwan* de vilarejo, ele era robusto, tinha um centro de gravidade baixo e frequentemente alegava ter criado a máxima *A Regra de Ouro das brigas de bar é que o perdedor vai para o hospital* e seu corolário *E o vencedor vai para a cadeia*. Limpando a garganta, ele disse:

– Acho que você não entendeu direito, colega. – Uma declaração neutra, não um pedido de desculpas.

– Não entendi é o caralho – veio a resposta, num teor que sugeria violência.

Todos congelamos como estátuas dançantes, percebendo dentro de nós que naquele momento grunhidos apologéticos poderiam ter sido proferidos e todos podíamos ter apertado as mãos uns dos outros, batido nas costas uns dos outros, ido para casa sem um arranhão e dormido como bebês. Mas não era o que ia acontecer. Era quase como se não estivéssemos encarando uns aos outros e sim o ímpeto esmagador da história. O Encrenqueiro nº 1 silvou:

– Á-*rabes*.

Repetindo a palavra na minha cabeça, percebi que era a primeira vez que tinham falado comigo daquele jeito, como uma faca sendo enfiada e retorcida, a primeira vez que algo como aquilo acontecia com qualquer um de nós. Claro, já tínhamos nos envolvido em tumultos antes, mas por esbarrar em alguém de mau humor ou por não largar um taco de sinuca. Agora era diferente.

– Não somos todos iguais – protestou Jimbo.

– Muçulmanos, moicanos, tanto faz – rosnou o Encrenqueiro nº 2.

– Eu sou de Jersey, cara!

– Eu não ligo, compadre!

Então, por algum motivo inescrutável para mim, me levantei como se acabasse de ter sido chamado para fazer um discurso após um jantar – garganta seca, braços nos lados do corpo, anotações definitivamente perdidas – e com incomum cara de pau proclamei:

– A prudência sugere que vocês retornem aos seus bancos no bar...

E então houve um estalo, como uma lâmpada estourando, um zumbido nos ouvidos, o gosto metálico de sangue na boca. Não cheguei a ver direito o punho que me derrubou no chão.

Recuperando meus sentidos e meus cigarros, olhei para cima e vi AC chegando por trás e quebrando uma Bud Light na cabeça do Encrenqueiro nº 1. Vi sua cabeça chacoalhar, as pernas cederem. Vi ele virar a placa de construção e bater de cara no piso, sangue escuro se esvaindo de um talho escondido na sua cabeça. Naquele instante o Encrenqueiro nº 2 foi para cima de AC, lançando um punho em arco com violência, o chamado gancho decisivo. AC, experiente, desviou e depois avançou, empunhando a borda pontuda da garrafa quebrada.

– *Maar maar ke mitti karan ga* – ele vociferou em punjabi antes de voltar ao vernáculo local: – Vem, seu miserável filho de uma...

De repente Jake apareceu, sacudindo os braços feito um albatroz, e, passando pelo Encrenqueiro n° 2, tonitruou:

– PRAFORA! TODOMUNDO!

– Tá tudo bem com a gente, tudo bem – disse Jimbo, estendendo suas palmas. – Vamos resolver tudo.

– PRAFORA! – Jake gritou de novo. – NÃO TEM LUGAR PRA VOCÊS AQUI!

Jimbo me amparou nos braços, embora não houvesse necessidade, e pegamos o caminho da saída, pelo corredor e pelo pátio, até chegarmos à rua. Ouvimos Jake gritar:

– Jesus! Tem sangue na porra do meu terno!

Socando o ar da noite, AC gritou:

– *Niggaz start to mumble/They want to rumble/Mix 'em and cook 'em in a pot like gumbo...*

Mas tínhamos sido expulsos do Jake's. As coisas estavam mudando.

3.

Quando acordei estava escuro, e por alguns momentos não sabia onde estava nem quem eu era, mas então senti sede e dor, e restabeleci minhas coordenadas quando percebi o contorno das persianas fechadas e cobertas de poeira do outro lado do meu apartamento. O dia estava terminado ou nublado, embora o segundo andar daquele prédio sem elevador não pegasse muito sol de qualquer jeito, pois dava para uma área de concreto emoldurada pelos fundos descoloridos das casas geminadas da vizinhança. Ele tinha, porém, o que era considerado personalidade nos classificados: teto alto, piso de madeira, tijolos aparentes e uma grande lareira em funcionamento que nunca tive nem oportunidade nem vontade de usar. Durante o inverno, o radiador do pré-guerra ligava abruptamente, emitindo barulhos como os de gaivotas distantes. Consequentemente, era comum eu acordar com a sensação de ser um náufrago no meio do oceano.

Não havia as tralhas que sugeririam que eu estava morando ali há quase um ano: nenhum tapete, estante, torradeira, ferro de passar, planta ou espelho de corpo inteiro. De fato, o apartamento era tralha zero: havia uma TV de trinta polegadas no centro, um aparelho de som modernoso com cabos de bitola grande e ponta dourada – uma compra aconselhada pelo *know-how* técnico de Jimbo – guardado num canto e um *futon* listrado azul-turquesa, que antes pertencera a AC, encostado numa parede. Quatro cadeiras idênticas com encosto de metal formavam um semicírculo, cobertas de calças, gravatas, roupa íntima.

A disposição podia ou não contribuir para um *feng shui* positivo, mas eu me submetia a ela. Num fim de semana, porém, sentindo-me cansado e entediado comigo mesmo, eu tinha conseguido decorar a entrada com quatro fotos emolduradas: eu aos três anos, deixado num telhado em algum lugar para contemplar o mundo; meu falecido pai, ainda jovem, com um jovem bigode, seu cotovelo descansando sobre a varanda às suas costas; uma xerox de Yasmeen Ghauri, modelo da Victoria's Secret, abraçando suas pernas nuas como só mulheres com pernas lindas sabem fazer; e outra de M. A. Jinnah, o fundador do Paquistão, jogando sinuca, mordendo um charuto.

Os classificados não tinham mencionado que o apartamento possuía um banheiro antediluviano com azulejos cor de mostarda, ar mofado e uma porta fina, e uma minicozinha com azulejos cor de mostarda e utensílios que pareciam ter sido usados demais. Uma vez fiz ovos mexidos com torradas ali. Exceto pelas muitas latas de Coca salpicadas de cinzas, dois copinhos de dose surrupiados por engano e alguns talheres de plástico, a cozinha também era tralha zero, embora a gaveta sobre a pia abrigasse uma descuidada coleção de temperos em pó. Quando me mudei queria cozinhar, usando as receitas que minha mãe enviava com impecável regularidade, mas a ideia de comer comida caseira, com sua sugestão de conforto, sozinho não me agradava. E no entanto eu não hesitava em devorar um *burrito* de cinco dólares com dose extra de creme azedo e guacamole na frente da TV, ou sentar à beira da janela, olhando para o pátio fortuito e compartilhado, um prato de isopor precariamente equilibrado sobre as minhas coxas.

Muitas janelas davam para o pátio, mas do meu poleiro eu só tinha vista para o apartamento em frente ao meu. Ele também era parcamente mobiliado, como se o inquilino tivesse acabado de chegar ou estivesse prestes a se mudar. Um cara magro e excêntrico, com cabelos louros cortados rente, que passava a maior parte do tempo vestido com calções estampados e relaxando numa poltrona, usando com maestria os pauzinhos para retirar comida de embalagens de papelão, vendo TV, empunhando o controle remoto. Tarde da noite o apartamento brilhava fosforescente, e uma ou duas vezes dei com sombras se remexendo em desespero, o breve e instigante perfil de um seio. Em geral, porém, estávamos sozinhos em casa.

Não que eu não tivesse planos para o apartamento, planos que revisava em momentos de ócio, sentado na privada ou indo para o trabalho, envolvendo estantes de parede inteira da IKEA, uma mesa de centro de ferro, uma mesa redonda de madeira escura para o café da manhã, um bar retrátil de mogno, um aquário fino, um tapete paquistanês de nó duplo, um *hookah* e um sofá de couro para sentar de pernas cruzadas, braços para trás, supervisionando os apetrechos da urbanidade. Com a infraestrutura necessária eu convidaria pessoas para coquetéis e festas depois do fim da festa: amigos da faculdade, mulheres, antenados que conhecíamos do Tja! *Tudo vai dar certo*, eu não parava de pensar. E quase deu.

No outono fúlgido de um ano estonteante, me tornei um analista financeiro num banco de investimentos, não por ter sido envolvido pelo espírito da época, pelo otimismo desenfreado ou pela Grande Corrida do Ouro, mas porque minha mãe mandou. Uma mulher cosmopolita, mamãe estava ciente de que bancos e "tê-i" tinham substituído medicina e engenharia na última década como carreiras cobiçadas para jovens paquistaneses promissores (e ambos sabíamos que nunca tive nenhuma aptidão para as ciências). A busca da felicidade era para nós material. Como eu não tinha nenhuma vocação particular, tendo me graduado em literatura, uma disciplina na qual, aprendi, vale tudo, fiz o que tinha que fazer: depois de enviar currículos em papel grosso e fazer algumas ligações, arranjei entrevistas e em seguida um emprego num grande banco que tinha acabado de ficar ainda maior. Tudo aconteceu assim, de forma rápida, eficiente. Quando recebi a proposta, liguei para mamãe anunciando: "Consegui", que por sua vez ligou para amigos e parentes para contar para eles do seu *filho de Wall Street*, acrescentando: "Eles ganham milhões!"

O que não era correto. O salário inicial em Wall Street em 2000 era de quarenta mil dólares por ano, mais bônus – não exatamente um milhão –, mas o bastante para nós. Quando comecei a trabalhar, passei a transferir dinheiro para casa todo mês através do sistema *hawala* – uma operação sem complicações nem registros oficiais, que mais tarde seria estourada pelo FBI – instalado no Kashmir Restaurant, perto de Port Authority. E o grande plano era que depois que o banco patrocinasse meu green card, um processo que naqueles tempos levava três, quatro anos, eu patrocinaria o da mamãe. Então viveríamos felizes para sempre como uma feliz família cem por cento americana, subtraída a figura paterna.

Mamãe exultava: "Oh, seu pai ficaria tão feliz", embora não houvesse muitas evidências para sustentar tal hipótese. Embora meu pai trabalhasse como contador – tradicionalmente uma terceira opção para jovens paquistaneses promissores –, eu suspeitava que ele teria preferido investir em fotografia, seu hobby de infância. Essa velha nota de rodapé biográfica era corroborada por álbuns de fotos monocromáticas de naturezas-mortas que eu tinha descoberto na adolescência e a velha e linda Rolleiflex que repousava no armário (ao lado de uma réplica de vidro em miniatura do Kremlin) na nossa sala de estar como tributos inalcançáveis a um homem que não cheguei a conhecer. Nem sei ao certo como ele "nos deixou". De acordo com a lenda da família, ele escorregara na banheira, mas eu tinha uma persistente suspeita, apoiada apenas em conversas abortadas e expressões irrequietas no rosto de tias e tios, de que ele cometera suicídio.

De qualquer forma, o mercado financeiro parecia uma ótima escolha na época, e eu me vestia e agia conforme o figurino: no primeiro dia e toda manhã por pouco menos de um ano, penteava meu cabelo para trás, atrelava um suspensório estampado, minha única extravagância na vestimenta (além dos sapatos), e colocava um dos três ternos de lã com calças de boca estreita do meu pai, que felizmente haviam voltado à moda, retrô do jeito que eram (e tinham me dito que marrom era o novo preto). Trabalhava quatorze, quinze horas por dia, incluindo a maior parte dos fins de semana, "torturando números" e montando "apresentações" para fusões multimilionárias, aquisições e questões sobre endividamento e capital. Quando tinha tempo livre, jogava Tetris de olhos vidrados ou fumava um cigarro atrás do outro enquanto andava pelo quarteirão, contando os quadrados de concreto sob os meus pés.

Em alguns raros momentos inspirados, meu VP, um cara de trinta anos de Metuchen, Nova Jersey, saía da sua sala, gravata dobrada sobre o ombro, ou se pavoneava – se tivesse fechado um negócio na mesma manhã ou se dado bem na noite anterior – pregando o evangelho da prosperidade: "O que nós estamos fazendo aqui? Estamos criando valor, tornando o mercado mais eficiente." Fluente no dialeto de Wall Street, ele pedia que eu fizesse *due dilligence* e *análise granular* e insistia em misturar metáforas:

– Agora você está na cara do gol, garoto. É só enterrar.

Concordando com a cabeça, eu arregaçava as mangas e caía dentro, com um vago sentimento de fazer parte do intrincado e secreto, embora procustiano, maquinário que fazia o capitalismo funcionar. Mesmo que eu nem sempre engolisse aquele papo, eu me dizia: e quem é que não trabalha feito um escravo?

Eu tinha uma boa reputação em todo o departamento e com o tempo virei o que em Wall Street chamam de *cara de confiança*. Se você precisava de uma análise qualitativa das projeções de dividendos por ações revisadas de uma empresa, ou análises comparativas num setor que resistia a categorizações simplistas, ou uma apresentação com ideias de aquisição para uma grande empresa farmacêutica ainda pela manhã, eu era o cara. De fato, *É do Chuck* virou uma espécie de lema, e embora ele não soe especialmente lisonjeiro, quem conhece o ramo vai admirar sua ressonância. Na minha avaliação semestral, meu VP escreveu: "Confiável. Cuidadoso. Toca os projetos com supervisão mínima. Pensa sobre os problemas. Escreve muito bem." Embora fosse uma ótima avaliação de um graduado em literatura transformado em analista financeiro pelos padrões rigorosos de Wall Street, eu estava longe de ser um pica grossa. Mais à frente, a avaliação delineava POSSIBILIDADES DE APRIMORAÇÃO: "Precisa aprimorar capacidade para multitarefas, atenção aos detalhes, conhecimento de conceitos financeiros." Eu tinha muito trabalho pela frente. Eu ia chegar lá. Eu tinha tempo. Eu tinha vontade.

Um ano mais tarde, porém, logo depois do Dia da Independência, no começo do fim da Grande Corrida do Ouro, fui demitido. Foi rápido e eficiente, e o bilhete azul era inesperadamente amarelo. Depois de eu passar meus pertences da minha baia para uma caixa de sapatos, meu VP foi simpático o bastante para me chamar à sua sala.

– Senta – disse ele, empurrando uma cadeira com o pé. – Você sabe que não é nada pessoal, né? – Acho que eu sabia: tinha a ver com a busca pelo resultado, a Mão Invisível. Embora ele deva ter falado por dez minutos, só peguei as considerações finais: – Não posso fazer nada. Vai dar tudo certo pra você, garoto. Você joga pro time. Você está se sacrificando pelo time. – Concordei com a cabeça, depois saí, caixa de sapatos debaixo do braço.

Embora mamãe não soubesse e não precisasse se preocupar – continuei mandando dinheiro para casa quinzenalmente –, no fim do verão minha poupança, astutamente investida em ações com alto índice preço/patrimônio líquido, em companhias com lucros futuros descontados dependentes de clicks num site ou da aprovação federal de um novo remédio, tinha sido reduzida a alguns centavos de dólar. Cortei a TV a cabo, o celular e assinaturas de revistas, e comecei a investir em bilhetes de loteria. (*Ei, nunca se sabe.*) Não havia muito mais a fazer. O mercado tinha despencado. Eu me encontrava numa depressão profunda.

Nas tardes em que eu conseguia sair do *futon* e do apartamento (em média, quatro dias em cada sete), eu passava de refúgio a repouso. Tinha criado uma rotina, na verdade uma volta pelo Upper West Side, começando pelo jornaleiro marroquino da minha rua, onde eu comprava o *New York Times* e batia papo com o proprietário, fazendo uma pausa no Grey's Papaya para um Recession Special (dois cachorros-quentes e um Tropical Breeze por $2,99) e terminando no Central Park. Sob os salgueiros-chorões do Great Lawn, eu analisava o jornal, das imagens de afeição afluente na página de noivados à seção de esportes, sofrendo com os aguerridos, porém malfadados Knicks sem Ewing. De vez em quando esticava meu pescoço, observando adolescentes jogando frisbee, babás supervisionando criancinhas, gente tomando sol. Às vezes ouvia as conversas dos outros, virando a cabeça para o lado enquanto fingia estar lendo. Outras vezes dormia.

No caminho de volta, passava por sebos de livros e discos, e nas noites de domingo ia ao cinema no Lincoln Plaza ou no Cineplex três quarteirões adiante. No fim de tarde das terças, vagava por museus porque a entrada era de graça, olhando estupidamente para colunas dóricas quebradas e bustos sem nariz de Césares no Met, estudando tipos como Goya e El Greco no Frick, ou traçando a guinada peculiar da arte, da representação para o conceito, no Guggenheim, algo que nunca consegui entender direito. No fim das contas, merda é merda. Uma ou duas vezes, quando sentia vontade de uma aventura, me aventurava pelo *uptown*, rumo ao Cloisters, ou pelo coração comercial da cidade, o terraço do World Trade Center, onde contemplava o mundo e meu lugar nele.

Jimbo aparecera várias vezes na minha fase deprê feito um Papai Noel extemporâneo, inesperado e carregando pacotes de presentes, um CD que ele tinha gravado na noite anterior ou uma faixa que tinha mexido profundamente com ele (e que inevitavelmente mexia profundamente comigo). Houve uma época em que ficávamos ouvindo Nusrat, Nina, *Jesus Cristo Superstar* em arrebatamento rapsódico até o amanhecer, mas naqueles tempos o DJ Jumbolaya estava correndo contra o tempo porque estava à beira de um grande acontecimento: um projeto com uma sereia paquistanesa do Queens cujo hino techno tinha mexido com todos nós no ano anterior. A Pato tinha apresentado os dois, e os dois se deram bem, pois ela precisava de um produtor afinado com a sua sensibilidade, enquanto ele precisava de material e uma musa.

Outra vez ele tinha bufado pelas escadas com uma faixa pirata chamada "Freestyle Dive" de um duo eletrônico originário da "cena *underground* de Peshawar". Fiquei alucinado. A gente relaxava feito lagartos no sol da tarde, inertes, porém alertas às mudanças de melodia, clima e luz. Antes de se mandar para preparar as picapes numa apresentação – evento promocional de vodca, *bar mitzvah* –, ele dizia algo como "Levo minha música-tema debaixo do braço". Era ótimo ter a monotonia daqueles dias quebrada pelo som de Jimbo.

Algumas tardes, AC me arrastava para um almoço e me dava conselhos. Me dando tapinhas amigáveis, dizia frases como "Sacode a poeira, amigo!" ou "Tira o peso do mundo das costas!", e, ingerindo fatias e mais fatias de pizza, filosofava da seguinte forma:

– Sabe, quando terminamos com uma namorada, ou quando nossos pais morrem, ou quando a gente é demitido, parece que o mundo acabou. – Colocando sua mão gordurosa sobre a minha, para ter certeza de que eu estive ouvindo, ele continuava: – É estranha essa, hum, antecipação instintiva da extinção, do Dia do Juízo Final. É irracional, mas é a forma como fomos configurados por Mamãe Natureza. Tá entendendo, colega?

Eu quase não entendia. Às vezes, suspeitava que AC estava falando não só consigo mesmo, mas sobre si mesmo.

– Podemos até pensar que é por isso que nossa espécie foi tão bem-sucedida. O dodô ainda estaria por aí se tivesse previsto seu fim. Escreva o que eu digo: o ornitorrinco está indo embora, mas nós vamos seguir em frente...

AC estava no sabático fazia dois anos, um semestre a mais ou a menos. Incapaz de conjurar a disciplina olímpica necessária para terminar seu doutorado em história intelectual (ou, como ele gostava de dizer, "a história da história"), abandonou a New School um belo dia e então desapareceu nos confins mofados do seu apartamento. Jimbo e eu ligávamos algumas vezes por dia, sem nos desencorajarmos pela sua mensagem abrasiva – *Estou aqui, mas não estou aqui* –, um eco referente, segundo ele, a um mantra de filosofia continental. Uma noite até tentamos arrombar sua porta para resgatá-lo de si mesmo, mas os vizinhos chamaram a polícia. Tropeçando pelas escadas, porém, no fundo sabíamos que AC podia se virar sozinho.

Quando finalmente emergiu, quatro meses depois, ele trazia a sombra de um bigode sobre os lábios e citava a "tirania da terceira pessoa, a pretensão de objetividade" como um "beco sem saída epistemológico". Embora não conseguíssemos entender picas do jiu-jítsu retórico de AC na época, a epifania causou uma transformação da sua essência: ele emergiu como um homem de ação, numa autodenominada cruzada cívica, e nesse sentido se tornou voluntário em sopões populares e igrejas de bairro antes de se estabelecer como professor substituto no P.S. 67, uma escola barra-pesada do Bronx que falhara repetidas vezes em obter as notas mínimas nos testes federais.

Não havia dúvida de que AC tinha um talento para a instrução, para a edificação. Descobrimos que ele organizava concursos de poesia entre turmas, passeios escolares a museus, ao Jardim Botânico, ao Cloisters, ao Planetário. Descobrimos outros aspectos da sua pedagogia heterodoxa: ele às vezes rapeava os poetas românticos, plantava bananeira para ilustrar a força da gravidade. Às vezes também comprava livros do seu próprio bolso – a quilo, na Strand –, ou, em flagrante desrespeito aos direitos autorais, xerocava romances da sua própria biblioteca para dar de presente. Embora fosse difícil para nós conciliar as noites de festa pesada de AC e seu trabalho diurno, com o tempo ele foi reconhecido por outros, acumulando prêmios e medalhas (com inscrições em latim por "Excelência em Ensino") que carregava para onde quer que fosse, pregadas na parte interna do seu casaco de veludo.

Pensando bem, permanecendo isolado, aninhado no meu apartamento, eu também esperava uma epifania, direção, uma saída. E numa quente e decisiva noite de dia útil no começo de agosto, eu caprichosamente teria uma. Me sentindo frágil e distante lá pelas três da manhã, peguei um táxi para um *dhaba* agora fechado que funcionava vinte e quatro horas em Little India e era bastante popular entre taxistas, analistas financeiros, a rapaziada da NYU e da Hunter e os andarilhos da vizinhança. À medida que nos aproximávamos, reparei no taxista, de ombros largos e bigode de lontra, me escrutinando pelo retrovisor, como se tentando discernir a cor dos meus olhos.

– Você gosta da comida aqui? – ele perguntou enfim. Disse para ele que o bufê era decente, mas nada se comparava à comida do meu país de origem.

– Você é paquistanês? – perguntou ele. Fiz que sim.

– Você é de Karachi. – Me perguntando como ele tinha adivinhado, fiz que sim de novo, mas, antes que eu pudesse chegar a uma conclusão, ele perguntou:

– Gostaria de comer comigo?

Dando uma olhada na licença enfiada na divisória de plástico, onde se lia "Karim, Abdul", respondi:

– Comerei com você, Karim *Sahab*.

Sentia-me agradecido, tocado até: fazia algum tempo que não me convidavam para jantar.

Embora fosse tarde, sete ou oito outros clientes se deleitavam com generosas porções enquanto aproveitavam um velho filme de Lollywood na TV fixada sobre o balcão, estrelando Waheed Murad, o lendário "herói da caixa de chocolate". Aquilo me fazia pensar em tempos e prazeres mais simples. Depois de pedir um *nihari* para dois, atacamos os *naans* e os encharcamos com o saboroso ensopado de vitela, cada vez mais nostálgicos da nossa cidade natal. Havia muito a lembrar: os lendários *sekh kababs* de Bundoo Khan, piqueniques à sombra das palmeiras no mausoléu de Jinnah, andar de carona numa Honda C70, o sopro cítrico do mar Arábico. Carregado pelo sentimento, pela ideia de dirigir rápido e despreocupado à noite, me ouvi dizendo:

– Karim *Sahab*, quero virar taxista.

Foi uma revelação para nós dois.

Acariciando seus luxuriosos bigodes, Abdul Karim não respondeu imediatamente. Em vez disso, palitou os dentes, virou um copo de água, bochechou, engoliu.

– É uma vida dura – ele disse, enfim. – Trabalho duro. Tem certeza?

Fiz que sim com vigor.

– Certeza absoluta?

– Certeza absoluta – repeti.

Num esforço para melhorar meu currículo, enfatizei que eu dirigia desde os quatorze anos de idade, ou cerca de um terço da minha vida, e estava em posse de uma carteira de motorista americana válida. Acrescentei que eu era responsável e certinho.

Abdul Karim acariciou mais um pouco seus bigodes. Então, inclinando-se na minha direção, contou-me que, depois de anos dirigindo, estava procurando por "alguém sério" para dividir a semana, porque queria aproveitar o tempo com a sua família, mas "todos os garotos" que encontrava eram "patifes de primeira". Nossos signos, aparentemente, estavam alinhados. Num tom familiar, ele disse: *"Tum achay bachay ho"*, que traduzido significa: "Você é um bom rapaz", e depois de fazer um discurso enérgico invocando união, fé e disciplina, princípios que guiavam sua carreira, me ofereceu um trabalho e sua mão. Escondido de muitos, especialmente mamãe, eu me tornaria, em menos de quinze dias, um legítimo taxista nova-iorquino.

Abdul Karim me explicou que a maior parte dos taxistas trabalhava para donos de frotas, pagando um aluguel por turno ou por um período maior, mas ele era um dos poucos espécimes remanescentes do que era conhecido no jargão dos taxistas como "proprietário-motorista" – um taxista certificado que dirige seu próprio táxi. Eu me tornaria seu primeiro e único empregado. Abdul Karim me explicou todo o processo. Conseguir uma licença de taxista em geral pode levar até setenta dias corridos, mas ele sugeriu que eu optasse pelo que a Comissão de Táxis e Limusines de Nova York chama de "sistema de processo expedito", por meio do qual é possível obter uma em dez dias, duas semanas.

– Para se qualificar – explicou Abdul Karim –, você não deve ter nenhum histórico de natureza criminal e nenhuma revogação de carteira. Você não deve dever dinheiro para o Departamento de Veículos Automotores, o Departamento de Multas ou a Comissão de Táxis e Limusines, e você deve ter carta do proprietário, a qual eu providenciarei. Além disso, você deve:

1. "ter, no mínimo 19 anos de idade";
2. "ser residente nos Estados Unidos e ter um endereço oficial nos Estados Unidos";
3. "ser examinado por um médico e receber dele um histórico clínico assinado e datado";
4. ter uma "carteira de motorista ou equivalente";
5. ter um cartão de seguro social;
6. não ter "pendência alguma com o Departamento de Veículos Automotores, o Departamento de Multas de Nova York ou a Comissão de Táxis e Limusines de Nova York";
7. "apresentar formulário com firma reconhecida referente ao pagamento de pensões familiares";

8. "completar curso certificado de direção defensiva do Departamento de Veículos Automotores de Nova York não mais do que seis meses antes de fazer sua requisição";

9. "preencher o formulário de solicitação junto à Comissão de Táxis e Limusines"; e

10. "pagar três taxas no total de $219".

O processo era surpreendentemente direto: fui ao escritório da Comissão de Táxis e Limusines uma tarde, com um envelope pardo cheio de formulários, fotografias, documentos e outras papeladas, e saí de lá quarenta e cinco minutos depois com o que se chama de licença provisória. Então Mini Auntie arranjou um exame com um médico em Beth Israel (eu disse que era um requisito para meu futuro emprego, que *ela* presumiu ser no mercado financeiro) e Abdul Karim me pôs em contato com um amigo para o curso obrigatório de direção de oitenta horas na inconvenientemente denominada Academia da Federação de Motoristas de Táxi da H.A.N.A.C. e do Estado de Nova York, em Long Island. O curso era barra.

Durante duas semanas, eu acordava com o sol se levantando, tomava banho, fazia a barba, me vestia, pegava um bagel de mirtilo e um café na lojinha da esquina e tomava a linha 2 até a Times Square e depois a W até Long Island City. Quinze minutos de carro sem trânsito era um trajeto penoso de uma hora, uma hora e meia na hora do rush até a Academia da Federação de Motoristas de Táxi da H.A.N.A.C. e do Estado de Nova York. Conhecida por nós, taxistas, como Hunuck, o edifício, como a maior parte da arquitetura de Long Island, é pouco inspirado e funcional. A sala de aula era limpa e ampla, mas fedia a suor, ansiedade e, no fim do dia, a misteriosas iguarias estrangeiras. As aulas começavam às oito e meia e iam até as cinco e meia, e se você se atrasasse tinha que compensar o tempo perdido.

Éramos dezenove, nenhum dos quais paquistanês (embora eu tivesse aprendido que sul-asiáticos compunham um terço da população de taxistas de Nova York, distribuídos de forma praticamente equivalente entre paquistaneses, bengalis e indianos). Um indiano ossudo de Patna, um bengali de olhos esbugalhados, um egípcio de rosto quadrado e um camarada baixinho e tenso de Xingjiangi sentavam na frente, tomando notas abundantes, enquanto a autodesignada turma do fundão – um albanês, um haitiano e um sique – basicamente fulminava o resto da sala com aquele olhar que dizia: *Te quebro ao meio*. O resto era originário do Continente Negro: um vigia noturno queniano, um auxiliar de cozinha beninense e um sociável membro de uma tribo congolesa chamado Kojo, de quem me tornei colega de almoço. Entre sanduíches e refrigerantes, ele me regalava com histórias empolgantes da sua fuga descalça e sangrenta da província de Kivu, rica em cobre, durante um rotineiro espasmo de violência.

Toda a atmosfera da Hunuck lembrava o primeiro período da faculdade, sem os balões e os presentes, festinhas com pizza e churrascos, e tudo o mais que compunha um ambiente salutar. Nosso instrutor, o único caucasiano entre nós, se apresentou como Gator. Careca, queixudo, um metro e noventa e poucos e um babaca, Gator de vez em quando te jogava uma borracha se você caísse no sono, ou não estivesse prestando atenção, ou algumas vezes se você não conseguisse formar uma frase em inglês britânico. "Ouçam, paspalhos", ele dizia toda manhã, "a gente tem uma porrada de coisas pra fazer, então não vou ficar me repetindo, e não tô aqui pra dar aulas de inglês como segundo idioma."

No período de quinze dias, cobrimos um extenso programa, de leis de trânsito à topografia de cada bairro, incluindo cada hotel, hospital, trecho de estrada e beco sem saída. As aulas eram em geral pontuadas por histórias inapropriadas para menores advindas do que só podiam ser experiências pessoais:

– Ainda tem putas viciadas em Bushwick que pagam boquete por *cinco pratas*!

Nessas situações, o pessoal da primeira fila invariavelmente perguntava:

– Por favor, isso cai na prova?

Gator podia ser um completo babaca, mas o Método Gator parecia funcionar: só um não passou no teste (e todos estavam chamando todos de paspalhos no fim do curso).

No último dia, nos despedimos com emoção sincera, embora ninguém tenha mantido contato, mas no 11 de setembro todos corremos atrás dos telefones uns dos outros, rabiscados em recibos e pedaços rasgados de papéis de cadernos, e ligamos para trocar palavras banais que exprimiam conforto e incredulidade:

– Tudo bem, cara?

– Tudo, tudo bem, e você?

– É, tudo bem, mas que coisa.

– É, que coisa.

– Teve notícias de alguém?

Só o albanês e o auxiliar de cozinha beninense não foram encontrados. Eles podem ter voltado para seus países de origem, ou mudado de endereço ou telefone. Nunca ficamos sabendo.

Kojo e eu continuamos amigos e fizemos a prova da Comissão de Táxis e Limusines juntos, às oito da manhã de um dia auspicioso, 14 de agosto de 2001, Dia do Paquistão. Uns cem candidatos a taxista perambulavam do lado de fora do prédio no Queens Boulevard, olhos vermelhos, nervosos, andando de um lado para o outro enquanto fumavam Newports sem parar – todo mundo com os mesmos medos e aspirações, a mesma informação pulsando na cabeça. Kojo, vestido num terno verde metálico e tresandando colônia, me arguiu enquanto esperávamos do lado de fora. Às oito e meia nos abraçamos e entramos em fila, pressionados um contra o outro. Sob o olhar atento de cinco vigilantes, recebemos números que correspondiam a cadeiras no salão. Logo depois o Taxista Mestre chegou, um baixinho cinzento com uma voz fraca, e explicou o formato do exame, que tinha três partes: na prova de inglês o TM botava uma fita com endereços que tínhamos que marcar nas nossas folhas; a prova de leitura de mapas envolvia encontrar endereços nos nossos mapas individuais; e, por fim, a terceira parte era no estilo do vestibular, múltipla escolha, com as seguintes perguntas:

Qual das seguintes afirmativas é incorreta?

A. O Madison Square Park fica na esquina da 25th Street com a Quinta Avenida.

B. A Times Square tem esse nome devido a um grande relógio em uma torre.

C. A Wall Street tem esse nome porque ali costumava ficar um grande muro para impedir ataques de indígenas.

D. O Manhattan College não fica em Manhattan.

E. A Long Island University fica em Long Island.

A ponte Throgs Neck atravessa:

A. Jamaica Bay

B. Westchester Bay

C. East River

D. Harlem River

E. Newtown Creek

O Willowbrook Parkway também é chamado de:

A. Malcolm X Boulevard

B. Jackie Robinson Parkway

C. Dr. Martin Luther King Junior Expressway

D. H. Rap Brown Drive

E. Master Fard Mohammed Parkway

Embora a prova fosse desafiadora, Kojo e eu terminamos a tempo e passamos com louvor, errando cada um apenas uma questão. Nos abraçamos e nos cumprimentamos do lado de fora como se tivéssemos acabado de ganhar a loteria do green card. As palmas de Kojo estavam suadas e ele parecia brilhar com um halo de alegria.

– Você precisa cartão de telefone? – ele perguntou.

– Ahn? – respondi.

– Tu liga pai – ele disse. – Eu ligo meu. Pai fica orgulhoso.

Quando sorri e fiz que não com a cabeça, ele correu para a cabine telefônica mais próxima, segurando seus bolsos para as moedas não caírem. Observei-o discando animado, massageando a cabeça torneada e careca enquanto esperava que a ligação fosse atendida, e ladrar no bocal feito uma criança quando ouviu a voz do outro lado da linha. Peguei um cigarro, acendi e dei uma tragada profunda.

No dia seguinte à noite no Jake's, fiquei na cama, insensível e inerte, mas, quando o telefone tocou na mesma tarde, me movi de leve, espreguiçando meus cotocos de pernas e esticando meus dedos pelados dos pés, e, quando a secretária eletrônica atendeu a ligação, virei de bruços e enterrei minha cabeça sob o travesseiro, mas ainda ouvi a voz de AC.

– Vamos acordar, colega – ele começou num timbre rascante que indicava que não tinha dormido ou tinha acabado de acordar. – Sabe, você não devia comprar brigas. Você não tem nem o físico nem o talento necessários. – Depois de um suspiro, ele continuou: – Eu, ah, sinto muito pelo que aconteceu... Eu devia ter visto onde aquilo ia dar... Mas não vi, ou não quis ver... E ali estava eu, como uma espécie de idiota, surpreendido entre o agressor e a vítima, arbitrando com força bruta, feito um animal... – Soprando fumaça no bocal do telefone, acrescentou: – Deixa eu te dizer o seguinte: quando chega a hora, somos todos iguais. Quando alguém bate, você revida. – Seguiu-se uma longa pausa contemplativa, e então o característico som de mastigação. Ele deve ter passado algum tempo digerindo os acontecimentos. – Enfim – acrescentou –, estou ligando para dizer que estou indo para a casa do Shaman e queria que você viesse junto. Você acha que consegue assegurar o, ah, meio de transporte?

Rolando para fora da cama seminu e semiacordado, alcancei o telefone, mas a prudência recomendava um adiamento da discussão. A ideia de uma expedição ao coração de Connecticut numa busca inútil me irritava. A Operação Shaman era um projeto ensandecido e desorientado, fruto, talvez, das recentes ansiedades e do clima de cruzada de AC. Além disso, pegar o táxi de Abdul Karim seria irresponsável da minha parte. Seria errado. Eu teria que inventar uma desculpa, algo plausível, porém incontestável, mas meus pensamentos estavam confusos e eu precisava estar plenamente consciente e cafeinado antes de ligar de volta para AC. Nesse ínterim, realizei meus rituais do despertar – tomar dois litros de água gelada, urinar, fumar na janela, bebericar uma xícara de Lipton barrento – e ouvi os outros recados na secretária.

Alguém da "casa exclusiva de análise", onde eu tinha sido entrevistado várias semanas antes, havia ligado, e uma voz eletrônica lacônica me informou que meu crédito seria negativamente afetado caso eu não pagasse minha dívida imediatamente. Mamãe, numa voz que avançara sobre milhares de quilômetros, fusos horários e estática, me exortava a tomar complexos multivitamínicos diariamente, rezar e agendar minhas passagens pela PIA, a companhia aérea nacional, para o inverno. Como sempre, ela também me transmitiu as notícias:

– As coisas estão tensas por aqui, *beta*: há boatos de uma campanha afegã, não sei como vai nos afetar, mas não é nada bom. Mas não se preocupe. Musharraf vai fazer um discurso em breve. Se cuide, Shehzad, não se esqueça de rezar, e lembre-se que você é a minha vida. *Khuda-hafiz.*

Prestes a ligar de volta, lembrei que não podia mais fazer ligações internacionais (e pensei em me lembrar de comprar um cartão telefônico).

Jimbo tinha ligado quatro vezes e deixado dois recados. No primeiro parecia estar caindo de bêbado e cantou um fragmento de uma música, *I said no no no no baby, please don't cry... 'cause all the leaves come down*, mas no seguinte sobriamente lembrou que eu tinha que acompanhá-lo à casa do seu pai em meia hora, evento mensal em que eu ficara preso logo depois de nos tornarmos amigos. Eu tinha me tornado parte integral da cerimônia. Abandonados à própria sorte, Jimbo e o "Velho Khan" em geral ficavam gritando cada um do seu lado da mesa, ou, na melhor das hipóteses, jantavam em silêncio. Eu gostava dos jantares na casa dos Khan, a companhia, a comida e a atenção de Amo, a bela irmã menor de Jimbo. "Jantinha, parceiro", ele disse, "mesma bat-hora, mesmo bat-canal."

– Merda – eu disse, dando um tapa na minha própria testa. Estava atrasado. E não é uma boa ideia fazer o Velho Khan esperar. Em doze minutos, tomei banho e troquei de roupa, trajando minha camiseta do Super-Homem, uma calça jeans e botas de caubói em couro de lagarto. Então, com tempo surpreendentemente sobrando, abri uma Corona, acendi mais um cigarro e liguei a TV. Um meteorologista rabugento na New York One anunciou que o tempo continuaria quente e nublado, "temperatura em torno de vinte graus com cinquenta por cento de chance de chuva depois da meia-noite".

Quando o jornal começou, me senti tentado a zapear, mudar de canal, assistir à Telemundo. Como eu cortara a TV a cabo, porém, tinha que me contentar com a programação da TV aberta: mesas-redondas, reality shows e comerciais. Em vez disso, desliguei a TV, peguei um casaco, apalpei meus bolsos para sentir a carteira, os cigarros e as chaves e saí.

No jornaleiro marroquino da rua, me vi folheando jornais e revistas quando devia ter entrado e saído com um cartão de telefone. Era leitura indispensável: um colunista do *New York Post* dizia: "A resposta para este inimaginável Pearl Harbor do século XXI deve ser simples e rápida: matem os miseráveis... Quanto às cidades ou países que hospedam esses vermes, usem bombas para transformá-los em quadras de basquete." Na *Time,* topei com um artigo intitulado "Argumentos a favor da raiva e da vingança" que começava: "Para variar um pouco, vamos dispensar os 'terapeutas da tristeza' que ficam a postos com consolações banais [...] a retórica insípida sobre 'recuperação' [...] O que precisamos é de uma unificada e unificante fúria americana bipartidária, no estilo Pearl Harbor – uma indignação impiedosa que não se esgote em uma ou duas semanas, tornando-se um esquecimento induzido por Prozac... ou um relativismo corruptamente compreensivo..."

O exercício foi interrompido pelo marroquino, que saiu da sua cabine perguntando:

– O que acontece?

Um cara volúvel e inquisitivo, ele usava óculos redondos de professor, uma eterna barba por fazer e uma camisa xadrez todo dia. Me vendia fiado se eu tivesse saído de casa sem minha carteira e se permitia avisar caso o Paquistão estivesse nas manchetes. Nas últimas semanas, houve muitos avisos. Por isso, tentei ser rápido, repetindo sua pergunta:

– O que aconteceu?

– Óleo – ele respondeu.

– *Óleo?*

– Seu óleo?

– Meu óleo?

– Ferrado.

– Ah! – soltei, traçando o anel de dor com meus dedos. Era uma pergunta simples e exigia uma resposta simples, mas me surpreendi mentindo.

– Caí – eu disse. – Tudo bem... Está melhorando.

– Você caindo – ele perguntou, ou disse, fiquei na dúvida, mas sua voz traía uma preocupação palpável, talvez a preocupação de um muçulmano com outro. Fazendo uma careta, examinou meu rosto, esperando que eu acrescentasse algo, mas fiquei de boca fechada, com a cara impassível. Eu não estava no clima de solicitar simpatia ou indicar culpados. Como meu VP diria, *Você tem que aguentar a bronca.*

Depois de comprar o jornal de registro e a última edição de *Big Butt*, me retirei, obviamente esquecendo o cartão telefônico em meio à excitação.

Em seguida, apoiando-me no andaime decrépito do lado de fora do meu prédio, esperei Jimbo, protegendo-me do mundo com o jornal aberto, um olho na rua, a pose dos detetives particulares nos filmes. Exatamente às sete e meia, um gigante rojou pesadamente na minha direção em mocassins costurados à mão, ouvindo, aparentemente, sua própria música-tema. Jimbo era inconfundível. Nos abraçamos, estalamos as palmas; ele cumprimentou meu olho roxo. Enquanto andávamos para a estação de metrô na 72nd Street, ele me perguntou, distraído:

– Quais são as novidades, cara?

Contei que talvez fosse chover à noite, reparando que nenhum de nós estava com guarda-chuva.

4.

O Velho Khan morava numa casa arrumada e estreita de dois andares e três quartos na Woodland Street, uma rua enfeitada por sólidos carvalhos folhosos, a não mais de dez minutos a pé da estação do trem metropolitano no centro de Jersey City. Jersey City era como uma Manhattan que tinha dado errado. Sempre achei isso estranho, não só porque elas são separadas pelo mesmo rio, mas por causa das suas histórias próximas e paralelas. O Velho Khan contava que, como Manhattan, Jersey City tinha sido habitada por índios (os Lenni Lenape) e colonizada pelos holandeses, como se ele tivesse estado por lá na época. Ele tinha um estranho orgulho de ter vivido em Jersey City por vinte e cinco anos. De fato, depois de educadamente recusar seu convite diversas vezes, numa linda tarde de domingo me vi no Jersey City Museum – situado no distrito histórico de Van Vorst – ao lado de Jimbo e Amo, pastoreados pelo patriarca. Foi, para usar um eufemismo, uma experiência decepcionante, e uma lembrança curiosamente persistente. Eu reclamava com Jimbo sobre ela sempre que podia. Nós três arrastamos os pés pelas salas abarrotadas feito estudantes com vontade de ir ao banheiro, embasbacados diante de rascunhos desajeitados de figuras históricas locais, como o burgomestre Reyniersz Puaw e Paulus Hook, e litografias de Jersey City ao longo das eras em sépia – começando com a primeira colônia em Communipaw, onde hoje fica o Liberty State Park (mas era, até os anos 1970, literalmente um lixão). Aprendemos que se seguiram outras colônias nas proximidades, umas desconfiadas das outras, frequentemente em pé de guerra. No começo do século XIX, elas foram, imagino que à força, incorporadas à cidade, que recebeu um nome pouco imaginativo. Houve uma breve Idade de Ouro em Jersey City, quando a cidade cumpria um certo papel no comércio regional, mas Jersey City ficava onde as ferrovias terminavam, e, quando a Grande Era das Ferrovias chegou ao fim, a cidade caiu em declínio. Não era um lugar bonito, para começo de conversa. E aí ficou feio.

Como Jersey City é quase tão perto da ilha de Ellis quanto Manhattan – dá para ver a Estátua da Liberdade dos fundos do Liberty State Park –, ondas de imigrantes quebraram naquelas praias. Até mais ou menos a Segunda Guerra Mundial, eles eram em geral alemães, italianos, irlandeses. Em seguida, eram filipinos, indianos, cubanos. Em certo ponto da visita ao museu, uma voz feminina gravada nos informou que Jersey City é uma das cidades mais diversificadas do país: "Como em partes da Califórnia, os caucasianos são uma minoria, ou menos de um terço da população, superados em número por afro-americanos e hispânicos." O Velho Khan contava que, diante dos seus olhos, a cidade também tinha se tornado uma das maiores concentrações de árabes e muçulmanos nos Estados Unidos. Tais comunidades, como suas antecedentes talvez, permaneciam bastante insulares, isoladas, umas estranhando as outras. Do mandato de trinta anos do infame prefeito "Hanky Panky" Hague (que falava sem parar sobre "pretinhos" e denunciava comunas), na primeira metade do século, ao reino dos assassinos da gangue Dotbusters (que perseguia e matava asiáticos com bastões e botas e canos) até quase o fim dos anos 1980, Jersey City tinha sido definida por uma comoção decididamente tumultuada.

Dava para ver se você andasse por algumas ruas: as pessoas não desviavam os olhos nem acenavam com a cabeça quando você passava por elas, mas frequentemente encaravam, ou tacitamente te incorporando como parte do grupo delas ou te descartando como o Outro.

Não dava para saber se eram os ingredientes ou a panela. Os arranha-céus do centro da cidade foram erguidos nos anos 1970 e não escondiam sua origem no tempo: não se via estuque nem cantaria, só aço e janelas escurecidas. À noite, os edifícios pareciam amuados. E apesar da gentrificação de Jersey City durante a Grande Corrida do Ouro, havia lojas com tábuas de madeira nas fachadas em ruas menores, cinemas fechados, botecos com grades de ferro. A não ser por uma farmácia Duane Reade e um McDonald's, não havia muitas placas familiares.

Andávamos rápido porque estávamos atrasados, e, quando Jimbo estava atrasado, ele baixava a cabeça e se mandava, impelido, aparentemente, por uma formidável rajada de vento. Ele costumava apontar para a mesquita caindo aos pedaços envolvida no primeiro atentado ao World Trade Center, como se fosse parte de um passeio guiado, feito a estátua de Jackie Robinson ou o "mundialmente famoso Relógio da Colgate". A mesquita – com sua aparência tão sinistra quanto uma escola de dança sem elevador ou um *dojo* de caratê – tinha sido apedrejada na época do primeiro atentado, e durante meses suas janelas permaneceram quebradas. Antes da calamidade, o Velho Khan a frequentava para as orações de sexta, carregando consigo o pubescente Jimbo.

Mas Jimbo não tinha falado muito durante nosso trajeto de uma hora, a não ser *é*, *beleza*, enquanto eu analisava, basicamente para meu próprio benefício, o episódio da Garota de Ipanema, o incidente no Jake's, a comunicação com o marroquino e, de forma mais urgente, o desenrolar da Operação Shaman.

– Você não acha – continuei – que é injusto AC me pedir para dirigir o táxi até Connecticut? Pode ser importante para ele, mas seria irresponsável da minha parte. Quer dizer, e se alguma coisa acontecer, tipo a gente ser parado pela polícia, ou um acidente?

Jimbo grunhiu uma resposta. Era como se ele tivesse orbitando outro planeta. *Nossa*, pensei, *muito obrigado*. Ele só falou algo quando perguntei:

– Como vou explicar meu olho pro seu pai?

– Você foi assaltado, cara.

Quando observei que Giuliani tinha praticamente purgado a cidade de assaltantes, Jimbo disse:

– Ele não sabe disso.

Aparentemente a última vez que o Velho Khan esteve na cidade fora durante o governo Dinkins, como parte da equipe de construção que retirou os escombros do primeiro ataque ao World Trade Center.

Quando entramos na Woodland Street, passamos pelos artefatos suburbanos que sempre pareciam estranhos para mim enquanto residente de Manhattan, ou até mesmo Karachi: churrasqueiras, bicicletas, triciclos, balanços de plástico, equipamento de jardim, uma rede, um gnomo. Não havia nada disso na frente da residência dos Khan, mas a faixa afilada de grama onde o Velho Khan passava o fim das tardes estivais tinha sido tosada há pouco, os lírios e as gardênias regados e a pequena cerca viva manicurada por mãos experientes. Na ponta dos pés era possível ver o interior da sala de estar parcamente mobiliada dos Khan através de cortinas abertas e barras de ferro. Um sofá verde-ervilha e uma prateleira alta com uma TV e um videocassete eram as únicas peças de mobília dignas de nota. O chão era todo coberto por carpete felpudo, e nas paredes havia apenas uma imagem panorâmica da Caaba cercada por peregrinos dispersos.

Parando para se arrumar diante da porta, Jimbo murmurou:

– Cara, não fala da Pato nem nada.

– Você sabe que eu nunca faria isso, *yaar*.

AC faria. AC também era *persona non grata* na morada dos Khan. Ele não apenas tinha aparecido uma noite alguns anos antes com quatro Wild Turkeys no tanque, mas tinha anunciado durante o jantar que o Jimbo estava saindo com a Pato havia anos. Também chamou o lendário líder Khan, Abdul Ghaffar Khan, o Gandhi pachto, de maricas. Parece que AC e o Velho Khan quase saíram no tapa.

Batendo nas minhas costas, Jimbo disse:

– Você é um bom amigo, Charlie Brown.

Suspeitando de algo, perguntei:

– O que é que *está* acontecendo com a Pato?

– Nada, cara, nada.

– Conversa. Tem alguma coisa errada. Tá na cara. Se você não me contar, vou começar a gritar.

– Ok, ok, relaxa, cara. Vou te falar: a Pato pediu a minha mão.

– Uau! – exclamei. – Parabéns, *yaar*!

– *Shhh!*

– Quando foi isso? O que você disse? Por que você não me contou?

– Tipo um mês atrás – ele disse, mordendo o lábio. – Falei pra ela: me dá um tempo pra pensar, então pensei: mas quando falei com o Velho Khan, ele caiu de pau, tipo podisquecê!

– E aí? – Aparentemente eu só era capaz de emitir exclamações monossilábicas ou questões exasperadas quando devia ter pronunciado alguma expressão apropriada de incentivo ou consolo.

– Aí nada, cara – ele disse, apertando a campainha. – Tem que entrar.

Atravessamos o corredor de piso de madeira bafejando o aroma inebriante de cebolas fritas e alho, passando pela porta à direita, que levava ao quarto que os Khan alugavam para Eddie e Myla Davis, um jovem e elegante casal afro-americano, e ao porão, que abrigava um conjunto quebrado de mobília feita de bambu, a mesa de pingue-pongue de Jimbo e miscelâneas paquistanesas. No lado canhoto havia uma porta desnecessária, que estava sempre trancada e levava ao "salão" e "estúdio", embora salão e estúdio não fossem mais do que uma extensão paralela ao corredor, separada por uma tela ornamentada cor de madeira. A casa era simples, modesta até, mas pela forma como o Velho Khan se portava em supremo aprumo, segurando os braços da cadeira de balanço de couro sintético como se fosse um trono, você podia ter certeza de que ele acreditava que sua casa era seu castelo.

Careca, moreno e de peito largo, com sobrancelhas arqueadas, olhos azuis brilhantes e um nariz bulboso instalado num rosto corrugado, o Velho Khan tinha o porte de um touro, e, a não ser por sua barba branca bem cortada, me lembrava um retrato de livro-texto de Mussolini. Jimbo tinha me contado que achavam que ele era italiano no bairro italiano, grego no grego, russo no russo, judeu no judeu (o Upper West Side, ou o velho Lower East Side) e que sempre diziam que ele não parecia paquistanês, o que, é claro, não queria dizer nada. Qualquer paquistanês pode explicar que a população do sexto maior país do mundo vai de makranis negros e de cabelo crespo na costa sul a descendentes louros e de olhos azuis dos exércitos de Alexandre nos vales nevados do norte. Diferente da maior parte dos homens paquistaneses, ou de Mussolini, o Velho Khan em geral vestia um pequeno avental apertado sobre uma camiseta sem mangas, um troço fúcsia desbotado e chamuscado onde se lia BEIJE O CHEF em letras brancas.

Quando entramos, ele grunhiu:

– Faz um bom tempo que não te vejo, Jamshed *beta*.

No mês anterior, Jimbo tinha cancelado nossa visita sem explicações. Acho que tinha a ver com a Pato.

– Desculpe o atraso, *Baba jan* – respondeu Jimbo, beijando a testa do pai. – O horário do trem tá esquisito. – Não só os trens ainda estavam com intervalos irregulares, mas o desvio pela 34th Street levava mais tempo do que a rota usual pela Chambers Street. A Chambers Street estava em ruínas.

Jimbo deu a volta na mesa da cozinha para chegar a Amo, que estava em pé ao lado do fogão, sorridente, enlaçou a cintura dela e beijou-a na testa.

– Oi, gatinha.

Amo revirou os olhos antes de olhar na minha direção. Ela alimentava uma paixonite por mim. Quando entramos, ela havia meio que acenado, tipo *ei, você*, antes de timidamente desviar seus olhos estreitos, verde-turquesa. Cada traço do seu rosto era distribuído com extrema precisão. Com seu pescoço longo e maçãs do rosto proeminentes, ela lembrava Vivien Leigh aos dezoito anos – uma jovem Vivien Leigh de *hijab*, jeans e tênis Puma vermelho e branco. Fotos de família, porém, mostravam Amo como uma criança gorducha, inteiramente esquecível (um pouco como a sua mãe), que apenas recentemente se metamorfoseara em cisne. Consequentemente, ela ainda estava se acostumando com o próprio corpo, como se tivessem acabado de presenteá-la com um vestido caro. Há algumas semanas caloura na Rutgers (onde estava estudando, por incrível que pareça, ciências atuariais), ela exibia um *hijab*. Não sei por quê. Eu não gostava muito daquilo. Quando percebeu meu machucado, ela cobriu sua boca aberta, mas dei de ombros e sorri tranquilamente, como se fosse um cara durão, e essas coisas acontecem com caras durões.

Era a minha vez de prestar meus respeitos ao patriarca pachto. Erguendo a mão à testa, me aproximei e disse:

– *Salam*, Khan *Sahab*.

Gesticulando, ele gritou:

– O que houve, *beta*?

– Eu, hum, fui assaltado, Khan *Sahab*.

Inclinando-se para frente, o Velho Khan esmagou seus dedos em dois punhos cheios de veias e disse:

– Você lutou até o fim, foi?

– Sim, Khan *Sahab* – respondi, mentindo deslavadamente, enrubescendo.

– Esse é o meu garoto! – exclamou ele, passando suas mãos pesadas e calejadas sobre a minha cabeça. Eu não podia não amar o velho, apesar do seu temperamento, idiossincrasias e peculiar afeição por Jersey City. Ele era genuíno, afetuoso, como um pai devia ser.

– Agora me conte – ele disse. – Como está sua mãe?

O Velho Khan sempre me perguntava sobre mamãe, como se eles fossem velhos amigos da terra natal, embora nunca tivessem se encontrado. Embora ele talvez a imaginasse parecida com sua falecida esposa, até onde eu sabia as duas eram bem diferentes. Chamada apenas de Begum, a sra. Khan era baixinha e morena, a mais velha de uma ninhada de sete. Depois de a casa em que eles viviam ter sido incendiada por uma turba hindu na Índia, seus pais fugiram para o Paquistão em 1947 para passar anos na selva da antiga Karachi, residindo em moradias improvisadas fora da cidade, sem água encanada nem energia elétrica. Por fim seu pai conseguiu arranjar emprego numa repartição pública e acomodações modestas no bairro de classe média de Paposh Nagar. Apesar das circunstâncias, seu pai se assegurou de que Begum recebesse uma "educação de primeira".

Embora o Velho Khan viesse de uma região do país onde as mulheres em geral não eram encorajadas a estudar, ele tinha muito orgulho das realizações acadêmicas de sua falecida esposa. Ironicamente, Begum talvez não tivesse ido muito longe sem o pachto. De acordo com o Velho Khan, ela abandonou a Inter para tomar conta dos irmãos quando sua mãe recebeu o diagnóstico de câncer no ovário. Os dois se conheceram na sala de emergência do Hospital Adventista do Sétimo Dia, na noite em que ele fora internado com um ferimento de faca na barriga – sofrida durante uma confusão com os "asseclas chineses de Saddar" – e na noite em que ela levou sua mãe para morrer. Apaixonaram-se desesperadamente. Mas Begum não podia simplesmente deixar seus irmãos ou "casar abaixo da sua classe". Consequentemente, por anos eles tiveram um caso secreto, "na alegria e na tristeza", afastando pretendentes e outras tribulações e se encontrando semanalmente no Hill Park.

Quando as circunstâncias enfim permitiram, decidiram imigrar para os Estados Unidos e partiram no verão de 1972. O Velho Khan pegou o primeiro emprego que um rufião podia alcançar – numa construtora de proprietários irlandeses – e sustentou Begum ao longo da sua graduação e, em seguida, do seu mestrado em psicologia. Ela lhe gerou duas crianças em licença-maternidade da Faculdade Comunitária de Hudson County, onde deu aulas até 1989, quando, como sua mãe antes dela, sucumbiu ao câncer. "Não sei por que Deus não me levou", disse-me o Velho Khan uma vez. "Mas quem sou eu para questioná-Lo?"

– Minha mãe está bem – respondi, lembrando que eu tinha esquecido de ligar de volta para ela. – Ela perguntou sobre o senhor.

– Dê a ela meu *salam*.

– Sim, senhor.

Então, num tom destinado a crianças recalcitrantes, ele trovejou:

– Por que estão todos em pé desse jeito? Sentem-se! O jantar está servido.

Nós nos apertamos ao redor da mesa, diante do banquete que o Velho Khan preparara (porque ele defendia que mulheres modernas não deviam cozinhar) e Amo rapidamente servira. Havia *biryani* de cordeiro temperado com açafrão, *karahi* de frango com tomate, coentro e pimentão verde, *shami kababs* para comer de uma vez só e um pote de cerâmica de *daal* guarnecido de cebolas fritas e alho. Como de costume, fui informado de que tudo era *halal*, e como sempre o Velho Khan proclamou: *Em nome de Deus, o Clemente e Misericordioso*, antes de atacar. Antes que ele pudesse pegar o frango, porém, Amo disse:

– *Baba jan*, você sabe que você não pode comer nada disso.

– Eu cozinhei, *beti* – ele respondeu.

– Você sabe que tem que cuidar do seu colesterol, e o *karahi* está praticamente nadando em *ghee*! – Brilhando com manteiga clarificada, o frango assassino. – Você só pode comer o *daal* e *biryani*.

– Quando chegar minha hora, *beti*, Deus vai me levar.

– É, e aí o que vai ser de mim?

– *Acha, acha* – o Velho Khan resmungou, intimidado –, faço o que você quiser.

Enquanto comíamos, ouvíamos as batidas abafadas dos Davis andando acima de nós e o ocasional, porém palpável ranger de cadeiras no chão de tacos deles.

– Jamshed *Lala* – começou Amo –, sabe que Myla acabou de ter um bebê? Eles deram o nome de Anthony, e ele é um daqueles bonequinhos de pano. Você tem que ver.

Inclinado sobre um prato transbordando de *biryani*, Jimbo grunhiu:

– *Você* devia ter um filho.

Eu não sabia se Amo estava tentando pentelhar o irmão.

– Jamshed *Lala* – repetiu Amo, se espichando para atrair a atenção de Jimbo –, quando vou ganhar um sobrinho?

Sua grande cabeça inclinada para baixo, Jimbo murmurou:

– Alguém tem que me laçar antes, meu bem.

Naquele instante, o Velho Khan lançou um olhar feroz, suas alvas sobrancelhas peludas se encontrando num nó apertado no meio da ampla testa enrugada.

– Então está na hora de casar – piou Amo. – Você está na idade certa e tal. Você só precisa tipo encontrar a garota certa...

– Aamna *khanum* – grunhiu o Velho Khan –, coma sua comida.

– *Baba jan* – disse Amo –, às vezes você acaba com a minha alegria.

Numa tentativa de mudar de assunto, talvez, o Velho Khan se virou para mim e perguntou:

– Como vai nosso investidor bambambã?

Todos os olhos de repente estavam sobre mim, e por um instante considerei que reação meu trampo de taxista suscitaria.

– Bem – comecei –, na verdade, estou meio que num ano sabático, Khan *Sahab*. Achei que era hora de mudar, de achar algo melhor.

Minha revelação foi recebida por um consenso de silêncio, como se a família Khan tivesse enfim descoberto que eu era uma fraude, um fracasso. Os olhos do Velho Khan se estreitaram como se estivessem processando a informação palavra por palavra. Então ele proclamou:

– Bravo!

Jimbo olhou para o pai, tipo *Mas, como assim?*

– Meu único arrependimento na vida – continuou o Velho Khan – é que não tive coragem de mudar de profissão. Era tarde demais para mim... Mas, *ma'shallah*, vivi uma vida plena nos Estados Unidos, criei uma família. Não vou chorar lágrimas de crocodilo.

– Você quer dizer que não vai chorar *sobre o leite derramado*? – intromete-se Amo. O Velho Khan lançou para ela um olhar confuso.

– Por que eu choraria por um derramamento de leite?

– *En-fim*, dizem que quem sai da faculdade hoje muda de emprego cinco ponto seis vezes, na média.

Sentado diante de mim, Jimbo fez uma careta, provavelmente porque já tivera mais do que cinco ponto seis empregos desde a graduação – mais para nove ou dez –, nenhum dos quais agradara a seu pai. Mas é verdade que era difícil agradar o Velho Khan. Muito tempo atrás ele tivera planos elaborados para Jimbo, conseguindo inscrevê-lo na PS 6, onde, ele sempre lembrava, *Kramer vs. Kramer* tinha sido filmado (embora nunca tivesse visto o filme). Toda manhã, às sete, o pequeno Jimbo pegava o trem metropolitano, trocava duas vezes de trem, às vezes pegava um ônibus, carregando uma mochila e uma lancheira do Indiana Jones que abrigava em alternância sanduíches de geleia com manteiga de amendoim e *shami-kabab* com manteiga. Em um ano ele tinha entrado na classe dos alunos avançados e na banda da escola, o que exigia que carregasse uma tuba. Depois da morte de Begum, porém, Jimbo entrou na "turma do mal" no ensino médio, e uma vez, enquanto "pichava" um trem, chegou a ser preso. O Velho Khan decidiu naquele momento que Jimbo era uma erva daninha. O status não mudara desde então. Nos dois anos que passou na Universidade da Cidade de Nova York, Jimbo fez cursos que pareciam baboseira para o Velho Khan: treinamento de ouvido, teoria musical, engenharia acústica, masterização, gravação em múltiplos canais. Jimbo me contou que uma vez seu pai disse: "Trabalhei quinze anos pra você tocar bongô?" Ironicamente, Jimbo atribuía seu senso musical inato ao tempo que passara ouvindo o pai martelando em traves e vigas.

Carreiras e planos eram questões delicadas. Jardinagem, por outro lado, era um assunto inofensivo, e, se você estivesse disposto a escutar, o Velho Khan podia e não se abstinha de seguir falando sobre métodos de lavoura que ele alegava ter sido o primeiro a utilizar ao longo dos anos:

1. Café moído e esmagado, salpicado sobre o solo, ajuda as plantas a crescer.

2. Pimenta-de-caiena esmagada é um ótimo pesticida.

3. Canela previne doenças.

4. Leite pode ser usado para limpar plantas (porque possui a acidez necessária).

– Como vai a jardinagem? – perguntei.

– Ontem mesmo – ele exultou – encomendei uma planta muito especializada que não se encontra em nenhum lugar dos Estados Unidos da América! Dá para acreditar? Algo que não se encontra aqui!

– Como ela se chama, Khan Sahab?

– Na China ela se chama *mudan*. *Mu* é macho e *dan* é vermelho. Junto significa "a planta que pode se reproduzir por broto e por semente". Eles também a chamam de *Hua Wang*, "Rei das Flores". Em inglês é *tree peony*. Peônia! Tudo se perde na tradução.

– Por que ela é tão especial?

– É como uma orquídea. É linda e descomum.

– Incomum – interveio Amo.

– Sabe, Shehzad *beta* – ele disse, semicerrando filosoficamente os olhos –, você se sente como se estivesse fazendo o trabalho de Deus, criando o Paraíso na Terra. Esse sempre foi o meu *jihad*.

Fiz que sim com a cabeça, vigorosamente, como se soubesse exatamente o que ele estava querendo dizer, mas não entendi muito bem. Não ia com a conotação moderna de *jihad* que tinha penetrado o vocabulário com um estrondo: fazer a guerra contra muçulmanos errantes e não muçulmanos também.

– Você tem que ser produtivo na vida – ele continuou. – Você tem que lutar contra si mesmo.

E de repente a ficha caiu. A frase tinha me lembrado que o termo se traduz como "luta", a luta interior: a luta para permanecer reto e caridoso, adquirir conhecimento e assim por diante.

Enquanto pensava sobre qual devia ser o meu *jihad*, Amo passou o prato de *biryani*.

– Você tem que experimentar – ela insistiu. – É a receita de Begum.

Embora cheio, peguei a caçarola, porque Amo tinha pulsos tão delicados que fiquei com medo que eles se quebrassem.

– Não é delicioso – eu disse, enfiando uma colherada na minha boca. – É inacreditável. – Amo abriu de novo aquele seu sorriso cativante.

Durante o jantar, flagrei-a olhando disfarçadamente para mim. Em resposta, eu sorria amarelo, educadamente, retraindo o queixo para esconder o nó na minha garganta. Não havia dúvida de que Amo era linda e vivaz, uma espoleta em *hijab*, mas ela era mercadoria proibida, não só por ser a irmã do meu camarada, mas por ser a filha do Velho Khan. Se algo inapropriado acontecesse, ele me transformaria em *boti*.

Além disso, raciocinei, Amo e eu não estávamos na mesma sintonia. O *hijab* me deixava bolado. Portar o negócio era questão de interpretação, de interpretação incorreta: mamãe, um paradigma de virtude e graça e sensibilidade, jamais usara um.

Como a maior parte dos muçulmanos, eu lera o Corão uma vez, quando tinha uns dez anos, e, como alguns, passei os olhos por ele em outras ocasiões. Havia pontos no Livro Sagrado que eram indiscutíveis, como comer carne de porco, mas as diretivas a respeito de álcool podiam facilmente ser interpretadas de mais de uma forma. Você não devia, por exemplo, rezar se estivesse bêbado. Quanto ao *hijab*, o Corão menciona que as mulheres devem cobrir seus "ornamentos", e não há como definir o termo de outra forma que não os seios e além. Os homens não o usam por não possuírem tais ornamentos. Além disso, e diferente de Amo, eu não queria portar minha identidade à vista de todos.

Quando o Velho Khan se retirou para o quarto depois do jantar para fazer suas orações, e enquanto Jimbo e Amo tiravam a mesa, dei uma escapada para fumar a caminho do lavabo. Poucos prazeres na vida são comparáveis a um cigarro após uma refeição paquistanesa. De fato, era um evento raro, como se sentar a uma mesa de verdade com garfo e faca e guardanapo dobrado; mas o melhor cigarro que eu tinha fumado em anos não tinha seguido uma refeição paquistanesa e sim uma americana: um ano antes, depois de passar o Dia de Ação de Graças com Mini Auntie e os Khan, meu amigo gay Lawrence, nascido Larry, tinha me convidado a Omaha para um verdadeiro jantar americano à base de peru, com direito a recheio, molho de frutas silvestres e um tio bêbado girando os braços, derrubando garrafas e cadeiras. O Dia de Ação de Graças estava logo ali de novo, e Lawrence tinha me informado que ficaria "felicíssimo" se eu participasse novamente. Da última vez a mãe dele tinha dito: "Ele é tão bem-educado. De repente", ela ponderou, "é porque ele é *musumano*." Bons tempos aqueles.

Jimbo juntou-se a mim quando eu estava na metade do meu Rothman, e juntos assistimos à massiva nuvem violeta que pairava sobre nós. Depois de algum tempo, ele perguntou:

– Que que tu acha?

– Não acho que vá chover, *yaar*, pelo menos não agora.

– Não é disso que eu tô falando, cara.

– Ah. Perdão. Você tá falando da situação com a Pato.

– Acorda pra cuspir!

Não pergunte para mim, pensei, *não sei nada dessas coisas*. AC era o cara para conselhos e instruções. Eu era o bobo da aldeia.

– Não sei, quer dizer, não é o fim do mundo – eu disse, papagueando sem convicção as sábias palavras que AC me dissera. – Ele vai acabar aceitando, certo?

– Negativo.

– Claro que vai, *yaar*. Você é o único filho homem. Dê um tempo para ele.

– Tarde demais, cara. A Pato está partindo pra cima, comprando briga, dando ultimatos. Ela falou disso antes, e eu ficava dizendo espera, me dá um tempo, vou conversar com o velho, cê sabe, receber a bênção dele e tal, mas ele nunca deu, e ela não quer mais esperar. Ela tá cinco anos mais velha e quer fazer um bebê porque os ovários dela tão morrendo ou secando ou sei lá.

– Certo. Ok. Então acho que você tem que tomar algumas decisões. Quer dizer, talvez você tenha que pensar nisso como um exercício, em termos absolutos. O Velho Khan *versus* a Pato: quem você pode deixar de lado? É um exercício retórico, porque seu pai é seu pai...

Jimbo suspirou:

– Eu meio que a amo, cara...

Meu cigarro tinha chegado ao filtro, mas eu continuava tragando para ver se a inspiração vinha.

– Então conta para ele – consegui dizer.

No mesmo instante a voz de Amo vibrou feito um alarme pelo corredor:

– *Jam-shed* La-la! *Sheh-zad* La-la!

Jimbo me passou uma balinha para o meu hálito e deu um passo deliberadamente firme para dentro, murmurando "Tem que entrar". Metendo a bala na boca, esmaguei o cigarro sob o meu calcanhar e o segui.

Eles estavam na sala de estar – o Velho Khan inclinado para frente no sofá, Amo com os pés enrolados feito um siamês – vendo o jornal das dez com o volume no talo. As notícias eram todas ruins. Havia informações de que a água da torneira poderia estar envenenada, que o vírus do antraz permeava o ar; informações sobre estranhos acontecimentos ocorrendo na fronteira externa do nosso campo de visão ou no limite das nossas consciências; relatos de homens escuros com bombas sujas e detonadores nos sapatos. Aviões apareciam e desapareciam no horizonte. Nossos nervos já abalados, diziam-nos para avisarmos em caso de atividades suspeitas, para sermos vigilantes. Acima de tudo, a morte era recorrente na TV, em cores vívidas, corpos carbonizados em meio a ruínas de concreto, feito pornografia.

– *Allah rehem karay* – proclamou o Velho Khan. Deus tenha piedade de nós. Aparentemente Rumsfeld anunciara uma grande ofensiva contra o Talibã. Seria uma guerra boa, uma guerra justa. – É isso mesmo? – ele gritou. Seu rosto tinha ficado vermelho-beterraba. – Alguém pode me explicar? – Pegando o controle remoto, Amo desligou a TV. – Não consigo entender, Aamna *khanum*. Por que bombardear? Por que quebrar? Por que destruir?

Embora eu não fosse especialmente simpático aos afegãos – eles tinham passado os últimos trinta anos atirando nos próprios pés –, o Velho Khan era um cidadão de Jersey tanto quanto um pachto, que, comentaristas informavam, "é o grande grupo étnico que compreende parte do norte do Paquistão *e* a maior parte do Afeganistão". O Velho Khan simpatizava com seu povo, mesmo que eles contribuíssem com o Talibã. Mas não era uma questão de estar dividido entre cá e lá: acho que ele estava abalado por ver os edifícios que construíra com suas próprias mãos caindo várias e várias vezes.

– Devíamos plantar sementes nas montanhas, criar flores. Imagine, *beta*, árvores para todo lado e pomares, jardins... O que você acha? – ele perguntou para ninguém em particular, segurando seu peito. – O que você acha?

– *Baba jan* – suplicou Amo –, você tem que relaxar. Não vale a pena. Você vai ter outro ataque do coração.

Enquanto o Velho Khan respirava fundo, estilo ioga, olhei para Jimbo querendo dizer *este provavelmente não é o melhor momento para um papo sobre a situação com a Pato*, e ele me olhou de volta como quem diz *pô, jura?* Então pedi licença para dar um telefonema e liguei para AC do telefone na parede da cozinha.

– Alô? Você tá aí? Ok, bom, seguinte, estamos dentro da Operação Shaman. Connecticut ou morte. – Naquela noite em Jersey eu tinha descoberto o meu *jihad*. – Mas não tem como eu pegar o táxi antes de amanhã à noite. Beleza, *yaar*, tenho que ir. Tchau, por enquanto.

Quando voltei, encontrei os três sentados no sofá, o Velho Khan no meio, flanqueado por suas crianças, como se estivessem posando para um retrato de família. O Velho Khan fumava uma daquelas pequenas cigarrilhas sem filtro que tinham um aroma maravilhoso, feito uma noitada em Lisboa ou algo do gênero, mas um gosto de merda. Se desvencilhando do sofá afundado, Jimbo disse:

– Tem que partir.

– Mas você ainda não comeu a sobremesa, Jamshed *Lala* – interveio Amo.

– Na próxima, boneca.

– Ok, espera só um segundo. – Correndo até a cozinha, ela voltou com um Tupperware de *halvah* de cenoura que pôs nas minhas mãos. – É para você.

– Eu achava que você não cozinhava.

– É sobremesa.

– Bom, hum, obrigado, Amo, pela sua hospitalidade.

– Não tem de quê, Shehzad *Lala*.

Depois que Jimbo beijou o pai e a irmã, salamei o Velho Khan e dei um tapinha nas costas de Amo, que ergueu o ombro em agradecimento. Quando estávamos saindo, o Velho Khan gritou:

– Estou contando os dias para sua visita mês que vem, Jamshed *beta*!

Jimbo virou para trás e sorriu.

Do lado de fora, ele começou a falar, como se se dirigisse à própria consciência:

– Mas o velho tipo tem pressão alta, e quando ele fica irritado ou sem palavras ou coisa do tipo começa a segurar o coração e fica todo vermelho, respirando feito um javali africano. Já aconteceu algumas vezes. Dá um medo animal. Ele diz que não é nada, finge que ainda é durão, mas não é, e não quero fazê-lo sofrer. Ele já sofreu bastante, sabe?

– Eu sei, *yaar* – respondi –, eu sei.

Andamos pela Woodland Street em silêncio, cheirando a cebolas fritas e cigarrilhas cansadas.

5.

Dirigi meu primeiro carro aos cinco anos de idade. Era um conversível azul-celeste arredondado na frente, feito um Corvette. Tinha dois adesivos de medidor de combustível e velocímetro e um painel de controle amarelo do tamanho de uma caixa de biscoitos, que dava para abrir. O volante também funcionava, mas o carro não era equipado com chassis, pedais ou qualquer tipo de banco. Era movido a ambulação – ecologicamente correto, mas não muito eficiente em termos de consumo energético. Não que isso importasse: eu era puro vigor na época. Varava para todos os cantos nele, percorrendo os atalhos da nossa sala de estar, cozinha e quintal, fazendo o som do motor com a boca. Aparentemente, fiquei grudado no carro por "seis longos meses". Mamãe lembrava que eu jantava dentro dele enquanto via televisão, estilo drive-in.

Não voltei a dirigir até a adolescência, quando de repente minhas pernas se esticaram desproporcionalmente mais rápido do que meus braços e tronco. Quando mamãe determinou que meus pés podiam alcançar a embreagem, o acelerador e o freio, disse: "Vamos dar uma volta, Papai Pernudo." Então, uma tarde no verão de 1994, dirigimos até a estrada deserta além de Clifton Beach no nosso Daihatsu Charade púrpura usado, impelidos pela doutrina da necessidade: mamãe precisava que eu fizesse as compras, pegasse os cheques da pensão do meu pai e depositasse os pagamentos das contas de luz e telefone.

"Você é o homem da casa", ela dizia, e o papel exigia que eu operasse os pedais da vida adulta.

Depois de alguns começos abortados, várias marcas de freio e uma pausa durante a qual tive direito a um discurso de incentivo e um cone de jornal cheio de amendoins, peguei o jeito da coisa. O negócio, aprendi, era tirar o pé da embreagem ao mesmo tempo que você pisava no acelerador e vice-versa. "E mantenha os olhos abertos", ensinava mamãe, "sempre olhe pelos espelhos. Você tem que saber o que está acontecendo ao seu redor." Seguindo as instruções, meus olhos ficavam na estrada, evitando buracos, desviando de ciclistas e reduzindo a velocidade antes de quebra-molas, mas depois, confiante, cheguei a acenar para uma família perdida num piquenique e dar uma olhada no pôr do sol sobre o mar cinza e espumante.

Mamãe era uma instrutora paciente porque tinha aprendido da mesma forma com outro instrutor, seu falecido marido, *"Inna lillaihay wa inna illahay rajayune"*. Ela também era uma supervisora durona. Anunciando "Agora é hora do seu teste", ela me indicou o caminho de casa, rumo a Saddar, via Gizri, um dos cruzamentos mais caóticos da periferia da megalópole. O tráfego de Karachi, eu aprenderia então, requer habilidade e testosterona. Eu não tinha nenhum dos dois requisitos. Consequentemente, o caminho de volta foi angustiante. A caravana noturna de caminhões viajando do porto para o interior do país me arrastou por Gizri, e em Submarine Chowk aconteceu o inevitável: tentando frear no trânsito congestionado, acelerei, batendo no Honda na frente.

Lembro que estava muito quente. Nossas janelas estavam abertas porque o ar-condicionado tinha parado de funcionar anos atrás – o que era tranquilo com a brisa do mar soprando na praia, mas não no tráfego da cidade, e certamente não durante um acidente. O sari de *chiffon* bege da minha mãe grudava no seu corpo, e minha camisa estava escura de suor. Minha perna direita sacudia sem parar. Não sabia o que fazer: não tinha idade para dirigir, estava errado e não tinha carteira de motorista. Mamãe, uma das mãos no meu joelho, disse "Senta aqui", e nisso abriu a porta do carro, saiu e bateu a porta de novo. O motorista do Honda Civic, um homem corpulento com uma barba de mágico, já estava do lado de fora, gesticulando loucamente. Outras pessoas, a maioria delas homens, tinham saído dos seus carros, formando um círculo turbulento ao redor dos dois. Era um grande espetáculo, e sob a luz dos faróis mamãe tinha o porte de uma atriz de cinema dos anos 1950, com seu longo cabelo escuro enrolado num coque, seu sari colado nos quadris e seus olhos pintados de *kohl* faiscando, mas não era nenhuma donzela em perigo: com a mão na cintura, sacudiu um dedo na cara do homem, que, sem saber com quem estava lidando, não conseguiu encaixar uma palavra que fosse.

– E mais uma coisa – ouvi mamãe dizer. – Você precisa cortar essa barba! – O mágico recuou a passos trôpegos.

Quando mamãe entrou no carro de novo, me inclinei e dei um beijo na sua bochecha suada. Ela era a minha heroína. Olhando-me firme nos olhos, ela disse:

– Este foi seu primeiro e último acidente. – Então, com um tapa na coxa, anunciou: – Vamos, *beta* – como se seu trabalho tivesse terminado.

O episódio retornou à minha mente na noite da frenética e determinante Operação Shaman. No momento em que eu já tinha pegado a linha 7 até Jackson Heights, no primeiro vagão para ver os trilhos à minha frente, obtido as chaves e o carro de Abdul Karim – que me recebeu no seu prédio sem elevador num roupão azul-real e sandálias de plástico combinando, e delicadamente perguntou por que eu estava de óculos escuros – e voltado de carro à cidade com um passageiro que, previ corretamente, precisava ir para o centro da cidade, embora não ao Village, mas bem perto de Nolita, já tinha passado das oito. Do outro lado da cidade, no Hell's Kitchen, AC estava me esperando desde as sete. Enquanto isso, Jimbo tinha pedido para ser pego na casa da Pato no SoHo, um desvio inesperado que complicava uma já complicada expedição. O melhor caminho era pegar a Houston até West Broadway, pegar Jimbo, depois pegar a Nona Avenida até AC, porque, como todo taxista sabe, os sinais da Nona vão se abrindo em série se você estiver a cinquenta e cinco quilômetros por hora, mas a Houston estava congestionada. Consequentemente, decidi cortar a Alphabet City e pegar AC antes, porque pensei que Jimbo podia esperar e AC já estava marinando feito uma panela de *nihari*. E ia marinar mais um pouco. As ruas estavam uma bagunça, carros costurando, desviando, cortando uns aos outros, caravanas de ônibus cambaleando feito elefantes em fúria. Motoristas buzinavam, xingavam, erguiam punhos e o dedo médio, e havia policiais para todo lado: em viaturas, a cavalo e aos pares e em trio pela rua. Era como se todo mundo estivesse fugindo de uma catástrofe de proporções épicas: onda gigante, nuvem tóxica, Godzilla. Eu achava que tinha algo a ver com o anúncio vagamente apavorante no jornal a respeito das pontes e túneis da área, mas, em vez de um êxodo, todo mundo parecia estar dando voltas e mais voltas.

Quando finalmente cheguei à Madison, as ruas clarearam. Baixando as janelas, aumentei o volume da WPLJ, Power 95, e balancei no ritmo da batida vibrante de uma excelente faixa antiga dos Doobies. Passei voando pelas tapeçarias das ruas 30, pelos hotéis das 40, em sete minutos cravados, e durante aqueles sete minutos eu era livre e rápido feito um átomo errante. Em tais circunstâncias – e elas não eram infrequentes –, dirigir um táxi era uma alegria. Melhor do que sentar numa baia por turnos de dezesseis horas, olhando para uma tela. Navegar pela cidade na I-95 à noite, por exemplo, ou de Hoboken pela ponte George Washington, era eletrizante toda bendita vez. Era como descobrir Manhattan de novo. Cada ocasião prometia algo diferente: você via lutas muito loucas em Yonkers, casamentos muito loucos em Chinatown. Você conhecia as grandes celebridades da nossa era, cumprimentava com o polegar aquele caubói guitarrista pelado na Times Square. Havia, porém, um consenso entre nós de que a melhor parte do trabalho era que as mulheres mais lindas do mundo corriam atrás de você em saltos agulha e relativamente despidas às quatro, cinco da manhã. Elas entravam no seu local de trabalho, pernas à frente, bolsa balançando, e começavam a conversar. Acontecia de algumas despirem os seios absolutamente à toa; outras despiam a alma.

Embora o trabalho tivesse suas vantagens, poucos considerariam que ser um taxista na Nova York da virada do século fosse uma proposta tentadora. Você tinha que se desviar de bêbados, drogados, buracos de quebrar eixos, atalhos labirínticos, radares, multas, intimações abusivas. Os policiais, por exemplo, faziam um negócio na 42nd Street: se você tentasse virar à esquerda da Terceira Avenida com o sinal verde, você era multado por *não dar a preferência aos pedestres*, mas, se você os deixasse passar, recebia uma intimação por furar um sinal vermelho. E você pagava multas, gasolina e a taxa de $120 por turno do seu próprio bolso; não tinha seguro social, plano de aposentadoria, férias remuneradas nem plano de saúde, embora arriscasse a carteira e a vida toda noite. Assaltos eram comuns, roubos seguidos de morte não incomuns. Durante minha breve e fantástica carreira, dois motoristas de radiotáxi foram esfaqueados. Em 2000, onze morreram.

Na noite da Operação Shaman tive minha primeira experiência de quase-morte: numa tentativa de confirmar a insistente previsão de chuva dos meteorologistas, reduzi a velocidade para examinar o céu carregado e prestes a desabar, quando uma figura se precipitou no meio da rua como se perseguindo uma bola de beisebol ou um desejo de morte. Metendo o pé no freio, gritei algo como JESUS CRISTO ALAIY SALAM! O táxi guinchou, depois derrapou, depois parou. Com uma das mãos no bolso da calça, a outra protegendo os olhos, um sujeito familiar num terno formal se jogou na minha frente, gravata sobre o ombro. Quando saí para xingar o babaca, ele passou por mim, abriu uma porta e se esparramou no banco de trás.

– Greenwich Street – falou como se nada tivesse acontecido. – E pé na tábua, amigão.

Algo naquele seu jeito extraordinário e grosseirão, no tom da sua voz e no seu sotaque de Jersey, o identificou. Era o meu VP. Embora inevitável, era a primeira vez que algo assim tinha acontecido comigo desde minha encarnação como taxista. Nem em sonhos eu lhe daria o prazer de saber que eu tinha caído na vida. Num falso sotaque estrangeiro, algo entre bengali e suaíli, eu disse:

– No vô!

– Vai sim! – ele gritou através da divisória de plexiglás arranhada.

– No tô trabalho!

– Bom, quer saber? – ele disse, cruzando as pernas. – Eu também. E sabe o que eu vou fazer? Vou sentar, relaxar e fumar um charuto.

Jogando as mãos para o ar, gritei:

– No fuma! No fuma!

Mostrando um charutão, que imediatamente caiu, ele rosnou:

– Vai pro inferno!

Enquanto ele grunhia e se remexia e chutava as costas do meu banco, pensei: *Que porra eu vou fazer com esse cara?* Meu primeiro impulso era despachá-lo em algum ponto da Manhattan Alley e deixá-lo se virar entre os hondurenhos de camisetas regata amontoados em degraus e varandas.

– Ok – murmurei com um suspiro, metendo o pé no acelerador. – Vô po inferno.

Uma noite, não muito tempo depois de eu ter chegado nos Estados Unidos, acompanhei AC a Manhattan Alley numa "missão", e me vi girando meus polegares numa calçada quando ele desapareceu numa residência para um "pit stop". Enquanto perambulava pelas calçadas repletas de lixo, desviando de ratos do tamanho de filhotes de gato, chamei a atenção de um marginal atarracado, relaxando na varanda com a galera dele, tirando a sujeira das unhas com um canivete.

– Ei, meu irmão – ele me chamou. – Quer uma tatuagem?

Seu bando soltou risadas histéricas feito uma matilha de hienas subnutridas, e lembro de tremer enquanto me perguntava: *Sou um irmão?* Comecei a assoviar, porque mamãe tinha me dito para assoviar quando tivesse medo, uma estratégia duvidosa; então AC emergiu feito Hércules depois dos Doze Trabalhos, berrando:

– *¡Familias latinas! ¡Tranquilo, tranquilo!*

Quando dei outra olhada no meu VP, no entanto, afundado no banco de trás, olhando para fora com olhos escuros e inchados, percebi que não sentia nenhum sentimento especial de vingança contra ele. O imperativo não ia com o meu *jihad*. Além disso, eu não tinha tempo para um passeio pelo Upper Upper West Side. Então dei a volta, baixei as janelas para ventilar e aumentei o som da trilha de jazz noturna na National Public Radio. Em resposta, meu VP relaxou e fechou os olhos, apreciando, aparentemente, o Dizzie Gillespie estraçalhando.

Chegamos à casa de AC quase às nove. Parando em frente ao seu prédio, verifiquei o estado do meu passageiro – que olhou para cima e depois para baixo, como se sua cabeça estivesse presa por uma dobradiça –, depois fui ao grupo de cabines telefônicas do outro lado da rua. Falar com AC era, na melhor das hipóteses, uma novela. Era preciso um punhado de moedas e uma paciência heroica, porque ele filtrava as ligações para evitar seu senhorio, credores e traficantes, para não falar de acólitos, ex-namoradas, atuais namoradas e qualquer um que tivesse uma bronca com ele. Você tinha que ligar uma vez, desligar, ligar de novo depois de exatamente sete segundos – contando mil e um, mil e dois e assim por diante –, desligar de novo, e então, se estivesse em casa, ele ligaria de volta. Se não, você ficava tremendo de frio numa cabine telefônica feito um idiota.

Houve uma época em que, depois de pegar emprestado mil e quinhentos dólares de um agiota no Harlem hispânico – um sujeito apropriadamente conhecido como Gafanhoto –, AC parou de atender ligações. Ele substituiu sua porta da frente por um sólido objeto de aço que tinha resgatado de um açougue *halal* falido de Coney Island e aparelhado com várias travas de correr da velha guarda e um dispositivo conhecido como fechadura de Mortise, uma invenção, ele nos informara sem fôlego, atribuída ao sobrinho de Eli Whitney, o homem por trás "da renascença da agricultura sulista antes da Guerra Civil". Durante os intensos Dias do Gafanhoto, AC também colocou carpete duplo no chão e tornou as paredes da entrada à prova de som com cobertores e caixas de ovos, para que não desse para ouvi-lo lá dentro. Correspondências, folhetos e jornais enrolados jaziam dispersos no pé da sua porta como se ele estivesse em férias permanentes. A única forma de entrar em contato com AC na época era seguir as elaboradas instruções que ele nos tinha enviado pelo correio e que envolviam uma roldana, um anão de jardim e um pino de boliche pendurado num fio pela chaminé no beco dos fundos. No meio da noite, subíamos uma escada e entrávamos no seu apartamento pela janela, como os Dois Ladrões Desgarrados de Ali Babá.

Dentro do santuário, você ficava sabendo que a mitologia infantil de AC tinha sido informada em parte por exemplares já muito lidos de *Bildungsromans,* como *Robinson Crusoé, Tom Sawyer. How to Be a Detective* repousava proeminentemente sobre a sua mesa, ao lado de traduções do *Babur-Nama,* as primeiras memórias modernas, e o *Muqaddinah,* de Ibn Khaldun, o primeiro tratado de antropologia, sociologia e economia. AC contava que tinha reorganizado sua coleção de acordo com a relevância pessoal: "Será que Dante deve ter precedência sobre Ghalib", perguntava retoricamente, "só por virtude do seu nome? Seria ridículo, colega." *The Anarchist Cookbook* – um *How to Be a Detective* para adultos – era frequentemente consultado após algumas doses. Como resultado, tínhamos todos fumado resíduos de casca de banana seca, uma experiência que deixava um gosto ruim na boca por dias. Recuáramos, porém, diante da perspectiva de provar um alucinógeno que pode ser manufaturado a partir da fervura, secagem e transformação em pó de pele de sapo com um pilão.

Preparando-me para outro sermão sobre pontualidade, liguei, esperei e liguei novamente, mas, quando finalmente ligou de volta, AC apenas me disse para eu o esperar no "beco em cinco minutos". Então começou a chuviscar, do nada, sem aviso nem fanfarra, como prenúncio apenas uma leve brisa e um difuso cheiro de urina. Atravessando a rua, abriguei-me sob a marquise de uma banca de jornais próxima. Alguns metros adiante, percebi meu VP plantando sua mão na mala do táxi e botando ferozmente os bofes para fora. Um homem de macacão, erguendo uma pilha de jornais, gritou:

– Tudo bem aí, amigo?

Meu VP acenou, sorriu, vomitou de novo.

No beco dos fundos, uma música familiar e lépida se sobrepunha ao tamborilar da chuva. Inclinando a cabeça para o lado, ouvi *"... shows 'em pearly whites"*, não sei o quê, *"out of sight"*. Quatro andares acima, observei AC emergir de uma janela aberta, trepar na escada de incêndio, abas do casaco batendo, cerveja na mão, e descer feito o Batman, antes de cair dois, talvez três metros e aterrissar num monte de sacos de lixo sem derramar uma gota da Sierra Nevada Pale Ale. Era, sob qualquer critério, uma performance impressionante. Pondo-se de pé, ele varreu restos de ferrugem da sua lapela, passou a mão pelo cabelo e saltou na minha direção feito um gato selvagem, cerrando sua grande mandíbula quadrada. Parecia ensandecido, como se fosse distribuir umas porradas, mas, antes que pudesse, o informei sobre a presente crise do VP.

– Então deixa eu entender, colega – AC disse. – O sujeito que te demitiu? Ele está no táxi? Nesse exato momento?

– É.

– E acabou de vomitar?

– Na rua. Não dentro do carro, graças a Deus...

– De fato – resmungou AC. – Quanta consideração.

– Olha só, *yaar*, ele tá completamente chapado...

– Bom, a gente, hum, vai ter que deixar ele sóbrio na base da violência, não é?

Então AC chegou mais perto. Eu podia contar os pelos crespos do seu nariz. Pensei que fosse me deixar sóbrio na base da violência também. Em vez disso, pegou os óculos escuros do meu nariz com a delicada precisão de um oftalmologista e os colocou no seu bolso do lenço.

– Equimose – declarou.

– Oi?

– Descoloração da pele causada por hemorragia interna, sangue coagulado.

– Parece nome de doença.

Retirando um frasco amarelo sem rótulo do bolso secreto na sua axila – um kit de primeiros-socorros para viagem que incluía calmantes, estimulantes, "sais de cheiro", formigas cobertas de chocolate, entre outros –, pôs a mão na minha têmpora e passou uma pomada grudenta e adstringente sob o meu olho, que ele massageou com cuidado com a ponta do polegar. Aquilo me fez bem. Depois de restituir meus óculos, enfiou o frasco de volta no bolso e entrou em marcha.

– Bom, vambora – lançou. – Estamos atrasados, colega! Nesse ritmo não vamos chegar na casa do Shaman até o fim da semana que vem.

Enquanto saíamos do beco, passamos pela poça de pedaços mastigados de salsicha e cebolas vermelhas aguadas que meu VP tinha regurgitado.

– Encantador – observou AC, ajeitando o bigode. – Materiais variados sobre, hum, asfalto.

No carro, AC ameaçou trancar meu VP na mala até ele me recontratar.

– Por favor, sem essa, *yaar* – supliquei. – Pelo menos deixa o homem voltar a si.

Num esforço nesse sentido, AC lhe deu uns tapas com as costas da mão. Felizmente, meu VP não se mexeu, e, se tivesse um mínimo de amor à vida, se soubesse se cuidar, permaneceria morto aos olhos do mundo, porque AC estava num humor perigoso.

– Olha – argumentei –, se ele não estiver consciente da decisão, não funciona, certo?

Concordando a princípio, AC ainda não podia deixar de lado os imperativos da justiça: vendando meu VP com um lenço de bolinhas, amarrou suas mãos com sua própria gravata Hermès, "para que as mãos dele permaneçam atadas".

Durante o caminho, AC, sempre o investigador, também ponderou sobre as atividades extracurriculares do meu VP.

– Você o pegou onde? – perguntou. – Na 53? O safado foi na Flash Dancers, viu umas dancinhas e teve o rosto amassado por enormes glândulas mamárias e aréolas borrachudas. – Não havia muita evidência para comprovar essa hipótese, até que AC tirou dois maços de dinheiro de cada bolso da calça. – Ele ganha o quê, trezentos mil por ano, bruto? Bom, ele tá carregando, ah, vírgula um por cento do salário anual dele. Em notas de um. – Deslizando o butim para dentro do seu próprio casaco, declarou: – Considere isso um imposto, otário.

Às dez em ponto, encontrei uma vaga na Sullivan Street, de onde podia ver as luzes acesas na Pato. Não tínhamos nos visto muito naquele verão, mas outrora a visitávamos toda semana, trazendo presentes, buquês, garrafas de Chianti e Brunello e quinquilharias para a casa: descansos de copo com desenhos de Klimt, um saca-rolhas metido a besta, um aspirador portátil. Beijando-a nas duas bochechas, AC dizia: "Aceite esses símbolos insuficientes da nossa, ah, afeição." E talvez eles fossem isso mesmo, mas de que outra forma retribuir uma hospitalidade tão consumada? Também a convidávamos para nossas casas, e uma vez até organizamos um elaborado jantar num veleiro em sua honra, incluindo convites impressos e menus em papel prateado. A Pato, porém, não era, por sua vez, uma convidada entusiástica. Se aparecesse, o que já era muito, ficava conversando calmamente com alguém que ela conhecia, estritamente uma pessoa, e depois de algum tempo piscava ou fazia algum gesto secreto para Jimbo, porque ele pulava, inventava uma desculpa esfarrapada qualquer e a levava embora.

Talvez não fôssemos anfitriões muito bons, ou fôssemos convidados ruins, ou talvez já não fôssemos uma novidade, porque tínhamos sido convidados cada vez menos para a casa da Pato nos últimos meses. Tinha a ver, em parte, com Jimbo – todo relacionamento tem seus picos e vales naturais –, mas gostávamos de acreditar que tínhamos um relacionamento independente com ela. AC até dizia: "A melhor coisa a seu respeito, Jimbo, é a sua namorada. Se vocês um dia se separarem, eu não só, ah, vou ficar do lado dela, como vou ficar com ela." Embora não falasse a sério – ou eu achasse que não –, ele dizia aquilo com bastante frequência. Claro que AC nunca admitiu que talvez tivesse contribuído para o desgaste do nosso relacionamento. Numa festa numa noite de verão, ele tinha trepado com a melhor amiga da Pato no banheiro, e o noivo da melhor amiga – um astro do rock tresloucado, bronzeado e de rosto sardento, que todos conhecíamos – injustamente considerava a Pato responsável pelo encontro amoroso.

De qualquer forma, ainda tínhamos grandes planos em relação à Pato, planos que discutíramos diversas vezes quando todo mundo tinha ido embora e ela era só nossa. Falávamos sobre uma viagem de carro para o oeste, atravessando o país, uma peregrinação, na verdade, até Las Vegas. "Seria sensacional, não, rapazes?", ela dizia. Sentado numa cadeira bergère, bebericando vinho gelado no café da manhã, eu imaginava a jornada: ruas principais e motéis e panoramas de cartão-postal pelo caminho, nós cantando clássicos da Broadway, noites de papo em hotéis baratos de cidadezinhas, e enfim a deslumbrante cidade de vidro erguendo-se no deserto feito uma miragem. Talvez fosse só conversa mole, mas não importava mais. Quem podia ter antecipado que em breve não seria possível para três homens pardos dirigir através dos Estados Unidos num carro alugado, ainda que com uma loura ao lado?

– Que diabos você está esperando, amigo? – AC berrou. – Juro por Deus, aquele soco deixou um parafuso solto na sua cabeça.

– A gente não vai, hum, falar com a Pato?

AC varreu sua testa larga com a mão livre como se varresse um pensamento errante.

– *Não*. Estamos aqui para *convocar* Jimbo. Isso *não* é uma visita. Isso *é* um exercício de pá-pum. Entendeu?

Acenando com a cabeça na direção do meu VP, eu disse:

– Ok, ok, mas o que vamos fazer com esse cara? – Ele estava deitado de bruços no banco de trás, uma bolha prateada de baba escorrendo pela bochecha. – Não podemos simplesmente deixá-lo aqui.

AC suspirou:

– Você quer falar com a Pato? Então vai falar com ela. Mas não dê dois beijinhos nem pergunte o que ela tem feito, nem comente sobre o tempo inclemente que está fazendo. Estou te avisando: se você não voltar em seis minutos cravados, vou *afanar* esse táxi e jogar seu VP no Hudson.

– Ok, *yaar*, ok. Saquei. Saquei.

Quando abri a porta do carro, AC me segurou pelo ombro.

– Mais uma coisa – disse. – Expresse meu, ah, carinho pela Pato.

Pulando para fora, levando comigo a afeição de AC, corri para dentro do prédio cinza, que uma vez ouvi ser descrito por um morador como neo-Bauhaus. O lobby estava deserto, mas em geral era povoado por um maravilhoso grupo cuja vocação envolvia um regime estrito de passeios com o cachorro e jantares no Cipriani's. Na recepção, me apresentei ao porteiro, um búlgaro corpulento definido por costeletas vastas e um olho preguiçoso. Pegando o interruptor, ele me conferiu de cima a baixo com seu olho bom enquanto discava, vendo as horas no relógio como quem sugere que *isso não é hora para homens da sua laia visitarem este prédio*.

– Mais um aqui embaixo – anunciou com a brusquidão do Leste Europeu. – Sim, senhora, sim, senhora, esse mesmo, senhora. – Virando-se para mim, mandou: – Você pega seu amigo.

Enquanto estava no elevador, rumo à cobertura, meus ouvidos, como de costume, estalaram. Consequentemente, quando as portas se abriram, ouvi vozes estridentes a distância, mas não captei a discussão, exceto o seguinte pronunciamento enfático:

– *Você está bêbado, Jimbo! Você está sempre bêbado!*

Virando o corredor, encontrei Jimbo, vacilante e de olhos marejados, como um ciclope com uma lança enfiada no olho. Como se esperasse que eu estivesse ali, ele caiu nos meus braços sem uma palavra.

– Vamos com calma, Jimbo – grunhi, batendo contra a parede com um baque. De algum jeito, consegui conduzi-lo ao elevador e ajeitá-lo encostado num canto, rosto na parede. Ele começou a balbuciar uma baboseira, que não consegui decifrar no calor do momento, embora a ideia geral fosse óbvia.

– Vou consertar tudo, *yaar* – sussurrei. Ajudando-o da melhor forma possível, andei com ele pelo lobby e até o carro.

Quando AC pulou para ajudar, falei para ele: "Mais um minuto", e já estava voltando apressado para dentro quando ele começou a gritar comigo. O porteiro se levantou desajeitado do seu banco, acenando para mim, gritando "EI, VOCÊ! EI, VOCÊ", mas ele também era lento demais. Prendendo a porta do elevador no quinto andar com um maço de cigarros na horizontal, marchei determinado até a Pato, embora não soubesse ao certo o que me impelia, nem o que eu ia dizer ou fazer. Simplesmente precisava vê-la.

A Pato estava ao pé da porta, mão na cintura, braço em arco, chinelos felpudos vermelho-cereja e uma camisola lavanda na altura dos joelhos. Ela exibia um sorriso cansado e, a não ser por uma aplicação apressada de manteiga de cacau nos lábios, estava sem maquiagem; e embora, em geral, usasse seus cachos dourados num coque em formato de bagel, naquela noite seu cabelo estava molhado e solto como se ela tivesse acabado de sair do chuveiro.

– Olá, Chuck.

– Olá, Dora! – eu disse, beijando suas duas bochechas, sentindo o frescor de germes de trigo do seu xampu.

– Por que diabos você tá usando óculos escuros? – ela perguntou, então exclamou "Ai, meu Deus!" quando os tirei para mostrar meu olho roxo. Roçando meu machucado com a ponta sedosa dos seus dedos, como se verificando que ele era real, ela perguntou:

– O que aconteceu?

– Não é nada, na verdade. – Decidi que não podia ou talvez não precisasse mentir, mas mais tarde pensei que talvez devesse ter mentido. – Nos metemos numa confusão. Foi um mal-entendido, sei lá. Uns caras que acharam que a gente estava falando de explodir alguma coisa, ou algo do gênero...

Franzindo seu nariz arrebitado, a Pato perguntou:

– Por que eles iam pensar uma coisa dessas?

– Não sei bem.

Ficamos parados no corredor frio. Sem saber para onde olhar, sorrimos vagamente para os pés um do outro. Pato deslizou um pé para fora da sandália, coçou o tornozelo e disse:

– Bom, é ótimo te ver, Chuck, mas o que está fazendo aqui?

– Só pensei em dar um oi.

– Ah – ela disse com uma risada carinhosa. – Você é um doce.

Quando ela mudou de posição, consegui ver seu apartamento de relance. A não ser por um grande e inexpressivo Rothko típico na parede em frente (cujo sentido eu estava tentando decifrar há vários anos), tudo lá dentro – mobília, cortinas, carpete, teto – era em tons de terra. Um cenário caloroso e convidativo. Lyman, uma presença constante, não estava à vista, mas naquele instante senti vontade de fazer carinho nele, deixá-lo lamber minha mão. Me vi dizendo:

– Não é tarde demais para dizer adeus?

– O que você quer dizer? – perguntou a Pato, encaixando os cotovelos nas mãos. Dei de ombros. Então ela disse:

– As últimas semanas foram duras para todos nós...

– Eu só meio que quero saber o que aconteceu aqui hoje à noite.

– Por quê?

– Não sei – respondi. – Por que nós somos amigos?

– Bom, ok, Chuck, se você quer mesmo saber: seu amigo chegou bêbado feito um gambá, eu dei uma de babá por um tempo, mas está tarde, e eu estou cansada, e não devia ter que ficar me explicando para ele sem parar. Está na hora de ele se explicar para mim, mas, em vez disso, ele não fala coisa com coisa. Você sabe que ele tem me ligado às quatro da manhã? Fico escutando um tempo, mas depois deixo o telefone no travesseiro. Quer dizer, amo Jimbo de paixão, você sabe disso, mas não dá para continuar assim. Você é amigo dele. Ajude-o a ficar sóbrio, ou sei lá...

– Não estou falando das bebedeiras do Jimbo.

– Olha – ela disse, a pele se esticando no seu rosto –, você é um cara legal, de verdade, mas o que está acontecendo entre nós não é da sua conta!

– Dá um tempo para ele...

– Eu não vou falar disso agora...

– Você é o mundo para ele!

– *Então ele precisa lutar por mim!*

Naquele instante, o búlgaro surgiu no corredor, bufando e com o rosto vermelho.

– Corri, senhora – ele ofegou, descansando as mãos nas coxas –, mas ele correu mais rápido.

A Pato olhou para mim, depois para ele, e por um momento pensei: *É isso aí, acabou*, eu seria escoltado sem cerimônia para fora do prédio pelo búlgaro irascível. E ia ser o fim. Só que a Pato disse:

– Está tudo bem, Georgi. Foi um mal-entendido.

Georgi não gostou do anúncio. Antes de se virar para ir embora, balançou a cabeça solenemente, como se tivesse sido insultado, como se tivessem dito: *Os búlgaros são todos uns miseráveis, Georgi.* Quando ele já não podia nos ouvir, a Pato, sorrindo, disse:

– Você aprontou uma confusão. Vocês sempre aprontam.

– Desculpe, Dora, desculpe. Eu estou me metendo onde não devo...

– Não, eu peço desculpas, querido...

– Eu tenho que ir.

– Bom, é verdade que está ficando *tarde* – ela disse. – Mas a gente certamente se vê por aí. Beijinho, beijinho, tchau, tchau.

– Tchau-tchau – eu disse, mas, enquanto me virava, pensei ter ouvido a Pato murmurar:

– Não entendo vocês, rapazes...

Havia algo no teor da frase, na forma como ela disse *vocês, rapazes*, que me deixou meio puto. Talvez fosse a sugestão descuidada de que ainda fugíamos da sua compreensão, apesar de todo o tempo que passáramos juntos ou que tínhamos passado por alguma forma de mutação da noite para o dia. Embora não me sentisse diferente, tinha a impressão de que a Pato não era mais a mesma. Quando pensei sobre isso mais tarde, nas poucas vezes que tínhamos cruzado com ela, era como se ela tivesse se tornado mais normal, mais parecida conosco, com todo mundo, lutando contra suas neuroses e ansiedades, procurando por algo significativo, algo real. Em breve se apaixonaria de novo e se reencontraria, faria aulas de salsa, faria *bungee jumping*, se mudaria para a Europa. E um dia talvez nos cruzássemos de novo, acenássemos de longe, talvez até trocássemos beijos e palavras gentis.

Virando-me de novo, perguntei:

– O que você não entende?

– Ahn? – veio a resposta através da fresta da porta.

– Perguntei o que você não entende.

– Você quer mesmo saber?

– Quero sim.

Abrindo a porta com um puxão decidido, ela persistiu:

– Agora?

Concordei de novo:

– Sim, quero.

– Ok, Chuck. Aqui vai. Não entendo como vocês estão sempre enchendo a cara quando, tipo, não deviam. O pai do Jimbo não sabe que o filho dele bebe. Ele certamente não sabe que a gente tem saído junto há anos. Isso para mim é muito louco, muito louco mesmo.

Quer dizer, vocês agem de um jeito aqui, tipo durões, sei lá, mas, quando vão para casa, ficam diferentes, sérios e conservadores. Vocês têm que decidir qual é a de vocês...

– Ei, ei, ei! Vamos com calma, Dora! – Minha boca estava seca, e eu me sentia suado e tonto. – Você tem o quê? Trinta e um anos? Você já decidiu qual é a sua? Por que é tão estranho que o nosso comportamento seja, humm, definido por certos contextos? Você cheira pó na frente dos seus pais? Quer dizer, qual é o motivo real desse papo todo?

– Não vou ficar ouvindo esse seu discurso infantil!

– Beleza – eu disse, colocando meus óculos escuros e dando as costas para ela. – Não ouve.

– Espera! – ela gritou. – Não vá embora. – Mas continuei andando, e então as portas do elevador se fecharam entre nós.

Podíamos ter voltado. Devíamos ter voltado. Tivemos um começo profeticamente adverso e estávamos tão distantes de Connecticut quanto quatro horas antes, quando tínhamos partido. Depois dos acontecimentos da noite, eu tinha um mau pressentimento sobre a expedição, uma espécie de mal-estar misterioso. A maioria das pessoas não sabe que os taxistas fazem parte de uma demografia particularmente supersticiosa: todo taxista acredita que ele (e, raramente, ela) está protegido das vicissitudes caprichosas das ruas da cidade por Deus, ou pelos deuses, por algum sistema ou talismã – um pé de coelho, um par de dados vermelhos peludos. O passageiro atento pode até identificar um pesado amuleto haitiano balançando no espelho retrovisor para afastar o mau-olhado, ou a mão de Fátima, uma estatueta da Virgem presa no painel ou o ceifador representando Santa Muerte, adesivos do profeta sique, Guru Nanak, ou do deus-macaco hindu, Hanuman, do lado de dentro de uma porta. Depois do 11 de setembro, taxistas muçulmanos levavam bandeiras americanas. Embora não acreditasse nos prodígios de vodus e não fosse comprometido com as leis de Alá de nenhuma forma significativa, desejei ter algo, qualquer coisa para me apoiar naquele instante.

Seguindo em frente, passamos com estrépito por carros estacionados, lojas fechadas, orbes verdes refratados por fios de vapor subindo de bueiros abertos. Logo antes de a chuva começar a cair torrencialmente, uma forte rajada de vento ergueu jornais e sacos plásticos. Perto do Meatpacking District, uma prostituta solitária segurando uma peruca laranja precariamente pendurada me soprou um beijo. Quando acenei com a cabeça num gesto de reconhecimento cavalheiresco, AC disse:

– Você não está tendo muita sorte com as mulheres hoje.

– Por que diz isso?

– Aquela ali era um traveco, amigo.

– Você deve saber mesmo.

Se a sorte não estava sorrindo para mim, ela dera um tapa na cara de Jimbo. Emborcado, ele descansava seu cabeção no colo de AC enquanto AC passava os dedos pelos seus *dreadlocks*, consolando-o com uma variante da parábola do ornitorrinco e do dodô. O que não parecia ter nenhum efeito discernível sobre Jimbo, porque ele continuava a murmurar palavras inaudíveis, feito um bebê cansado demais para abrir o berreiro. Olhando-o pelo retrovisor, me senti horroroso, como se o tivesse desapontado. Não consegui ajeitar as coisas. Nem sequer tinha certeza de ter tentado. Mudando de tática, AC começou a cantar agitados números de *bhangra* em benefício do nosso amigo de coração partido – *Saday naal ravo gay to aish karo gay/Zindagi kay saray mazay cash karo gay* – quando gritou do nada:

– Olha a dura aí em frente!

Como anunciado, havia uma blitz adiante: duas viaturas, uma de frente para a outra, formando um ângulo fechado, dois policiais com capas de chuva gesticulando para pararmos. Como taxista, me sentia protegido pela presença da polícia, especialmente à noite, que era quando os malucos apareciam à noite. Naquela noite, porém, *nós* éramos os malucos: tínhamos um refém no banco traseiro. Enroscado contra a porta, meu VP permanecia amarrado e vendado, e, embora não tivesse se mexido de novo, choramingava para nos lembrar de sua presença. A última coisa que precisávamos era de topar com as autoridades.

– Rápido, *yaar*! – gritei, reduzindo a velocidade. – Desamarra esse cara!

Inclinando-se, AC tirou a gravata e a enrolou ao redor do seu pescoço feito uma echarpe, mas, quando tirou o lenço, meu VP acordou num salto, esfregando os olhos e limpando a boca com a Hermès de US$ 225 na venda a varejo. Virando-se para AC, ele perguntou:

– Quem é você, *caralho*?

– O segurança da Flash Dancers, mané – respondeu AC. – A gente viu você agarrando a Belinda.

– Belinda?

– Na sala vip. Lembrou?

Os olhos do VP se arregalaram.

– O quê?

– Deixa eu explicar em termos coloquiais: tu tá na merda, colega.

Apontando timidamente para Jimbo (que em troca o estudava com um olho aberto), meu VP perguntou:

– E quem é esse?

– Você o agarrou também! Agora cala a boca! E senta direito! Se você abrir o bico, juro que vou te entregar para a valorosa polícia novaiorquina, e você sabe que eles não são muito chegados em criminosos sexuais.

Quando parei, um policial robusto de meia-idade veio se pavoneando em direção ao táxi, lanterna na mão. Ele tinha o semblante de um ex-fuzileiro, e no seu crachá lia-se BROPHY. Cabeça para fora, perguntei:

– Algum problema, seu guarda?

– É. – Ele arrastou a voz. – Pra começar, por que você está de óculos escuros, amizade?

Policiais sempre enchiam o saco. Era o trabalho deles. Seria estranho se eles fossem tipo *Bela noite, não, senhor? A lua está cheia e dá para ver a estrela polar, e, ah, ali está o cinturão de Órion.*

– O quê? Ah. Esses óculos? Eles são de grau. Quebrei os outros.

– Por que o seu taxímetro não está ligado?

– O quê?

– A sua luz de "livre" está apagada.

– Ah.

– Você fala a minha língua, não é?

– Sim, senhor.

– A gente pegou o caminho errado lá atrás! – AC gritou de dentro do táxi. – E nosso motorista, sendo justo e moralmente correto, um, ah, genuíno homem de caráter, desligou o taxímetro para não cobrar mais do que a corrida vale. Fique tranquilo, seu guarda, vamos dar uma gorjeta em retorno.

O policial Brophy observou a cena no banco de trás e continuou parado por alguns segundos. Pelo espelho retrovisor, eu podia ver Jimbo escorado, a cabeça jogada para trás como se estivesse com o nariz sangrando, um olho semiaberto, e AC de sorriso escancarado, parecendo um tanto decrépito, embora não exatamente sinistro. Os músculos do rosto de Brophy se contraíram enquanto ele murmurava algo no rádio.

– Saia do carro – ele mandou.

Eu não sabia o que tinha despertado suas suspeitas – e, francamente, nunca saberei –, mas na hora o seguinte pensamento surgiu em mim: *Somos um bando de homens de pele escura num carro, numa noite de segurança reforçada na cidade.* Parecíamos apropriadamente mal barbeados, mal penteados, possivelmente malsãos. Eu podia estar sendo bobo ou paranoico, mas era a primeira vez que me sentia assim: tenso, culpado, criminoso. Hesitei por um instante, tentando pensar em algo para dizer, algo conciliatório ou engraçado, mas não conseguia – talvez porque tivesse concluído que estava desenvolvendo um talento para falar o que não devia. Então eu simples e silenciosamente abri a porta.

– Deixa eu ver sua carteira de motorista.

Quando apresentei o documento relevante, Brophy o examinou cuidadosamente, comparando minha foto laminada com o meu rosto. Sorri e semicerrei os olhos, protegendo-os da chuva.

– Pra onde você vai?

– Greenwich Street.

A essa altura outro policial tinha surgido do outro lado do táxi, um hispânico com um corte de cabelo militar e bigode reto. AC interveio novamente:

– Estou com uns investidores no banco de trás. Estávamos comemorando uma oferta de debêntures no valor de duzentos milhões de euros numa boate de striptease. Vocês devem entender, há tão pouco a comemorar nos últimos dias.

Brophy processou a informação lentamente, como se AC tivesse acabado de declamar um verso de poesia urdu. Retirando sua mão do cabo da arma, ele suspirou.

– Você sabe que não devia estar dirigindo à noite de óculos escuros.

– Sim, senhor. Desculpe.

Arrepelando a carteira de motorista na minha mão aberta, Brophy e o outro policial se viraram para ir embora, mas, assim que eu acabei de me sentar, ensopado e aliviado, meu VP gritou:

– Ei! Esperem! Eu não conheço esses caras!

Os policiais pararam no meio do caminho, olharam um para o outro, e então se viraram para olhar para nós. Enquanto se arrastavam preguiçosamente de volta sob a chuva, ouvi um retumbante *paf*, seguido por um *uf* no banco de trás. Pelo canto dos olhos, pude ver meu VP curvado, manuseando o que eu imaginava serem suas doloridas joias de família. Dando tapas nas suas costas, AC sussurrou:

– Se tentar mais uma dessas, colega, você não vai mais poder produzir progênie. – Meu VP soltou um grunhido fraco.

Quando os policiais olharam para dentro, AC ergueu um copo invisível aos lábios e tomou vários goles generosos enquanto apontava para a figura amarrotada ao seu lado, sugerindo um estado de óbvia e completa ebriedade. Sentei imóvel, mas me borrando todo, porque naquele instante sabia que qualquer coisa podia acontecer. Murmurei uma oração, um apelo ao Clemente e Misericordioso, e talvez uma intervenção divina tenha operado: querendo evitar a chuva, voltar aos cafés e donuts, ou só ao papo furado, os dois se afastaram pela segunda vez naquela noite.

– Isso aconteceu contigo antes? – perguntou AC. Balancei a cabeça. – Primeira vez? – Concordei. – Vamos sair daqui. – Quando passamos pelos carros da polícia, AC batucou na divisória como se fosse uma tabla, *"Fuck tha po-lice comin' straight from the underground/ Young nigga got it bad cuz I'm brown..."*.

Jimbo, arrancado do seu estupor, acompanhou: *"I'm not the other color, so police think/They have the authority to kill a minority."*

Interrompendo, meu VP perguntou:

– *Quem são vocês?*

– Pode nos chamar de urbaneses, amigo – gracejou AC. – Saúde! *Skål! Adab!*

Embora AC parecesse estar se entretendo, eu já tinha me divertido o bastante aquela noite. Se o encontro com a Pato tinha me deixado entristecido e magoado, o breve encontro com as autoridades tinha me abalado. E me sentia imprudente por ter tomado liberdades desnecessárias com o táxi no que era, ao fim e ao cabo, uma pilhéria. Já tinha decidido levar meu VP para onde ele queria ir: de volta ao trabalho. No 11 de setembro, ele, junto com outros ocupantes do 7 WTC, tinha sido evacuado para o edifício construído feito uma fortaleza na Greenwich Street, a mais ou menos um quilômetro ao norte, para poderem continuar conduzindo o negócio de fechar negócios.

Enquanto AC saltava e se sacudia feito um robô ao som de uma das fitas gravadas por Jimbo, varei a dezena de quarteirões em direção à nossa parada final na cidade sem dizer uma palavra. Parecia que, de todos os cantões de uma das maiores cidades do mundo, sempre voltávamos à periferia do desastre. Parando ao lado da calçada, em frente ao gigantesco guarda-chuva vermelho, anunciei:

– Acabou o passeio.

Meu VP ergueu os olhos com o gesto que ele fazia quando uma planilha do Excel não fazia sentido, ou, para usar uma expressão sua, *iterava*.

– Por quê?

– Porque, ah, tudo o que é bom acaba – respondeu AC, alcançando a maçaneta da porta e o empurrando para fora.

– Mas...

– Aqui – AC disse, apertando algo na sua palma. – Toma um Lorax. – AC era conhecido por administrar benzodiazepínicos e barbitúricos feito Tic Tacs. Ele tinha um vasto estoque. Encomendava variedades genéricas a granel do Paquistão, onde os remédios custavam algo como dez por cento do preço em dólar. – E não se esqueça de beber muita água. Boa sorte. E Deus o guarde!

– Mas...

– Mas o quê, colega?

Com seus cadarços desamarrados e seu cabelo úmido colado na testa, meu VP tinha o jeito de uma criança abandonada pelos pais num acampamento de verão.

– O que estou fazendo aqui? – perguntou, como se fosse uma questão sobre a natureza do ser.

– Você deu esse endereço – respondi.

– Dei? – ele respondeu, pasmo. – Não sei por quê... Fui demitido hoje.

– Pobre miserável – AC disse sem perder o tempo da resposta. – Acredito que isso seja justiça poética, colega. – Num ato final de caridade, porém, ele puxou um maço de dinheiro do bolso do seu casaco. – Aqui tem duzentos e cinquenta pratas. Vai procurar um táxi.

6.

Nossa última visita a Westbrook, Connecticut, tinha sido numa noite de verão perfeita, iluminada pela lua, para um churrasco no Dia da Independência. O Shaman devia ter duas ou três centenas de convidados, mas ele mesmo não podia ser encontrado. Havia um sopro de carne queimando e algaroba e repelente de mosquito no ar, e de repente os fogos começaram com uma saraivada de cor feito um arco-íris no escuro. Por alguns minutos, todo mundo ficou parado, soltando oohs e aahs e olhando para o céu. Então uma loura cavala num tomara que caia laranja-néon, que talvez fosse a namorada do Shaman, nos encaminhou ao bar no outro lado do gramado. O bar era manejado por um cristão paquistanês pançudo que se apresentou como Ron e nos supriu religiosamente com álcool da melhor qualidade pelo resto da noite, como se fosse uma questão de *jus soli* ou dever patriótico.

Foi uma noite movimentada. Todos nos demos bem. Uma mulata alta vestindo um quimono, com olhos de gato e um queixo delicado, valsou na minha direção e me puxou para a pista de dança, insistindo num suspiro úmido que queria me ensinar a "dança proibida". Demos um show diante do público, girando e rebolando ao som dos clássicos techno do começo dos anos 1990. Então, sob pratos de louça fumegantes e talheres diversos, vi fogos de artifício de novo. Quando voltamos ao bar, corados e suados, grama presa nas nossas roupas, Ron nos passou doses de um preparado enfeitado com fatias de pimenta-de-caiena e cana-de-açúcar que ele chamava de Karachi Special. Embora o tônico tenha me revitalizado, minha parceira, tonta e com os joelhos bambos, caiu no sono numa espreguiçadeira, feito um Wyeth. Nesse ínterim, Jimbo tinha conversado com uma sul-californiana esticada e bronzeada, de pescoço longo e meia-idade, ligada em dharma-ioga.

– Você sabe algo sobre o assunto? – ela perguntou. Quando Jimbo pronunciou um inócuo "hum", a californiana excitadamente o confundiu com um "Om" e logo depois o levou a alguns arbustos baixos ali por perto. Ele emergiu dezesseis minutos depois – ficamos marcando o tempo – com um sorriso de prazer e a braguilha aberta.

AC conheceu duas garotas da Geórgia, com quem fez um *ménage à trois* no quarto de ferramentas. Como prova, ele tinha ficado com uma farpa enfiada na bunda. Suas aventuras, porém, haviam apenas começado. Uma garota corpulenta com uma franja vermelha no cabelo seguiu AC até a cidade mais tarde, onde eles terminaram na saída de incêndio do apartamento dele, fumando autênticos *charas* das terras áridas do norte do Paquistão, jogando conversa fora e se pegando diante de uma "aurora rósea e elástica". Enquanto estavam mandando ver, perderam suas roupas para a brisa do rio – ele a camisa, ela a calça –, atraindo a atenção dos horrorizados moradores do edifício ao lado, que chamaram a polícia. Quando os policiais apareceram, porém, AC e sua amásia desceram pelas escadas de emergência e dispararam para a lojinha da esquina. Os valorosos servidores da lei novaiorquinos conseguiram encontrá-los, mas, quando perguntaram se eles eram "os dois que estavam trepando no sexto andar", ambos negaram qualquer conhecimento do assunto, "feito Adão e Eva diante de Deus". Quando um policial perguntou: "Então cadê tua camisa, espertalhão?", AC respondeu solenemente: "Estávamos jogando strip-poker, seu guarda. Isso certamente não é contra a lei." Os policiais insistiram. "É um ritual anual, na verdade. Nós celebramos o Dia da Independência desse jeito todo ano. No fim das contas, estamos na terra dos livres, a morada dos bravos." As autoridades cederam.

Mas, antes de todos esses dramas, achamos o Shaman na entrada da garagem, ao lado da sua sombra alta, trajando um paletó de linho bege, uma camisa creme e calças baggy. Prematuramente careca, seus poucos fios de cabelo estavam penteados para trás, e seus olhos líquidos brilhavam feito pepitas de ouro. Estava segurando um Sobranie Black Russian apagado, embora não fumasse, e um longo copo de coquetel enfeitado com um guarda-chuva, embora fosse um abstêmio confesso. Nunca dava para entender ele completamente. "Vocês estão se divertindo?", ele perguntou. *A festa está do caralho,* yaar!, dissemos. *Bohaut maza aya!* Nos abraçamos ebriamente, sentimentalmente, e expressamos mais votos de gratidão. O Shaman parecia muito contente e nos informou que *soirées* animais como aquela se tornariam regulares na sua casa. Não o tínhamos visto desde então.

Quando chegamos, estava chovendo com a consistência de água da torneira. Virando na Elm Street, podíamos discernir o contorno da casa triangular e inclinada do Shaman. Quando encostamos no meio-fio, AC olhou para mim, seu rosto momentaneamente iluminado por um raio, depois para Jimbo, antes de sair. Jimbo e eu nos olhamos, sem sabermos muito bem o que fazer, e ficamos sentados um tempo, olhando o limpador deslizar pelo para-brisas, a chuva vermelha na luz do carro. Então decidi ir atrás. Correndo pelo gramado, fui fustigado e quase escorreguei no declive quando um naco de terra cedeu sob os meus pés. Teria sido um ótimo jeito de terminar a noite: esparramado no chão, com um dedo do pé fraturado, em Connecticut. Não havia sinal de AC, nem, aliás, do Shaman, na varanda: as luzes sobre a entrada estavam desligadas, a porta estava fechada e eu não podia enxergar através das janelas de sacada porque as persianas estavam fechadas. Claro, eram duas da manhã e, se estivesse em casa, o Shaman estaria dormindo pesado – como todos nós deveríamos estar.

Logo depois, ouvi um clamor surdo vindo da esquina, e, quando foquei meus olhos na escuridão, pensei ver um grande animal, do tamanho de um guaxinim, cavando por uma abertura pelo lado da casa. Era meio assustador. Então algo arranhou meu pescoço, áspero feito uma escova de dentes nova. Gritando feito uma mocinha, me virei e vi Jimbo avultando-se sobre mim.

– Buuu! – balbuciou ele solenemente.

– Parem de brincadeira! – gritou o guaxinim. Era AC, sem sombra de dúvida.

– Que diabos você está fazendo, *yaar*? – gritei de volta.

– Invasão de domicílio, colega!

– Você tentou a campainha?

– Claro que tentei a campainha... O carro não está na garagem... Ele não está.

Havia mais barulho vindo da área próxima a AC. Quando apertei os olhos para ver o que estava acontecendo, parecia que ele estava sendo engolido pela casa, cabeça primeiro. Um minuto depois, seu rosto incorpóreo, parcialmente obscurecido por uma confusão molhada de cabelo, apareceu na janela. Abrindo a porta, ele surgiu diante de nós com as calças enroladas até os tornozelos e sujas nos joelhos, nos dizendo para encontrar o interruptor. Acendi uma lâmpada halógena padrão. O espaço estava vazio, a não ser por um sofá preto de couro falso diante de uma TV de dezenove polegadas. Aparentemente o Shaman era um adepto da velha e confiável estética minimalista. A capa do subestimado filme *Caminho sem Volta* estava enfiada num vão do sofá, perto de uma garrafa vazia de Gatorade. Um vaso de ônix e uma foto emoldurada, presumivelmente dos pais do Shaman, adornavam a lareira. Eles pareciam estar de vigília, Pai Shaman num barrete e com barba tingida, Mãe Shaman exibindo um *hijab* apertado e um bigode sedoso.

– Os caras são da pesada – observou Jimbo.

Do outro lado do aposento, uma cozinha moderna com superfícies de alumínio polido dava numa área de jantar, cadeiras e mesa ausentes. O Shaman devia ter feito compras recentemente, porque latas de sopa, garrafas de Coca e caixas de macarrão, bem como embalagens de comida chinesa para viagem, estavam espalhadas pelo balcão. Perto da pia, uma faca se projetava de um melão manchado.

– Por que está tão frio? – perguntou AC para ninguém em particular.

Um leve zumbido elétrico podia ser ouvido através do barulho da chuva no telhado.

– O ar-condicionado está ligado – observei. – Vou achar o termostato.

– E abre as janelas, colega – gritou ele na minha direção. – Está sufocante aqui dentro.

O termostato ficava na despensa, perto da cozinha. O marcador estava abaixo dos dez graus. Era estranho. O sistema soltou um gemido quando o desliguei. Quando me virei para voltar, percebi algo ainda mais estranho. Em vez de caixas de cereais e água mineral, as prateleiras estavam repletas de pacotes de cigarros. Havia marcas locais e comuns, Marlboros, Camels e Parliaments, bem como uma extensa coleção de exóticos: Gauloises, Gitanes, Ducados, Caballeros, Du Maurier, Davidoffs, Dunhills, Rothmans, John Player Specials, Sobranie Black Russians.

– Que diabos – murmurei para mim mesmo. Não fez sentido a princípio. Depois fez. Ansioso para revelar minha descoberta, emergi da despensa feito Moisés do monte Sinai, para encontrar Jimbo encostado numa parede na área de jantar, olhando para o nada. Não acho que ele tenha notado que eu estava ali.

– Tudo bem, *yaar*? – perguntei. Então AC chamou de cima:

– E aí, vocês estão vindo?

Marchamos para o segundo andar, onde encontramos três quartos praticamente vazios – espaço suficiente para uma família normal de quatro pessoas, mais um labrador de orelhas abanando. O cheiro de meias sujas e desodorante rançoso pairava no quarto menor. Havia uma pilha de roupas numa cadeira de escritório, um par de sapatos de camurça e fivela e uma sacola de compras no chão perto do armário, onde estava pendurada uma fileira arrumada de ternos reluzentes, camisas brilhantes e gravatas estampadas. Um edredom rosa esfarrapado estava enrolado no formato de uma bola sobre o colchão de solteiro no chão, como se o Shaman estivesse planejado uma ida à lavanderia. Os outros quartos, todos cobertos com carpete cinzachumbo, não tinham nenhuma mobília, a não ser por uma seleção de artefatos aleatórios: um carregador de telefone, um tapete de oração com a imagem impressa da Kaaba à sombra das palmeiras. Reparamos que não havia lata de lixo em lugar algum. Embalagens, recibos, papel de seda amassado estavam amontoados pelos cantos. No banheiro, encontramos um ioiô eletrônico, um catálogo da IKEA de seis anos atrás e livros que eram leitura obrigatória em alguns meios: *Liar's Poker* e *A arte da guerra*. Por desencargo de consciência, abrimos a cortina de peixinhos dourados do chuveiro e examinamos a banheira, onde encontramos um cacho de cabelo seco na tampa do ralo.

Depois de completar nossa ronda, nos reunimos em silêncio no patamar.

– Alguém pode me dizer o que estamos fazendo aqui? – perguntei. Balançando no corrimão, Jimbo escorregou e escapou em silêncio para o andar de baixo. Senti muita pena dele. – Você pode me dizer que diabos estamos fazendo aqui? – repeti. Concentrado nas manchas de lama nas suas botas de pele de cobra, AC não disse nada. Eu não sabia se ele estava cansado ou planejando seu próximo passo. Não importava. De um jeito ou de outro, eu estava puto. A noite, do meu ponto de vista, tinha sido um fiasco de primeira.

– Você sabia – comecei – que o Shaman tem uma espécie de comércio de cigarros bem ali na despensa? Aposto que ele está repassando cigarros da mala do Merc dele nesse exato instante. – AC coçou a nuca ruidosamente em resposta. – Ou de repente nosso amigo se deu bem essa noite – explodi. – De repente o lance do xeique funciona e ele está passando o fim de semana lá em Long Island com uma gostosa. Quem sabe? Quem se importa? Eu nem sei quem é esse cara, e você também não. Mas sei o seguinte: você tá numa viagem pra lá de estúpida. Quer dizer, isso é por causa do Shaman ou é por sua causa? Desci enfurecido e juntei-me a Jimbo. Pensei que ele precisava de nós mais do que o Shaman. Esparramado no sofá, ele estava encarando um canto do teto, um braço balançando, cuidando das suas feridas com uma dose de bebida: um dedo de Goldschläger, vindo, sem dúvida, do bolso de AC, repousava sobre suas amplas tetas. Ajeitando-me ao seu lado, dei um tapinha nas suas costelas, uma tentativa de reconforto, de comiseração.

– Não se preocupe – eu disse. – Tudo vai se ajeitar, *yaar*... As coisas sempre se ajeitam... Quer saber? Se você quiser, eu falo com o Velho Khan. Você sabe que ele vai me ouvir. – Era provavelmente tarde demais para banalidades pouco inspiradas. Ele provavelmente não estava nem ouvindo. Ficou lá deitado, sem vida, respirando alto.

– Diz alguma coisa, *yaar* – eu disse. – Diz qualquer coisa. Como é que você está? Como está se sentindo?

– Lambendo rodapé.

Pegando o dedo de bebida dele, tomei um gole venenoso. O licor adocicado queimou ao descer pelo meu esôfago.

– Você já pensou em largar a birita? – perguntei, mas, antes que ele pudesse responder, AC apareceu do andar de cima, carregando montes de papel feito um mendigo que resgatou o jornal de ontem do lixo. Num tom sereno, anunciou:

– Então, eu, ah, achei um monte de recibos, e adivinha só?

– Agora não, *yaar* – eu disse.

– Me ouve só um minuto...

– Não! – gritei. – *Você* vai *me* ouvir! Agora não é a hora!

AC se aproximou ameaçadoramente de mim, grunhindo:

– Vou te dar uma porrada, colega!

Sem saber ao certo se ele estava falando sério, me levantei e me aproximei também. Não importa. Meu sangue estava quente.

– Quero ver você tentar – grunhi de volta.

– Bom, eu posso!

– Não pode...

– Calma aí – Jimbo interveio.

– *Posso!*

– *Não pode...*

– CALEM A BOCA!

O grito desatinado de Jimbo nos assustou. Acredito que o tenha assustado também. De qualquer forma, funcionou. Repreendidos, AC e eu partimos para diferentes cantos do aposento, verificando se havia sujeira sob as nossas unhas, poeira nos nossos bolsos. Então assistimos nosso amigo se içar para fora do sofá com a destreza de um elefante africano preso ao chão, se apoiar no braço do sofá e se arrastar até o som como se fosse a última coisa que precisasse fazer antes de emborcar. Quando um velho sucesso da Tiffanny encheu a sala, seu rosto se contorceu.

– "O melhor dos estonteantes anos 1980" – balbuciou, lendo a capa do CD. – Vai entender. – Metendo a mão no bolso da calça, fez surgir uma das fitas caseiras de pós-disco, proto-house, neo-soul que eram sua marca registrada e a colocou no aparelho com aprumo, e, voltando ao sofá, fechou os olhos e suspirou ao som de uma versão remixada da música que dizia *where troubles melt like lemon drops...*

– Façam as pazes e engulam o orgulho – mandou. – Vou deitar aqui, ouvir umas paradas. Não vou a lugar nenhum hoje à noite.

Abandonados à nossa própria sorte, AC e eu nos espreguiçamos, fingimos bocejos; então me encaminhei à cozinha para pegar um copo de água. Antes que pudesse retornar, porém, ouvi barulhos do lado de fora: um tinido, o som de passos, uma voz chamando por sobre a chuva. Lançando os recibos no ar feito confete, AC correu para a porta feito uma criança ouvindo os sons reveladores dos pais voltando para casa depois de um jantar. Fui atrás.

Do outro lado da entrada da garagem, perto do meu táxi estacionado, estava parado um homem segurando um guarda-chuva amarelo, acenando loucamente, como se fazendo sinais para um avião do solo, e, antes que eu pudesse entender o que estava acontecendo, vi um cachorro pequenino – um terrier ou chihuahua – disparar da garagem na direção do sujeito. Espantado pela pronta aparição e esbugalhada preocupação de AC, ele gritou:

– Sinto muito, sinto muito mesmo... Ele deve ter visto um gato ou um gambá, ou algo assim.

Parado no meio do gramado, mãos na cintura, AC trovejou:

– Você poderia, ah, pensar em prender o Rex numa coleira.

Deixando AC na chuva, tratando do protocolo do uso da coleira na vizinhança, voltei para dentro. Era hora de encerrar a noite. Baixei as luzes, acariciei a grande cabeça de Jimbo e guardei o Goldschläger, mas, antes de subir as escadas, AC retornou, ensopado, deixando um rastro de sujeira.

– Por que está tão sufocante aqui dentro? – perguntou para ninguém em particular.

Num gesto conciliatório, dei uma volta abrindo todas as janelas, como se o dia estivesse nascendo. O som da chuva caindo e o cheiro de terra molhada encheram o aposento; uma brisa fez as persianas farfalharem e espalhou os recibos amassados pelo chão, as caixas vazias de comida chinesa na cozinha. Então me arrastei para o andar de cima, desenrolei os lençóis do Shaman, como ele devia fazer toda noite, e dormi.

O tom cinzento era filtrado pelas persianas quando acordei. Me esforcei pra cacete para voltar a dormir, mas era sempre despertado pelo início de um pesadelo de infância, com nojentos seres rastejantes deslizando sobre o meu corpo – centopeias, baratas, insetos com quarenta olhos. Quando finalmente consegui sacudi-los do meu corpo, comecei a imaginar o Shaman se arrastando para fora da cama ao som do alarme, coçando a bunda, tropeçando até o banheiro, lendo *Liar's Poker* distraído, antes de se barbear e tomar banho e sair em perseguição ao Sonho Americano, pacotes de cigarros debaixo do braço. Era estranho estar no seu covil, inalando seus odores desagradáveis, me familiarizando, de certa forma, com seu enfadonho e rotineiro estado de espírito.

O exercício de conjurar o Shaman foi interrompido por Jimbo, que apareceu anunciando:

– Quero um bigode mongol, cara, tipo aqueles crescentes pra cima e pra baixo, mas meu cabelo, ele não cresce assim. Tô pensando no que vai acontecer se eu esfregar minoxidil debaixo do nariz...

– Você dormiu, *yaar*?

– Negativo.

– Você precisa dormir. Você não está falando coisa com coisa.

Apoiando-se no batente da porta, Jimbo disse:

– É, beleza, mas eu só quero saber uma parada, Chuck, uma parada só, aí caio na cama.

– O que é?

– Não faz muito tempo, eu tava tranquilo que nem água em poço. Tinha uma garota, uns trampos bacanas, uns esquemas sendo montados que iam arrebentar a boca do balão. Beleza, um monte de parada era meio sinistra – eu e o velho, por exemplo, mas a gente não se bica desde a quinta série, então não vale, e é, eu fiquei limpo só pra me sujar de novo –, mas não é disso que eu tô falando. Tô falando de como um dia eu acordei e não tava mais no Kansas. Tô na merdalândia. Do nada, tenho que entender de ovários, e o velho tá partindo pra cima de mim feito um arrastão, e agora eu tô tipo em Connecticut. Passei a vida inteira neste país e nunca tinha vindo pra essa porcaria de estado.

– Parando para respirar, ele perguntou: – Que história é essa, cara?

Saindo da cama, peguei Jimbo pelo braço e o fiz se sentar. Tirando seus mocassins costurados à mão, respondi:

– Não é tão ruim assim, *yaar*. É silencioso aqui. Não tem trânsito, não tem sirenes. E esse colchão é bem confortável. Acho que tem suporte para a lombar. Você vai dormir feito um bebê. – Rearrumando os lençóis, botei-o na cama, sussurrando: – Durma com os anjos. – Virando-se de lado, Jimbo abraçou um travesseiro e começou a roncar instantaneamente. Era como se tivesse sofrido um ataque de sonambulismo.

No banheiro ao lado, me vi estudando meu rosto com a barba por fazer no espelho manchado de pasta de dente enquanto urinava, observando que meu machucado tinha adquirido o matiz e a textura de uma berinjela verde. Procurei nas prateleiras e armários, em vão, por uma lâmina antes de me resignar ao visual Ewok chic. Descartando minhas roupas, abri a cortina e, por alguma razão, peguei o cacho de cabelo no ralo e o depositei cuidadosamente sobre a prateleira de vidro dentro do box. Tomei uma ducha rápida sob o jato anêmico e depois passei o desodorante do Shaman nas minhas axilas, mas, em favor da higiene, decidi por bem não utilizar sua escova de dentes elétrica. Além disso, pensei: *Em breve estarei em casa*. Antes de sair, baixei o assento da privada e ritualisticamente recoloquei o cacho de cabelo no ralo. Parecia ser a coisa certa e responsável a fazer.

No andar de baixo, descobri AC vendo um filme pornô vestido de cueca e botas, como se assistindo às últimas notícias. Uma lata de Milwaukee's Best estava engenhosamente equilibrada na sua barriga mole de cerveja enquanto um braço rodeava um pacote tamanho família de Doritos sabor Churrasco. Quando entrei no aposento, ele perguntou:

– Você já, ah, viu um orifício tão grande?

Arrebatado e repugnado ao mesmo tempo, respondi:

– Hum, não, acredito que não.

– Na verdade, me faz lembrar a vez que transei na saída de emergência com uma garota bem gorda.

Chapando ao seu lado, perguntei:

– Que filme é esse?

Passando um braço úmido ao redor do meu ombro, ele disse:

– Um exemplar da coleção do Shaman: *Debutantes Doidas Demais*. Uma novidade conceitual na história secular da pornografia em celuloide: mulheres de verdade fazendo sexo de verdade. Escreva o que estou dizendo: isso vai engendrar uma revolução abrangendo toda a mídia, se é que já não aconteceu. Por que assistir a mulheres com tetas de silicone fingindo orgasmos quando dá pra ver a parada à vera?

A câmera fez uma panorâmica enquanto o objeto de sua atenção, uma ruiva carnuda com peitinhos pontudos, soltava um ganido enquanto um homem com jeito de porco e óculos de aros grossos montava nela por trás.

– Que tal dar uma olhada nas notícias, *yaar*?

– Você acha que fatores socioculturais influenciam os, ah, gemidos que as mulheres emitem durante o coito? É de pensar que o gemido seja primal e instintivo, mas evidências anedóticas sugerem que mulheres de diferentes nações não gemem da mesma forma. Por exemplo, as francesas fazem *ooh*, as iranianas, *auwnh*. Latinas fazem *aiey*. Ou, sob uma perspectiva marxista, ou tecnicamente pós-marxista, eu, ah, aposto que a aristocracia britânica – mulheres de condes, barões e duques – gemem diferente de suas compatriotas de classes inferiores.

– Talvez tenha algo sobre o discurso do Musharraf.

– E mulheres da nossa região? – ele persistiu. – Será que elas fazem *hai*?

– Você não quer saber o que está acontecendo?

– *Não*. Na verdade, não quero – respondeu AC. – Estou de saco cheio das notícias, colega. Vou ser um homem feliz se nunca mais assistir à CNN na vida. – Desligando a TV, ele ajeitou o saco. – Ninguém sabe o que está acontecendo, mas todo mundo está ocupado embrulhando mitos e preconceitos como se fosse análise e reportagem. De repente todo mundo virou especialista nas diferentes variedades de turbantes no mundo. – AC fez uma pausa para tomar um gole da sua cerveja e então começou a falar sozinho: – Só quero saber por que não consigo gozar com filmes pornôs comuns hoje em dia. Nada menos do que mulheres lactantes e anões com cintaralhos funciona.

Consideramos a questão silenciosamente por algum tempo, enquanto ouvíamos o som de grilos do lado de fora e absorvíamos o cheiro forte de fertilizante bafejando pelas janelas de sacada abertas. Do outro lado da rua, a brisa fazia as folhas amarronzadas de um choupo flutuarem. Sentado ali, tive a sensação de estar amavelmente sentado numa casa de vidro. Então, sem aviso, AC pegou o frasco amarelo de novo, tirou sua tampa e passou um naco de pomada no meu machucado.

– Pronto – pronunciou importunamente –, tá melhorando.

– Obrigado, AC.

– Não há de quê, Chuck. Na verdade, passei a noite toda brincando de médico. Administrei um pouco de Lexotan não faz muito tempo. Deve derrubar nosso amigo por algumas horas.

– Por que você fez isso?

– Jimbo não estava lá muito bem. Para ser exato, ele estava alucinado. Fiz ele se sentar durante um lapso de lucidez, e houve alguns, e o aconselhei sobre a situação com a Pato.

– E?

– Ele ouviu, fez barulhos estranhos, mas escreva o que estou dizendo, amigo: o que quer que aconteça, ele vai ficar legal. Ele é um campeão... Eu sou o covardão... Por isso arranjo brigas.

Enquanto eu considerava a dicotomia acima – campeão contra covardão –, AC perguntou se eu queria comer alguma coisa. Queria sim. Estava faminto. Oferecendo-se para preparar massa, um pouco de penne com vodca, ele me arrastou para a cozinha, cigarro na boca, e pôs-se a adulterar um molho de tomate em garrafa que encontrou na despensa. Panelas bateram, água borbulhou, óleo ferveu, caixas foram rasgadas.

Os sons de um lar, atividades cotidianas, eram reconfortantes. O Shaman provavelmente não estava familiarizado com eles. Imaginei-o voltando para casa, tirando os sapatos e ligando a TV em *Jeopardy* antes de ligar para um restaurante, comida chinesa ou Domino's. No ínterim, ele talvez relaxasse, ouvindo *O melhor dos estonteantes anos 1980*: "I Can Dream About You", de Hartman, "Life in a Northern Town", de Dream Academy. Depois do jantar, talvez partisse para a cidade no seu 500 SEL, teto solar aberto, música no talo. No bar do terraço do Peninsula Hotel, talvez se posicionasse num banco do balcão e desse em cima de mulheres, aplicando o velho truque do xeique árabe. Quando funcionava, ele fazia o check-in num quarto e depois amor, nunca compreendendo que a dinâmica dos relacionamentos de uma noite não se prestava a sentimentos. Mas sempre havia a opção *Debutantes Doidas Demais*.

– Tá quase pronto? – gritei.

– Quase, quase! – gritou AC de volta.

Com tempo para matar, liguei a TV num canal de notícias locais e peguei uma história a respeito de um compatriota: *"Ansar Mahmood, de vinte e quatro anos, residente permanente no país e natural do Paquistão, pediu a um passante para fotografá-lo diante do Hudson. Um guarda numa cabine próxima chamou a polícia porque o enquadramento incluía uma estação de tratamento de água. Embora o FBI tenha concluído que Mahmood não tivesse nenhum objetivo terrorista em mente, uma investigação revelou que ele tinha auxiliado alguns amigos cujos vistos estavam expirados, tornando-o culpado por dar abrigo a imigrantes ilegais..."*

Naquele momento, reparei que AC estava em pé diante da escada num avental xadrez, limpando um prato pingando com um pano, olhando para a TV.

"... Mahmood atualmente encontra-se no Centro de Detenção Federal em Batavia, e corre risco de deportação. Ele estava simplesmente na hora errada, no lugar errado..."

– Desliga isso! – gritou AC. – Desliga isso, cara! Te falei que tô de saco cheio dessas porras dessas notícias! – Imediatamente desliguei a TV. Voltando à cozinha, AC perguntou:

– Qual é a sua situação?

Indo atrás dele, perguntei:

– Como assim?

– A situação do seu *visto*?

– Ah! Hum. Não sei muito bem. Não estou ilegal, se é isso o que quer dizer. Eu tinha um visto H-1, o visto de trabalho, mas... Mas agora... Não sei, na verdade.

Eu lembrava que os gentis funcionários do Serviço de Imigração e Naturalização permitiam um tempo de desemprego – algo como sessenta ou noventa dias –, mas eu já estava desempregado há mais de dois meses. Consequentemente, havia uma possibilidade clara de que eu estivesse no caso conhecido como *situação pendente*. Parado na cozinha, fui atingido pela violência rápida de um golpe duplo: não só eu possivelmente estava num limbo legal – ou pior, em violação criminosa de um código qualquer do Serviço de Imigração –, mas, por minha causa, meus amigos talvez estivessem em perigo.

– Bom, caralho, colega – declarou AC. – Está na hora de você verificar.

– Ei – falei –, sinto muito por ontem à noite.

– Não – AC respondeu, coçando ruidosamente seu pomo de adão –, eu é que sinto.

Silenciosamente engolimos o penne com a ajuda de Coca-Cola.

7.

Decidimos partir quando Jimbo acordasse, mas, quando demos uma olhada, três, quatro horas depois, ele estava deitado de lado, feito uma baleia encalhada, roncando e resfolegando de forma aparentemente pacífica. Então nos separamos, como se tivéssemos feito um acordo tácito de deixarmos um ao outro em paz por um tempo, arranjo que me permitiu beber sossegadamente Goldschläger numa xícara de chá enquanto ouvia "We Don't Have to Take Our Clothes Off (To Have a Good Time)" e outros clássicos da época. Nesse meio-tempo, AC revistava o andar de cima, o andar de baixo, o lado de fora, silenciosamente, diligentemente, decididamente, guardando recibos descartados, o conteúdo de ligações telefônicas abafadas e outras pesquisas relacionadas ao Projeto Shaman, ainda em atividade, para si próprio. Por pura curiosidade, eu mesmo tinha silenciosamente ido ao porão, onde encontrei pacotes de cigarros empilhados. Pelo visto, o Shaman dominava sozinho o mercado de cigarros exóticos de Connecticut.

Depois de algum tempo, liguei a TV, e depois de dez minutos do que quer que estivesse vendo – um episódio de um reality show no qual as pessoas são voluntariamente abandonadas numa ilha tropical –, mudei o canal para ver o discurso presidencial, não sei se gravado ou ao vivo. Senti vontade de zapear, desligar, mas, antes que o fizesse, o presidente já tinha começado:

Senhores presidente e vice-presidente do Senado, membros do Congresso e cidadãos americanos: em circunstâncias normais, presidentes vêm a esta casa para prestar contas à União. Hoje à noite, tal prestação de contas não é necessária. Ela já foi feita pelo povo americano. Nós a vimos na coragem de passageiros que enfrentaram terroristas para salvar outros em terra, passageiros como um homem excepcional, chamado Todd Beamer. E peço, por favor, a ajuda de todos para cumprimentar sua esposa, Lisa Beamer, que está aqui esta noite. Vimos o estado da nossa União na resistência das equipes de resgate, trabalhando além da exaustão. Vimos o desfraldar de bandeiras, o acender de velas, a doação de sangue, as orações feitas em inglês, hebraico e árabe. Vimos a decência de um povo amável e caridoso que fez da dor de estranhos sua própria dor. Meus caros cidadãos, nos últimos nove dias o mundo inteiro pôde ver o estado da nossa União, e ela está forte. Hoje somos um país atento ao perigo e chamado a defender a liberdade. Nossa dor transformou-se em raiva, e a raiva, em resolução. Vamos levar nossos inimigos à justiça ou a justiça aos nossos inimigos, mas de um jeito ou de outro a justiça será feita.

Os aplausos que se seguiram foram altos e sustentados, feito ruído de fundo, feito chuva. Movido pelas palavras, eu também tinha vontade de aplaudir. *Graças a Deus pela União!*, pensei, *E que a justiça seja feita!* Meu sentimento de dor, porém, não tinha exatamente se transformado em raiva, e a raiva certamente não se transformara em resolução.

Depois que meu pai morreu, aprendi que quando ocorre uma tragédia você pode ou se abrir ou se fechar. Minha mãe se abriu e não foi ela mesma por um tempo. Eu me fechei, e deu certo para mim. Fechei-me de novo no dia 11 de setembro.

* * *

Todo nova-iorquino tem uma história do 11 de setembro, e todo nova-iorquino tem a necessidade de repeti-la, de patologicamente revisitar a tragédia até a tragédia virar não mais que uma história. A minha é a seguinte. A manhã estava clara e límpida, mas eu estava embotado e atrasado para uma entrevista. Não sou uma pessoa matinal, e tinha me cortado fazendo a barba e o sangue não coagulava, possivelmente porque tinha tratado o corte com quadradinhos de papel higiênico dupla-face e uma aplicação de Corona, remédio caseiro criado por nada menos que AC. Ia pegar o metrô porque tentar pegar um táxi em Columbus às oito e meia da manhã é como tentar fazer uma reserva naquele restaurante de sushi em Tribeca às oito e meia da noite, mas topei com um táxi pirata vazio que concordou em me levar quando mostrei uma nota de vinte. Enquanto descia a Avenue of the Americas, revendo meu currículo, relembrando os mecanismos sutis da análise do fluxo de caixa descontado e os termos dos dois financiamentos simplezinhos que tinham definido minha carreira enquanto analista financeiro, pensei ouvir algo no rádio sobre um avião batendo no Rockefeller Center. Muitas histórias inacreditáveis circulariam naquele dia. A ficção colidiria com os fatos. Pregadores socariam o púlpito, promulgando atos de Deus. Quando pedi ao motorista para aumentar o volume, ele berrou "Vai sair mais caro!", então deixei pra lá. Tinha questões mais urgentes com as quais lidar.

Perto do centro da cidade, o tráfego engrossou. Na 50th Street havia um engarrafamento. Nessas horas, a cidade deixava qualquer um maluco. Todo dia, coisas simples, como ir do ponto A ao ponto B, se tornavam lutas épicas, caracterizadas por AC como um "jogo de xadrez com o Diabo". Após vários segundos de típica indecisão, saltei do táxi perto da catedral de São Pat, atravessei até a estátua de Atlas numa tanga, passei correndo pelos canteiros de flores que dividiam a esplanada e contornei o rinque de patinação, reparando de passagem que o Rockefeller permanecia incólume. Me anunciei sem fôlego no saguão. Eram nove e sete. Eu estava atrasado. O diretor de pessoal estaria, previsivelmente, lívido. Me amaldiçoando enquanto subia, preparei-me para uma recepção irritada, para explosões, exceto que não havia sinais palpáveis de vida no quinquagésimo sexto andar: nenhuma secretária, analista, estagiário nem diretor de pessoal. No começo, achei que meus tímpanos tinham estourado, porque não podia ouvir os sons rotineiros de agitação de escritório: telefones tocando, cafeteiras gorgolejando, copiadoras cuspindo papel. Era sinistro, estranho, um feriado ou o Dia do Juízo Final. Não havia nada a fazer, a não ser esperar. Olhando o Hudson através dos janelões, mãos profissionalmente unidas, matutei sobre o futuro.

Um soluço resfolegante finalmente quebrou o silêncio de morte. No começo, tentei ignorá-lo, mas, quando o ruído persistiu em salvas abafadas, fui compelido pela curiosidade a segui-lo até o fim do corredor. Dobrando a esquina, encontrei dez, quinze pessoas reunidas diante de uma janela dando para o sul. Uma senhora de cinquenta e poucos anos estava entre elas, segurando seu coração com uma das mãos, cobrindo a boca com a outra. Entregando-lhe o papel higiênico dobrado que levava no meu bolso caso a casca do machucado se soltasse, abri caminho até o vidro manchado. Fiquei ali um longo tempo, atordoado e um pouco tonto. Teria ficado mais tempo se o prédio não tivesse sido evacuado, e embora eu me encontrasse na rua mais tarde, são e salvo, sob um sol brilhante, permaneci aturdido por semanas.

Na casa do Shaman, porém, comecei a soluçar inesperada e ridiculamente. Fechando meus olhos, repeti o mantra corânico que minha mãe repetia depois que meu pai morreu – *"Inna lillaihay wa inna illahay rajayune"*, ou "Viemos de Deus e retornamos a Deus" – enquanto o discurso presidencial continuava ao fundo:

E em nome do povo americano, agradeço ao mundo por suas manifestações de apoio. A América jamais esquecerá do som do nosso Hino Nacional tocando no Palácio de Buckingham, nas ruas de Paris e no Portão de Brandemburgo, em Berlim. Não esqueceremos das crianças sul-coreanas reunidas para rezar na frente da nossa embaixada em Seul, nem das orações de solidariedade oferecidas numa mesquita no Cairo. Não esqueceremos dos momentos de silêncio e dias de luto na Austrália, na África e América Latina. Tampouco esqueceremos dos cidadãos de 80 outras nações que morreram com nossos compatriotas: dezenas de paquistaneses, mais de 130 israelenses, mais de 250 cidadãos da Índia, homens e mulheres de El Salvador, Irã, México e Japão, e centenas de cidadãos britânicos...

Naquele instante, pensei ter ouvido a respiração metronômica de AC nas minhas costas, mas, quando me virei, não havia ninguém. "Olá?", chamei. Levantando-me, olhei a cozinha, a despensa, meti a cabeça no vão da escada e, por desencargo de consciência, abri a porta da frente para investigar a varanda, o gramado, toda a Elm Street. Não havia ninguém do lado de fora e nenhum carro na rua, mas as luzes estavam acesas nas casas vizinhas e dava para ver o lampejo azul de telas de TV refletindo nos vidros das janelas. Voltando para dentro, encontrei AC parado no meio da sala, vendo o discurso feito um zumbi.

Também quero me dirigir diretamente aos muçulmanos de todas as partes do mundo. Nós respeitamos a sua fé. Ela é livremente praticada por milhões de americanos, e por outros milhões em países amigos da América. Seus ensinamentos são bons e pacíficos, e aqueles que cometem atos maldosos em nome de Alá blasfemam o nome de Alá. Os terroristas são traidores de sua própria fé e tentam, na verdade, tomar o próprio islã como refém. O inimigo da América não são nossos muitos amigos muçulmanos, não são nossos muitos amigos árabes. Nosso inimigo é uma rede radical de terroristas, e todo governo que a apoia.

– O islã não é bom e pacífico, colega – protestou AC. – É uma religião violenta, miserável, tão violenta quanto, sei lá, o cristianismo, o judaísmo, o hinduísmo, o que seja. O homem vem matando e mutilando em nome de Deus desde o começo dos tempos.

– Por que você se preocupa com isso?

– Como assim? Sou um ateísta muçulmano que se preza, como qualquer, ah, cristão não praticante, judeu secular ou hindu carnívoro...

Nossa resposta envolve bem mais do que uma retaliação instantânea e ataques isolados. Os americanos não devem esperar uma batalha e sim uma longa campanha, diferente de qualquer outra já vista. Ela pode incluir ataques dramáticos, visíveis na TV, e operações ocultas, secretas mesmo se bem-sucedidas. Vamos deixar os terroristas famintos por financiamento, jogá-los uns contra os outros, forçá-los a mudar de lugar, até que não haja refúgio nem descanso. E vamos perseguir as nações que ajudam ou abrigam o terrorismo. Toda nação, em todas as regiões, tem agora uma decisão a tomar. Ou vocês estão conosco, ou estão com o terrorismo.

– Olho por olho, *baby*! Os herdeiros da porra do Iluminismo, e nossa resposta é, ah, bíblica. Que tal essa? Quando a porca torce o rabo, amigo, somos todos animais, cada um de nós. Alguém bate em você e você bate de volta. É a lei da selva. É a natureza humana.

– Posso perguntar uma coisa?

– Qualquer coisa!

– Por que você quer virar americano?

– Que é isso, cara! – estourou AC, baixando o volume da TV. – Eu não preciso concordar com esse filho da puta! Ave, Emma Goldman! Ave, Chomsky! Ave, Zinn! Ave Maria! *Ei, eu achava que este país se baseava na liberdade de expressão/ Na liberdade de imprensa, na liberdade de culto/ Para tomar sua própria decisão, mas não é nada disso/ Porque se tenho que seguir suas regras, estou sendo omisso...*

O improviso foi interrompido pelo som de um carro parando do lado de fora. Um motor foi desligado; uma porta se abriu e se fechou. AC e eu trocamos olhares perplexos e ansiosos, sobrancelhas erguidas, pescoços duros. Nós dois pensamos que fosse o Shaman porque era assim que ele era: aleatório. Dava para imaginar o Shaman entrando com um sorriso escancarado, despreocupado diante da nossa presença na sua sala de estar, de AC fazendo traquinagens de cueca, ou de mim bebericando Goldschläger numa xícara de chá. Ele simplesmente ficaria feliz pra cacete de nos ver.

Só que algo estava errado. Ouvimos vozes desconhecidas, pomposas, e o deliberado clique de passos militares na calçada. Seguimos as passadas pelo gramado com nossos olhos, subindo os degraus, até a porta da frente. Houve um pesado toc-toc-toc, *toc*, mais admoestação do que anúncio.

– Você está esperando alguém? – perguntou AC, só para ter certeza.

– Não – respondi.

– Bom – disse ele, cruzando os braços feito um gênio. – Vamos ver quem apareceu para o happy hour.

Dois homens bem-arrumados – um jovem, outro não tão jovem – estavam parados na varanda feito totens. De longe talvez parecessem um par de irmãos proselitistas, mais Igreja de Jesus Cristo dos Santos dos Últimos Dias do que Testemunhas de Jeová. Suas poses eram tesas e polidas; eles vestiam camisas de algodão, ternos escuros, gravatas largas e filigranadas e sapatos pretos. De perto, porém, era óbvio que não eram homens de Deus. O mais velho, provavelmente de meia-idade, tinha uma coroa penteada de cabelo louro-escuro e uma expressão dúbia.

– Sr. Shaw? – ele perguntou.

– *O quê?* – deixei escapar. – *Ah*, ah, não. Você quer dizer o Shaman. Quer dizer, Mohammed, Mohammed Shah. Ele não está.

Olhando-me fixamente com seus pequenos olhos em forma de flor, ele perguntou:

– O senhor é da família?

– O quê? Não, não. Na verdade, somos só amigos dele...

– Sou o agente Trig – ele disse à guisa de introdução, e, gesticulando vagamente na direção do seu colega, acrescentou: – e este é o agente Holt. – Holt coçou a cabeça. Com cabelo louro e orelhas de abano, ele não era muito mais velho do que nós. – Somos do FBI – informou Trig, e, mostrando um distintivo, disse: – Vocês se importam se a gente entrar?

– Claro que não. – Dei de ombros, mostrando tranquilidade, como se a galera bacana do FBI fosse convidada frequentemente para festinhas, mas estava tremendo feito geleia. Na minha cabeça, tentei contar o número de razões possíveis para que o FBI estivesse à nossa porta naquela noite. Não consegui. Eram muitas.

Trig se arrastou para dentro, limpou os pés no capacho e olhou ao redou na maneira circunspecta característica de um pastor alemão bem treinado, reconhecendo a presença de AC, seminu, com um aceno de cabeça.

– De quem é o táxi parado lá fora, senhores?

– Qual é o problema, policial? – perguntou AC.

– Meu – respondi. – Na verdade, tecnicamente não é meu. Só o alugo e dirijo em alguns horários...

– O que houve com o seu olho, filho?

– Ah. Eu, hum, fui assaltado. Algumas noites atrás. Segunda, ou, na verdade, não, foi terça...

– Você prestou queixa na polícia?

– Não, senhor. Era tarde, bem tarde. – Trig queria mais, então me vi dizendo: – Não queria envolver a polícia – antes de morder minha língua.

– Por que não? As autoridades estão aí para servi-lo, filho, a não ser que você tenha algo a esconder.

– Esconder? O que eu teria para esconder?

Trig observou meu rosto em busca de alguma indicação de evasivas ou falácias, mas não teve que se esforçar muito porque aquele olhar acusatório me fazia sentir culpado, criminoso, e meu rosto devia mostrar tudo.

– Onde está o sr. Mo-hammid Shaw? – perguntou.

– O que vocês vieram fazer aqui? – insistiu AC, e de novo a pergunta não foi registrada. Reparei no lampejo frio e severo em seus olhos contraídos, e por um instante me perguntei se AC era mais perigoso bêbado ou sóbrio. Àquela altura, porém, era uma questão acadêmica. Àquela altura, era imperativo que AC fechasse o bico. Em vez disso, ele soltou em panjabi:

– *Ay ki bakvass eh?*

Devagar, Trig repetiu:

– Onde. Está. O senhor. Mo-hammid Shaw?

– Ele... não sei exatamente onde ele está...

– O que os senhores estão fazendo aqui?

– Bom, a gente não tem notícias de Mohammed há algum tempo, então pensamos em ver como ele estava.

– Mais alguém vive aqui com ele?

– Acho que não, senhor... Não.

– Vocês se importam se dermos uma olhada na casa?

– Vocês têm um mandado? – interveio AC. Braços cruzados, pernas peludas abertas, mundo sobre os ombros, ele estava como Atlas de tanga, desafiando quem mexessem com ele. Era uma pose turrona, uma estratégia equivocada e, podia-se argumentar, americana. – Conheço meus direitos – continuou, irritado –, e tenho certeza de que vocês estão a par do conceito de *habeas corpus ad subjiciendum* que se encontra virtualmente santificado na nossa Constituição – a, ah, *Constituição americana*. Artigo primeiro, parágrafo nove, cláusula dois. "O Privilégio do *habeas corpus* não deverá ser suspenso, a não ser quando exigido pela segurança pública em caso de revolta ou invasão." Então, embora vocês tenham brusca e, devo dizer, rudemente ignorado minhas perguntas, vou perguntar mais uma vez: *Qual. É. O. Problema?*

Trig piscou várias vezes, processando a fanfarronice, enquanto Holt, que tinha ficado perto da porta esse tempo todo, teso e ereto, uma das mãos no cinto, começou a se remexer. Eu podia ver que ele nunca tinha estado numa situação como aquela antes. Nem nós. Virando sua cabeça devagar na direção de AC, depois o corpo, Trig se dirigiu a ele num tom decididamente comedido:

– Recebemos uma pista anônima ontem à noite de que havia uma... atividade suspeita nesta casa. Nos foi dito que um táxi, um táxi amarelo de Nova York, ficou na porta da casa a noite toda, e hoje em dia levamos essas coisas a sério. Então, se vocês não têm nada para esconder, peço com todas as minhas forças que cooperem conosco. Isso *é* uma questão de segurança pública.

– Sim, sim, estamos prontos para cooperar – eu disse.

– De onde são os senhores?

– Com todo o respeito, policial, não é da sua conta – AC interveio.

– Relaxa, cara!

– Vou te dizer o que eu vou fazer, colega – começou AC. – Vou acender um American Spirit, botar minhas pernas no encosto desse sofá e coçar minha virilha com, ah, abandono bestial. A busca da felicidade é meu direito constitucional. Vou exercê-lo aqui e agora. *Ki samjha, chitay?* – Enquanto AC passava a cumprir o prometido, reparei na sua mão tremendo para acender o cigarro. Foi então que deu-se a merda.

A sequência dos incidentes isolados que levaram à nossa prisão permanece algo confusa, em parte porque tudo aconteceu tão rápido, em parte porque a adrenalina que corria no meu cérebro me cegou, mas o que quer que tenha acontecido aconteceu com o ímpeto do inevitável. Quando Trig pediu para ver um documento de identidade, AC mostrou o dedo do meio, e então acho que Jimbo trovejou escada abaixo, urrando "BANZAI", como se assustado por um pesadelo. Embora soubéssemos que Jimbo era um gigante gentil, Jimbo é um homem grande, o tipo que você talvez não queira te seguindo num beco escuro. E quem sabe, talvez Holt se sentisse como se estivesse num beco escuro. Acho que ele foi o primeiro a sacar, e pela primeira vez na minha vida me vi olhando para o cano de uma arma. Em vez de erguer os braços, porém, instantaneamente me encolhi, segurando a cabeça entre as mãos. Lembro de rezar *Allah bachao*, Deus nos ajude. Lembro de Trig nos instruindo, *senta-a-porra-da-bunda* e *cala-a-porra-da-boca*. Lembro de Jimbo murmurando:

– Tranquilo, tranquilo.

Quando nos espremacemos desconfortavelmente um ao lado do outro no sofá, pescoços esticados, joelhos apertados, um de nós se sentou no controle, aumentando o volume:

Depois de tudo o que aconteceu, de todas as vidas perdidas e de todas as possibilidades e esperanças que morreram com elas, é natural se perguntar se o futuro da América não é um futuro de medo. Alguns falam de uma era de terror. Sei que há lutas pela frente e perigos a enfrentar. Mas este país definirá o nosso tempo, não será definido por ele. Enquanto os

Estados Unidos da América estiverem dispostos e fortes, esta não será uma era de terror: será uma era de liberdade, aqui e no resto do mundo.

Por um momento, os agentes, como nós, escutaram. Então Holt latiu:

– VOCÊS TÊM QUE DESLIGAR ISSO AGORA MESMO.

Obedecemos imediatamente, sentindo-nos culpados.

8.

A noite estava agradável e os choupos não se moviam, mas havia muita atividade na Elm Street. As pessoas tinham saído para suas varandas, sozinhas e aos pares, em pijamas listrados e roupões, para fitar o espetáculo: nas luzes coruscantes de quatro viaturas policiais e um sedã sem identificação distribuídos num amplo semicírculo ao redor de um táxi amarelo, uma congregação de cerca de uma dúzia de policiais conversava entre si em voz baixa e em rádios enquanto um par de homens de terno desfilava com três homens desalinhados, sombrios, algemados. Embora não houvesse repórteres nem câmeras, havia um ar de teatralidade na *mise-en-scène*. Os policiais locais talvez fossem coadjuvantes no grande esquema das coisas, mas sua presença numerosa era uma demonstração de força. Eles estavam nervosos, mas agiam de acordo com seus papéis, fazendo poses rígidas com rostos corajosos e inflexíveis. E eu estava quebrado, esgotado, mais figurante do que protagonista, mas não parava de pensar: *Não tropece, não quebre uma perna, ande com a cabeça erguida, como quem não fez nada de errado*, mas não podia, e na verdade não importava, porque, não importa o que eu fizesse, não podia mudar a forma como era visto.

Pelo canto dos olhos, captei a silhueta de uma mulher numa porta pegando uma criança no colo e levando-a para dentro como se para protegê-la das sinistras vicissitudes do mundo. Dava para imaginar a criança fazendo perguntas mais investigativas do que o normal para sua idade, cinco ou seis anos, ao ser posta na cama naquela noite, abrangendo geopolítica e, quem sabe, noções de identidade coletiva. A vizinha de porta, uma senhora mais velha com bobes rosa no cabelo, cobriu sua boca com a mão enquanto eu passava. Em tempos melhores, ela talvez estivesse bocejando. Dava para imaginar o que diria aos repórteres se entrevistada: *Eu os via entrando e saindo, e pareciam normais, estranhos, mas normais, mas quem conhece de verdade os outros, especialmente hoje em dia.* O homem com o cachorro estava posicionado no fim do beco sem saída, mão na cintura, cachorro farejando o ar.

Um policial anunciou num megafone:

– Acabou o espetáculo, pessoal. Vão para casa. Não precisam se preocupar com nada.

Então fui empurrado para dentro do sedã e ensanduichado entre dois corpos, presumivelmente os agentes Holt e Trig, mas não tinha como ter certeza. Eu tinha certeza de que não estava aninhado entre amigos. Jimbo e AC estavam atrás de mim quando saímos da casa, mas percebi que os havia perdido de vista no meio da confusão.

O carro ia rápido e dobrava várias esquinas, e não levou muito tempo para estarmos varados em alguma estrada, buzinando, trocando de pista, ultrapassando. O interior do carro cheirava a cigarro molhado e Old Spice, um aroma intoxicante, insidioso, que permeou meu capuz e se instalou na minha consciência. Eu tinha que abrir a boca para respirar, fechar os olhos para pensar. Precipitando-me contra o escuro, uma voz na minha cabeça ficava dizendo: *Relaxa, fica calmo, isso não está acontecendo,* mas o cheiro e o esfolamento das algemas me lembravam: *Isso está acontecendo, isso é pra valer.* Depois de cerca de meia hora no carro, uma náusea das brabas ameaçou crescer dentro de mim. Quando uma bola de muco subiu pelo meu esôfago, pigarreei e perguntei:

– Dá pra parar? Acho que vou vomitar...

Houve uma pausa, talvez uma troca de olhares. O cara à minha esquerda disse: – Tá brincando! – Não era Holt nem Trig. Estridente e sem fôlego, o sujeito devia ser baixo e atarracado, feito Mickey Rooney. – Não, senhor – respondi, meu estômago turbilhonando audivelmente. – Não estou brincando. Eu não brincaria com uma coisa dessas... Não agora.

Alguém na frente baixou uma janela e nossa velocidade começou a diminuir. Uma voz avisou: "Não faça nenhuma besteira", o que só podia significar: não tente escapar e sair em disparada, encapuzado e de mãos algemadas pela estrada.

Quando paramos, fui segurado pelo braço feito uma criança birrenta e puxado para o meio-fio. Alguns carros passavam voando e fazendo barulho, perigosamente perto. Não estávamos perto de nada, só havia estrada. O ar estava mais fresco e cheirando a grama e terra molhada. Engolindo saliva, me senti melhor. Então fui levado a alguns passos de distância do veículo e instruído a vomitar:

– Anda. Vai. Aqui! Vomita aí, meu chapa, anda!

Conforme instruído, tentei várias vezes, mas a ansiedade de desempenho, ou algo do gênero, reprimiu minha vontade. Se não estivesse algemado, talvez tivesse metido o dedo na garganta. Virando-me para quem estava me segurando, dei de ombros, dizendo:

– Não está, hum, saindo...

– Você tá de sacanagem comigo! – gritou Rooney. – Eu sabia – acrescentou –, eu sabia – quase para si mesmo. Puxando-me de volta para dentro, anunciou: – Ele não vomitou! Dá pra acreditar nessa merda? – Virando-se para mim, gritou: – Agora, se você mover um dedo que seja, juro que vai se arrepender. Está me ouvindo?

Fiz que sim com a cabeça, mas agora precisava fazer xixi.

Duas ou três horas depois chegamos a algum lugar. Podíamos estar em Boston, ou Albany, ou até em Mars, na Pensilvânia, embora, pensando bem, eu tivesse ouvido uma voz arranhada pelo rádio dizer algo como *Passaic*, depois outra dizendo *não, MDC*. Não dei muita importância na hora, mas mais tarde ficaríamos sabendo que os piores abusos no sistema penal americano após o 11 de setembro foram cometidos no MDC, o Centro Metropolitano de Detenção. De acordo com manchetes futuras e possivelmente hiperbólicas, o MDC era o "Abu Ghraib americano".

Na época, eu só tinha certeza de que não estávamos no interior, pois havia indícios de uma cidade no som de trânsito ao fundo e na brisa que carregava o bafo do lixo e o cinza da poluição. Podia me imaginar cercado de prédios, grandes fachadas de pedra, o que era ligeira e momentaneamente reconfortante.

Então fui bruscamente conduzido através de uma série de portões pesados, desci um lance bolorento de escada e fui jogado num quarto frio numa cadeira de metal presa ao chão. Uma porta bateu e fiquei sozinho. A noite parecia um pesadelo de infância: meu capuz estava apertado, a escuridão era completa; suor corria pelo lado da minha cabeça; eu precisava ir ao banheiro, mas não podia fazer nada além de me contorcer. Me perguntei se Jimbo e AC estavam por perto, em celas adjacentes, também se contorcendo e com axilas molhadas, e a ideia de camaradagem oferecia algum conforto. *Para de suar, parceiro*, briguei comigo mesmo, *estamos nessa juntos. Não fizemos nada de errado. Não precisamos nos preocupar com nada. É claro que se trata de um engano. Você vai poder dar um telefonema. Todo mundo tem direito a um telefonema...*

Naquele instante, a porta se abriu e passos marcharam para dentro.

– O que você estava fazendo na casa de Mo-hammid Shaw? – Era Rooney, e ele estava colado na minha cara.

– Olha – comecei, cruzando e descruzando as pernas enquanto minha bexiga pressionava minhas tripas –, está havendo algum engano...

– Vamos deixar uma coisa clara, meu chapa. O nome do jogo é Nós Perguntamos, Você Responde. Beleza? Beleza!

– Beleza, beleza – repeti. – Só quero saber o que tá acontecendo.

– Você quer saber o que tá acontecendo? Você tá fodido. É o que tá acontecendo. Estamos mantendo você aqui com base no Estatuto da Testemunha Material. Você sabe o que é isso? Significa que você é uma testemunha material de um crime...

– Que crime? – gritei. Ele estava obviamente jogando um verde.

– Que crime? Que crime? –repetiu ele, sua voz sem corpo às vezes na minha frente, às vezes atrás de mim, às vezes sussurrando no meu ouvido: – Que tal invasão de domicílio?

– *O quê?*

– Que tal contrabando de cigarros?

Merda, pensei. Se fizesse um teste num detector de mentiras, eu não passaria.

– Cigarros? – perguntei. – Que cigarros?

– Deixa eu te fazer uma pergunta: como você se sentiu com o que aconteceu em 11 de setembro?

– O que...

– Você ficou feliz?

– Isso é ridículo. Quero dar um telefonema. Conheço meus direitos.

– Você não é americano! – ele disparou em resposta. – Você não tem porra de direito nenhum.

Ele fez uma pausa para me permitir processar a asserção. Sua lógica era estranhamente inatacável. Nunca tinha pensado por aquele ponto de vista, e nunca tivera razão para fazê-lo.

– E você não tem mais tempo – Rooney estava dizendo. – Acabamos de checar com a Imigração. Seu visto vai expirar, meu chapa. – Como é mesmo o nome? O H-1 B? Você vai se tornar um imigrante ilegal em uma semana. – *Merda*, pensei. – Então, ou você coopera com a gente, ou podemos te trancafiar por um bom tempo, sem telefonema, sem advogado, sem nada. E, se tiver sorte, um dia te botamos num avião, com passagem só de ida, de volta ao Porraquistão. Nós podemos e vamos te deportar. Nós podemos e vamos deportar seus colegas. – *Merda, merda, merda*, pensei. – Então vamos voltar ao início. Por que vocês estavam na casa do Shaw?

– Mohammed é um amigo nosso – comecei com a voz fraca. – A gente não tinha notícias dele há algumas semanas, então decidimos pegar um carro na cidade, em Nova York, Manhattan, para vê-lo, e como ele não estava lá, a gente ficou esperando e...

– Quando foi a última vez que você falou com ele?

– Acho que eu não falava com ele desde julho, quatro de julho.

– Que tipo de amigo você é?

– O quê? Ah. Bom, eu o conheci através do AC, quer dizer, Ali, Ali Chaudhry.

– Você tá de sacanagem comigo, não é? Eu te falei pra não me sacanear, meu chapa.

– Não estou sacaneando ninguém...

– Escuta – disse Rooney num tom conspiratório. – Se você admitir que os seus colegas estavam envolvidos em atividades terroristas, vamos pegar leve com você. Vamos pedir leniência. Não proteja seus amigos, porque eles não vão te proteger. Entendeu?

– *Atividades terroristas?*

– O que vocês estavam planejando na casa do Shaw? Não tenta me enrolar porque já reviramos o apartamento do seu colega Aly na cidade. Encontramos livros, livros em árabe, e manuais de fabricação de bombas. Então faz um favor pra você mesmo e coopera conosco.

– *Manuais de fabricação de bombas?* – repeti incredulamente. – Não sei do que você está falando.

– Você fala inglês, não fala, caralho? Que parte do que eu falei você não entendeu? Você está entendendo que você está afundado na merda, certo? Você está entendendo que, se você cooperar, vamos pegar leve com você?

– Acho que você está enganado...

– Não estou perguntando o que você acha, cara. Estou perguntando o que você sabe. Tem uma diferença, uma grande...

– Mas eu não sei nada sobre...

– Quer saber? Parei com essa porra desse cara – declarou Rooney.

– Pode prender. E joga a chave fora.

Depois de uma rápida conferência de murmúrios, fui agarrado pelos dois braços, erguido e levado embora. *Espera*, eu devia ter dito, *deixa eu explicar*, ou alguma outra coisa, qualquer outra coisa – quem sou, o que faço –, mas apenas fui me arrastando, cego e mudo, inclinando minha cabeça para um lado com medo de dar de cara numa parede.

Em outro aposento, os guardas tiraram minhas algemas e depois me mandaram tirar a roupa. Eles devem ter assistido enquanto passei os braços em torno da cintura, desabotoei a camisa, usei os pés para tirar as botas uma por uma e então desafivelei o cinto e tirei os jeans como se fizesse uma mímica de entrar numa banheira com água quente. "Tira tudo, crioulo do deserto", mandaram. Repeti o criativo xingamento na minha cabeça, parado diante deles vestindo apenas minhas frouxas meias pretas de poliéster, minha cabeça flácida balançando entre minhas coxas. "Cortaram a pele fora, cortaram a pele fora", eles gritaram, batendo palmas ou se cumprimentando com tapas no ar.

Vestido num macacão frio, grosseiro e largo, com um zíper que vinha da virilha, e calçando sandálias que eram dois números acima do meu, fui levado pelo braço por uma série de corredores interligados. Quando o capuz foi tirado da minha cabeça, feito um lenço de mágico, me vi numa cela. A porta se fechou enfaticamente atrás de mim.

Deslizando contra a parede, me encolhi num canto, puxado pela gravidade, pelo cansaço e pelo peso da minha bexiga. Medi mentalmente e com a ajuda das minhas sandálias os limites da minha atribulação. Com cerca de dois metros e meio de largura e comprimento, a cela continha um catre de metal, uma privada fulva e sem assento e paredes verde-piscina. A tinta estava descansando pelos blocos de granito onde outros prisioneiros tinham descansado suas costas antes de mim: ladrões, bandidos, cafetões, pedófilos, estupradores, assassinos. Imitando-os, pensei em como o destino tinha conspirado para me colocar ali, e pela primeira vez senti raiva dentro de mim. Se AC era de fato um terrorista, pensei, por que não tinha me cooptado para a sua causa?

— Foda-se a polícia! — disse em voz alta, satisfeito com a concisão com a qual a frase expressava meus sentimentos. *"Fuck the police comin' straight from the underground/ Young nigga got it bad cuz I'm brown..."* Embora tivesse ouvido N.W.A. desde a adolescência, era a primeira vez que entendia qual era a deles. A ressonância do hino não era mais mera novidade ou um sentimento juvenil de afinidade com a galera da redondeza: não, era uma forma de repensar o mundo.

Mas raiva requer vigor, e eu não tinha energia sobrando. Fiz um esforço hercúleo para me arrastar até a privada, que, para meu horror, estava entupida. Meu reflexo fraturado boiava na superfície lamacenta, e abaixo dele pedaços do *The Sun* se debatiam em câmera lenta feito algas. Abatido, fiquei parado ali, pairando tontamente ao redor de mim mesmo. Parecia um criminoso: meu cabelo tinha se solidificado em nacos grossos, e uma película de barba cobria minha mandíbula feito lodo. Por um momento, pensei em afundar minha cabeça na privada, mas a ânsia passou e urinei. Cascateando por sobre a borda, o transbordamento se espalhou pelo chão numa poça se expandindo, da cor, mas não da consistência de melaço. Então, colapsando sobre o catre, desmaiei.

9.

Quando acordei, estava claro e eu estava me sentindo paralisado, e por um instante pensei que estava morto, mas então o fedor de urina fria encheu minhas narinas, e voltei a sentir meu corpo, feito uma dor. Não havia como dizer que horas eram, pois a característica da luz não tinha mudado, mas não me sentia descansado e minha boca estava seca e com um gosto horrível. Fechando os olhos, vi formas quiméricas se movendo na escuridão elétrica.

Depois da morte do meu pai, eu costumava fechar meus olhos, às vezes em plena luz do dia, às vezes na cama à noite, e me imaginar viajando na velocidade da luz, passando por planetas e estrelas brilhantes, e galáxias rodando em câmera lenta num eixo invisível. Havia altas aventuras, uma missão urgente para salvar a humanidade, uma perseguição alienígena, contatos imediatos com tempestades de meteoros, exigindo proezas rotineiras de destreza e grande presença de espírito. Me sacudindo na cama, eu emitia ordens abafadas, fazia sons de bipe e sons de coisas explodindo. Meus voos imaginários causavam intranquilidade e inevitavelmente me davam sede e vontade de fazer xixi, mas eu segurava porque não queria chatear mamãe.

A certa altura, porém, eu a descobria pairando sobre mim no seu cafetã vermelho com um halo de luz do corredor ao redor da sua cabeça. Claro, eu fingia estar dormindo, tentava manobras evasivas, mas era tarde demais. "O que você está fazendo, meu amor?", perguntava ela, sentando-se ao meu lado. Inspirado no seriado de ficção científica da TV paquistanesa, a história em geral era sobre os Cylons – robôs maléficos que *falavam assim* – e Baltar, o chefão careca *que sempre se sentava numa cadeira alta*. Juntos, ele lançavam um ataque surpresa contra o planeta Terra, e embora eu fosse jovem e inexperiente, era bom e bravo e atacava de volta.

Correndo seus dedos pelos meus cabelos, mamãe me ouvia com um leve sorriso, e, quando eu acabava, ela dizia algo como: "Escuta, meu amor, o espaço é muito, muito distante. Você e eu não podemos nos preocupar com coisas tão distantes. Temos que nos preocupar com o agora, e o amanhã. Você tem aula amanhã. Você tem que ir bem na escola. Você é o homem da família. Isso é uma responsabilidade maior do que salvar o universo."

Meu universo tinha diminuído: depois que meu pai morreu, nos mudamos da nossa casa perto da rua Tariq para um apartamento de dois quartos e meio num prédio perto da rua Bandar, do outro lado da cidade. Não tínhamos mais um jardim, um lugar para fazer homens de lama ou vadiar ou jogar críquete; em vez disso, havia no térreo um playground de cimento comum onde adolescentes frequentemente se metiam em confusão, e havia a rua. Eu não tinha amigos na vizinhança e levava quase uma hora para ir e voltar da escola. Quando as coisas mudavam, elas pareciam mudar para pior. Mas eu me virava.

Também houve uma tragédia de outra dimensão. Tínhamos passado quase um mês empacotando nossas vidas em caixas de papelão e baús de aço, e levamos outro mês para desempacotar tudo. Eu tinha insistido em guardar eu mesmo tudo do meu quarto: as roupas no meu armário, os livros na minha estante, minha coleçãozinha de carrinhos, o batalhão de soldados de brinquedo, conjunto de armar, tabuleiro de xadrez chinês, tabuleiro de *karram*, dois ursinhos de pelúcia – o gordo Chumpat Rai e o magro e peludo Mr. Butt – e um modelo de Battlestar Galactica de caixa de sucrilhos, rolo de papel higiênico e isopor, que era quase tão grande quanto eu. Tinha levado seis semanas para construir, pintar e aperfeiçoar, ao longo do funeral, dos rituais de luto e das visitas de pêsames. Quando abri a caixa marcada FRÁGIL e ESTE LADO PARA CIMA, descobri que ele tinha sido irreparavelmente danificado na mudança, de alguma forma esmagado por uma edição integral dos *Contos dos irmãos Grimm*. Pernas dobradas, fiquei sentado silenciosamente no chão do meu quarto novo, em meio a papel marrom e caixas abertas, contemplando o que era e o que tinha sido. Era um sinal para seguir em frente.

Sentindo a gravidade da situação, mamãe foi à cidade e duas semanas depois me presenteou com uma réplica usada do R2-D2 do tamanho de uma lata de lixo e um sabre de laser a bateria. Embora os itens talvez fossem de uma galáxia distinta, de uma guerra distinta, e eu tivesse seguido em frente, para outros exercícios de imaginação, foi um gesto vencedor. Naquela época, havia formas de consolo.

Enquanto eu saía e entrava no sono, reconciliado onde estivera e onde estava – dois mundos separados, aparentemente, por anos-luz –, a porta se abriu com um estrondo. Dois guardas entraram – um negro, outro branco, um com um cavanhaque, outro com um penteado afro – trazendo correntes, feito oferendas dos Reis Magos. Dando um tapa na minha nuca, o branco gritou:

– Você se mijou todo com esse teu pau de palito! Vai ter que pagar meus tênis novos! – Pareciam rotina, a invectiva, a violência casual, o jeito como as coisas são, o jeito como as coisas vão ser: portas se abrindo, portas se fechando, e eu levando porrada, sendo molestado, jogado de um lado para o outro entre celas e interrogatórios. O negro me prendeu no chão com um joelho.

– Você gosta disso? – ele perguntou. – Levanta da porra do chão!

Acorrentado, mal podia me mover, muito menos pôr um pé na frente do outro. Consequentemente, fui arrastado por um corredor e depois outro, escorregando e me arranhando contra o linóleo.

Me vi num aposento pequeno, bem iluminado e sem janelas com duas cadeiras, uma de cada lado de uma mesa. Num canto do teto podia analisar meu reflexo diminuto num orbe translúcido.

– Senta a bunda aí – mandou o guarda de cavanhaque (e, agarrando meu cabelo, me lembrou que ele ia me ver de novo em breve). De acordo com suas instruções, sentei grudado na cadeira, preparado para o pior: tendões cortados, joelhos quebrados, garrote, terapia de choque, a tortura chinesa da água. Numa América mudada, parecia que qualquer coisa podia acontecer. Podia suportar os xingamentos e cusparadas e a violência casual, mas a ameaça de brutalidade sistemática provocava um pânico profundo, então, quando o interrogador entrou arrastando os pés, me vi tremendo.

Uma pasta bege foi colocada entre nós num gesto que sugeria que tínhamos combinado de discutir seu conteúdo, embora os dois maços de bloco de notas e fax dobrado não parecessem ser particularmente incriminatórios. Além do meu registro de imigração, eles não podiam saber muito mais sobre mim além da minha altura, peso, cor dos olhos e características distintivas, mas eu podia imaginar Rooney escrevendo uma missiva condenatória em esferográfica vermelha, com as palavras *obstrutivo* e *óbvias tendências terroristas* sublinhadas duas vezes. Presumivelmente, o trabalho do interrogador era botar os pingos nos is.

O homem, que tinha cinquenta e poucos anos, era grisalho e parecia um urso-cinzento, respirou fundo – algo entre um chiado e um assovio – e me encarou por baixo de sobrancelhas despenteadas que se encontravam no espaço entre seus olhos.

– Quer começar a falar?

Minha boca estava seca, minha saliva, quente e viscosa.

– Sobre o quê, senhor, exatamente? – perguntei. O interrogatório que se seguiu podia ser lido como um catecismo distorcido:

Ursão: Você é terrorista?
Chuck: Não, senhor.
Ursão: Você é muçulmano?

Chuck: Sim, senhor.

Ursão: Então você lê o Corão?

Chuck: Já li.

Ursão: E reza cinco vezes por dia para Alá?

Chuck: Não, senhor. Rezo algumas vezes por ano, em ocasiões especiais, como o Eid.

Ursão: Você jejua no Ramadã?

Chuck: Sim, senhor, em geral jejuo até a metade, às vezes um pouco mais, mas em geral menos...

Ursão: Come carne de porco?

Chuck: Não, senhor.

Ursão: Bebe?

Chuck: Álcool? Sim, senhor.

Ursão: Alá não fica zangado?

Chuck: Não acho que isso seja muito importante para Ele, senhor, sabe, se eu bebo ou não.

Ursão: (Interrogador coça cova do queixo.) O que é importante para ele, então?

Chuck: (Interrogado se coça também. A roupa dá coceira.) Bom, acho... que eu seja bom... para outras pessoas.

Ursão escrutinou meu rosto por um tempo inquietantemente longo com olhos azuis fundos contornados por sardas.

– Qual é a sua história, garoto? – O timbre da sua voz não sugeria empatia ou curiosidade, mas convidava à exposição. Sem saber se a questão demandava exposição ou algum tipo de mapa das minhas coordenadas sociopolíticas, me vi falando:

– Nasci em Karachi, no Paquistão, em 1981. – Parecia natural começar do começo. – Meu pai morreu quando eu tinha cinco anos e meio. – Fiz uma pausa. – Foi difícil – acrescentei, mas o que mais eu podia dizer? Que comíamos carne duas vezes por semana? Que poupávamos dinheiro deixando de comprar pasta de dentes e escovando com sal? Que guardávamos escovas de dentes para polir meus sapatos de escola? Eu não ia falar sobre a mudança, a tragédia da Battlestar Galactica. Certamente não ia contar que sentia uma falta desesperadora do meu pai, mas era doloroso lembrar dele.

– A gente se virava – continuei, desidratado e delirando um pouco.

– Mamãe sempre me disse: você tem que trabalhar muito, se esforçar muito. E trabalhei. Desde que me entendo por gente, fui um bom aluno. Acho que a grande motivação que guia a minha vida tem sido impressionar mamãe. Nunca me revoltei na adolescência, nunca raspei a cabeça ou voltei para casa com o dia nascendo, nada. Em vez disso, minha mãe e eu cozinhávamos juntos, víamos filmes, passeávamos de carro. Claro, de vez em quando eu ia tomar um sorvete com amigos, com primos, jogava críquete, mas dá para dizer que eu era meio diferente. Lia muito, qualquer coisa que caísse na minha mão, *Seleções*, *Moby Dick*, uma ou outra revistinha do Archie. Tirei dez notas máximas no vestibular. Quando fiz dezessete anos, consegui uma bolsa para estudar literatura inglesa na NYU, o que equivalia a quase oitenta por cento das minhas necessidades...

Embora eu estivesse tagarelando, Ursão não me interrompera nenhuma vez. Ele estava ouvindo com atenção, de forma quase familiar.

– Um momento, filho – disse enfim. – Você está me dizendo que você é um estudante de literatura?

– Não, senhor, já não sou mais.

– Então?

– Me formei no ano passado e virei analista financeiro.

– *Você trabalha num banco?*

– Não trabalho mais, senhor. Fui demitido, em julho.

– E agora?

– Sou taxista.

– Deixa eu ver se entendi: você era tipo um analista financeiro de Wall Street e agora é *taxista*?

– Sim, senhor.

– É uma mudança de carreira radical.

– Sim, senhor, mas a gente faz o que precisa. Não é ruim. Gosto de dirigir.

Ursão começou a massagear as pálpebras.

– Ok, vou fazer o seguinte. Vou pegar um copo de água para você. Enquanto isso, eu quero a sua ajuda. Estou tentando entender por que os muçulmanos aterrorizam. Quero que você pense nessa questão e depois me diga o que acha.

Como muçulmano, ele pensou, eu teria alguma visão particular do fenômeno – conhecimento da *fatwa* relevante ou de algum verso do Corão –, assim como um negro, qualquer negro, devia saber de violência entre negros ou da atração de uma garrafa de birita. Mas, como todo mundo, eu achava que os sequestradores dos aviões eram um bando de sauditas malucos filhos da puta. Embora Ursão talvez concordasse, minha análise era confessadamente superficial.

Mas eu não conseguia pensar direito. Estava com dor de cabeça, uma dor forte e precisa feito um par de pinças apertando minhas têmporas. Consequentemente, quando ele voltou, eu estava menos preparado do que quando saíra. Colocando um copo de papel na mesa, ele se sentou e cruzou os braços de novo.

– Então, onde estávamos mesmo?

Erguendo o copo aos meus lábios com as duas mãos como se fosse um cálice de vinho sacramental, engoli seu conteúdo de uma vez. A água estava gelada e doce e tinha gosto de liberdade.

– Não sei bem – eu disse.

Franzindo as sobrancelhas, Ursão disse:

– Resposta errada.

– Desculpe. Acho que o senhor me perguntou por que terroristas aterrorizam? – Fechando os olhos, tentei canalizar AC, canalizara história. – Bom – comecei –, acho que dá para pegarmos a história do começo. É um jeito de encarar o problema.

Ursão quase deu de ombros.

– Até onde sei, o islã, historicamente falando, não era associado ao terrorismo. Era associado a impérios – os otomanos, os mongóis no Paquistão, na Índia, os safávidas ali do lado. Acho que o primeiro terrorista do século XX foi aquele sérvio que começou a Primeira Guerra Mundial assassinando o arquiduque; não sei. Enfim, o rolo entre palestinos e judeus veio em seguida. O engraçado é que, antes de 1948, os judeus eram os terroristas. Os palestinos viraram terroristas depois. Mas eles não se explodiam. Os japoneses é que começaram com isso, e acho que bombardeios suicidas foram inventados bem depois, nos anos 1980, por hindus, os Tigres de Tâmil. Nós, quer dizer, os muçulmanos, só entraram nessa recentemente...

Ursão: Já sei, já sei, por que você não fica só na religião islâmica?

Chuck: Ok.

Ursão: Eu quero saber se o Corão sanciona o terrorismo.

Chuck: Já li o Corão e não sou nenhum terrorista.

Ursão: Então por que os muçulmanos usam o Corão para justificar o terrorismo?

Chuck: É uma questão de interpretação, não? Quer dizer, veja a Bíblia. Ela é interpretada de formas diferentes por, tipo, unitaristas e mórmons, luteranos, pentecostais...

Ursão: Tá bom...

Chuck: Eric Rudolph, Madre Teresa, Jerry Falwell, o Exército de Libertação do Senhor...

Ursão: Eu disse *tá bom*! Olha. Só o que eu quero saber é por que diabos eles tinham que derrubar as Torres Gêmeas.

Chuck: Sua opinião, senhor, vale tanto quanto a minha.

Ursão: Você não consegue se colocar no lugar deles?

Chuck: Não, o senhor consegue?

Ursão: Ok, fica calmo, garoto, fica calmo.

Inclinado sobre a mesa, Ursão rabiscou alguma coisa dentro da pasta – duas ou três frases em esferográfica – murmurando para si mesmo enquanto escrevia, feito um poeta retrabalhando uma frase ao pronunciá-la. *Garoto é suscetível. Falou sobre infância, história. Defendeu a religião muçulmana, terrorismo.* Não era a minha intenção, mas eu também não queria pedir desculpas. Quando terminou de preencher o perfil, ele se levantou e saiu sem pronunciar uma palavra. Os guardas o seguiram. Eles me deram umas porradas, me arrastaram de volta para a minha cela. Estava claro feito o dia lá dentro, e sinistro feito o inferno.

Não há nenhuma forma significativa de transmitir o aviltamento da vida na prisão. Você revisita os fatos que levaram ao seu encarceramento várias e várias e várias vezes. Você se perde em permutações que podiam ter te levado para outro lugar, um lugar melhor, sua casa. Você calcula a probabilidade de que a porta vá se abrir. Você se imagina desafiando a gravidade, andando pelo teto, voando. Você conta tudo e qualquer coisa – os tijolos na parede, as marcas feitas nos tijolos, os dentes de metal no zíper do seu macacão, as linha das suas palmas úmidas – comparando a última contagem com a anterior para se certificar de que está são antes de perceber que ficar contando o imutável é um sinal claro de loucura.

Em raros momentos de claridade, ponderei sobre um regime estrito de flexões, abdominais, polichinelos. Ponderei sobre Deus, orações, *jihad*, mas principalmente ponderei sobre comida – cachorro-quente, asa de frango, tomate-cereja –, refeições pequenas, nada muito sofisticado; uma fatia de pão de forma teria sido maná. Quando o almoço ou o jantar finalmente chegavam – uma papa parecida com lentilhas e um pedaço de pão redondo e duro servidos numa bandeja de plástico –, o gosto era de mingau velho e isopor, o que me dava ainda mais fome. A prisão é assim: sem consolo, sem catarse. Você pode pôr as mãos na cabeça, se socar, soluçar feito um bebê, mas o chão continua molhado, a privada, entupida, e a sua cela continua fedendo feito um galinheiro. E, quando você pensa que entendeu a rotina, as coisas mudam. À certa altura, o guarda negro entrou, me algemou, me encapuzou e me dirigiu para fora me segurando pelo cotovelo, com pressa. Até onde eu sabia, ele podia estar me levando para o pavilhão de tiro nos fundos, onde eles leriam meus últimos sacramentos e me executariam perante um pelotão de fuzilamento, nada de último desejo, nada de nada. Em vez disso, me vi num vestiário. Num armário aberto encontrei meus jeans, seis dólares, as chaves do carro de Abdul Karim e a carteira nos bolsos, mas nada de cigarros; minha camisa de poliéster estava dobrada na prateleira do alto; minha jaqueta, pendurada num cabide logo abaixo; minhas botas, no chão do armário.

Pela primeira vez em dias, talvez semanas, me senti feliz. Depois de me vestir, estava pronto para ser levado para qualquer lugar, a qualquer momento, pavilhão de tiro, o inferno. Eu ia me separar deles novamente. Vestido e calçado, esperei por instruções, por um sinal; então alguém bateu à porta.

Era Ursão, mãos nos bolsos, pernas abertas, pasta bege debaixo do braço. Marchando, ele ordenou:

– Vamos.

Alguns passos atrás, o segui passando por escritórios ocupados por zelosos agentes correcionais em uniformes cinza, armados com pistolas guardadas em coldres. Em sinais ominosos pelo caminho lia-se CENTRO METROPOLITANO DE DETENÇÃO. Diferente das delegacias dos bairros da cidade, de tijolos arenosos, o prédio parecia ser uma construção recente, com corredores azulejados e traços modernos. Havia câmeras para todo lado, monitorando todos os meus passos, gestos, movimentos.

Quando chegamos no saguão cavernoso, Ursão proclamou:

– Pode dar o fora daqui.

– Como é? – soltei.

– Dei alguns telefonemas, verifiquei seus rendimentos, seus depoimentos. Sua história confere.

– O senhor tem certeza de que eu não sou um terrorista?

A centelha de algo como divertimento passou pela testa de Ursão; então, ajeitando os ombros, ele avultou sobre mim e disse:

– Arrisquei minha pele por sua causa.

– Obrigado, senhor, obrigado por me conceder...

– De nada – ele grunhiu. – Agora vê se não faz merda.

Enquanto se virava para ir embora, acrescentou:

– Mais uma coisa: seu visto expira em cinco dias. Você tem cinco dias para deixar o país. Vamos ficar de olho.

– Espera aí! – gritei enquanto ele se afastava. – Como assim?

– Você me ouviu, garoto.

– Ei! – berrei. – E os meus amigos?

Ao fundo, o pessoal da segurança posicionado no detector de metal da entrada principal enrijeceu.

– Não estou trabalhando no caso deles...

– Bom, mas não vou sair daqui sem eles.

– Não dê uma de otário! – Ursão gritou de volta. – Vai pra casa, garoto!

Sob o escrutínio de pelo menos seis câmeras do circuito interno, considerei minhas opções – tomada de posição contra retirada estratégica – e optei pela última. Não era uma escolha difícil, na verdade. Saí andando, andando rápido, sem olhar para trás. A rodovia Brooklyn–Queens crepitava sobre a minha cabeça. A estação Sunset Park não era muito longe. Seria uma viagem de vinte minutos até a cidade, meia hora até Mini Auntie.

10.

Uma vez, no Tja!, Roger, meu amigo *sommelier*, me informara que um negro tem que obedecer a um código tácito "aqui e agora, nos Estados Unidos da América do século XXI". Era tarde e ele já tinha bebido muitas, e continuava falando enquanto eu ouvia sem dizer uma palavra, sentado ao seu lado a uma mesa, mãos dobradas, olhos vidrados. As luzes tinham se acendido, e então, atendendo ao clamor popular, se apagado novamente, mas no breve intervalo deu para ver manchas nas paredes e a crosta amarronzada de uma infiltração na parte do teto sobre nossas cabeças.

– Não estou falando de telhado de vidro e essas merdas intangíveis. É uma parada cotidiana. Você sabia que eu não posso fazer movimentos corporais repentinos em público? A minha presença ameaça as pessoas. Quando um grandalhão branco se move rápido, as pessoas riem, mas, quando um grandalhão negro se move rápido, elas se protegem; mães se apavoram por causa dos filhos, já vi policiais pegando os cassetetes. E eu trabalho em restaurantes chiques. Me visto bem, falo inglês em frases gramaticalmente defensáveis, pô, até falo francês, *j'ai pas d'accent, tu sais*? Mas posso estar falando sobre uma garrafa de vinho que custa seiscentos dólares, tipo, sei lá, um Château Margaux de 95, e olho nos olhos dessas pessoas e sei que elas estão pensando: você não tem nada que ficar me falando de família Lestonnac e Pavillon Rouge! Entende?

Embora eu tivesse feito que sim com ar de compreensão, a lenga-lenga ressentida de Roger não fazia sentido para mim na época. Dava para atribuir aquela indignação sincera a mal-entendidos, problemas de comunicação, sensibilidade deslocada, o terceiro martíni dele, um dia difícil no trabalho. No fim das contas, como penetrar no coração ou na cabeça de alguém? Não que eu fosse uma Poliana, mas não tinha nenhuma experiência prática com preconceito, porque nunca tinha enfrentado nenhum. Além disso, o lugar estava barulhento e eu tinha outras preocupações naquela noite.

Havia uma garota encostada num banco distante do bar, desimpedida ou desacompanhada, não exatamente interessada, mas não inteiramente desprezando minhas olhadelas furtivas e admirativas, e, embora eu estivesse considerando uma aproximação, quando chegou a hora da verdade vi que não ia conseguir incorporar o sedutor dentro de mim. Como sempre, a entropia me segurava pelos colhões. E outros dramas estavam se desdobrando na época. A Pato e Jimbo pregados num canto – do meu posto não dava para ver se estavam se pegando ou se batendo –, e do outro lado do salão AC tinha comprado briga com um escandinavo que estava se aproveitando de uma encantadora garota japonesa de meias arrastão.

– Vem encarar alguém do teu tamanho – trovejou AC –, seu viking filho da puta!

Então, quando as luzes se acenderam, Roger anunciou:

– Hora de fechar, cara, é hora de fechar.

Na prisão, finalmente entendi. Entendi que assim como três negros eram uma gangue, e três judeus uma conspiração, três muçulmanos tinham se tornado uma célula terrorista. E mais tarde, bem mais tarde, o pêndulo oscilaria de volta, e todo mundo celebraria o progresso, a tolerância racial, em talk shows na TV e cartazes em escolas. Haveria cerimônias, pedidos públicos de desculpa, cartazes de papelão. Nesse ínterim, porém, eu ameaçava a ordem, ameaçava a civilização. Nesse ínterim, eu também tinha que obedecer a um código implícito.

* * *

No metrô, depois de sair da prisão, eu olhava para o nada quando as pessoas olhavam para mim. Um velho casal chinês de túnicas bordadas estilo Mao combinando me observava sem piscar e, pelo visto, sem perdoar. Dois bancos adiante, uma loura embalava um bebê num *sling* enquanto me olhava furtivamente de vez em quando. Um grupo de adolescentes hispânicos com mochilas estava amontoado junto à porta, zoando, trocando olhares. E, num canto distante, um homem com jeito de mendigo usando um corte militar com mechas me encarava enquanto puxava seu brinco de tachinha. Estávamos num país livre: ele era livre para olhar, eu era livre para me encolher. Cocei minha fronte, estudei o chão, fingi memorizar o cartaz anunciando curas para disfunção erétil. Estava consciente da minha aparência, comportamento, da forma como eu coçava ansiosamente o nariz, a orelha. Quando anunciaram "Por favor, denuncie qualquer atividade ou comportamento suspeito" nos alto-falantes, fechei meus olhos feito uma criança tentando se tornar invisível. Quando uma mão agarrou meu ombro naquele momento, quase gritei de pavor.

– *Relaxa, cara!* – Balançando sobre mim de uma das barras de apoio, sua camisa branca engomada, como sempre, aberta até o umbigo, Jon, o Legionário, estava me encarando com olhos escancarados.

– Desculpe – soltei. – Estou meio tenso. Sabe, muita coisa na cabeça, muito sono...

– Sem problema, amigão. Sei qual é: muito café ou muito pó, mas hoje em dia é melhor ficar de nariz limpo. Ou então – ele disse, formando um punho – a cidade te esmaga feito um inseto.

– É...

– Sabe, nos meus tempos de legionário me mandaram pra Kisangani, e, quando cheguei lá, pude ver que alguma coisa estava errada. Tinha um grande *boom* imobiliário rolando e os *sapeurs* estavam à toda, mas as pessoas estavam pouco a pouco se mandando, de volta para o mato, ou para Brazzaville, sei lá, e quem não podia ou não queria estava ficando doido de *khat* ou *mokoyo*...

Encarando um borrão atrás de mim, ele se calou por um momento. Parecia diferente da sua persona por trás do bar, um pouco mais baixo, falando um pouco mais alto:

— Enfim, o que você está fazendo nessa área? Não precisa contar. Deixa eu adivinhar? Você tem uma gatinha aqui, e precisava de um carinho. Conheço seu tipo: ágil e mortífero.

— Algo do gênero...

— Sabe que eles acabaram de descobrir que os alcaloides têm os mesmos mecanismos neurais que o amor? Os dois iluminam uma área do cérebro chamada núcleo caudado. — Ele apontou para a região da sua nuca. — É uma loucura ou é uma loucura?

— Muito louco — ofereci, mas, antes que ele pudesse me deixar atualizado sobre outros desenvolvimentos das pesquisas clínicas, continuei: — Cara, senti falta de você no Tja! na última vez.

— Ah, é?

— É, não foi a mesma coisa.

— Valeu, amigão — disse ele, sorridente. — Bom, como a gente se conhece há um tempo, vou te contar umas novidades, mas não espalha por aí. Estou indo para o sul nesse inverno. Tenho uns trocados guardados e estou pensando em investir num lote em Playa Brava. Você conhece a Playa? Claro que conhece. Lá é quente e a brisa tem cheiro de sal, e mulheres na água, feito sereias...

De repente as luzes se apagaram no vagão. O trem sacudiu e reduziu a velocidade, guinchando nos trilhos. Um clamor nervoso se ergueu ao nosso redor. Os adolescentes soltaram gritos, o bebê começou a chorar. Então paramos por completo. Ouvimos explosões de estática no alto-falante que pareciam gritos do condutor sendo devorado por um enxame de abelhas assassinas. Uma voz implorou:

— Alguém faça alguma coisa, pelo amor de Deus!

Foi um momento estranho, ao mesmo tempo típico e vagamente apocalíptico: até onde sabíamos, o céu talvez tivesse desabado, e sentado ali no escuro dava para imaginar o Hudson ficando vermelho. Comecei a assoviar baixinho.

Quando as luzes voltaram a se acender – não mais do que dez, quinze segundos depois –, o casal chinês estava enganchado num abraço mudo e inexpressivo. Eles se soltaram inconscientemente, como se o episódio tivesse sido um sonho do qual tinham acordado, e voltaram a pôr suas respectivas mãos em seus respectivos joelhos. Nesse meio-tempo, a mãe modernosa estava encurvada, cabeça para baixo, braços unidos ao redor da sua criança. Então um punho rosa em miniatura se projetou sobre o véu de tranças, sacudindo raivoso no ar. Diferente de todo mundo, o bebê não tinha sido afetado pelo drama. Assim que a criança começou a mamar, o choro parou.

Esse tempo todo Jon estava agachado ao meu lado, olhos esbugalhados, palmas plantadas no chão. Levantando-se, limpou as mãos, e tenho certeza de que o ouvi murmurando algo como *não volto mais*. Enquanto o trem avançava aos solavancos, ele ajeitou os pés para se manter equilibrado e segurou a barra horizontal. Eu ia falar algo a respeito da estranheza, mas Jon estava perdido em seus pensamentos enquanto parávamos na estação de Pacific Street. Aparentemente tínhamos encalhado a alguns metros da civilização. Virando-se para mim, Jon anunciou:

– Vou saltar aqui. Bom te ver, amigão.

– Você também.

Apertamos as mãos oficiosamente, e embora sua palma estivesse úmida, sua pegada era firme.

– Venha me ver na Playa. – Enquanto saía, ele fez uma saudação com dois dedos e gritou: – Drinques por minha conta, como sempre...

Os outros saíram com ele: o casal chinês, a loura com o bebê e os adolescentes bagunceiros. Só o sujeito com o corte militar ficou, isolado no canto, me encarando abertamente, mas, quando mais passageiros entraram, o perdi de vista.

O clima e a demografia mudaram à medida que nos aproximamos de Manhattan. Havia pessoas tagarelando e balançando a cabeça no ritmo de uma música. Era bom estar num vagão lotado, numa multidão e poder ouvir conversas sobre o tempo, *a melhor tripa temperada da cidade* e *aquele artigo na* New Yorker *sobre gastos geológicos.* O cara ao meu lado apontou para um pôster de Poesia em Movimento para a sua namorada.

– Não consigo ver daqui – ela disse. – Lê para mim?

Esticando o pescoço, ele leu os seguintes versos entrecortadamente:

"Você me pergunta sobre aquele país cujos detalhes agora me escapam,/ Não lembro sua geografia, nem da sua história./ E se o visitasse na memória, seria como visitar um velho amante,/ Depois de anos, em que se visita o coração apenas por cortesia."

As palavras continuaram comigo quando desembarquei na Union Square e ressoaram em silêncio na minha cabeça enquanto eu vagava pela estação. Antes de mudar de linha, comprei um exemplar restante do *New York Times* de domingo com os últimos três dólares no meu bolso. O peso do papel enfiado debaixo do braço era, de alguma forma, apropriado. Há, de fato, consolo nos rituais. Mas então, enquanto o trem saía da plataforma, pensei ter visto de relance o cara com o corte militar correndo para um vagão vizinho. Ou ele era gay ou um policial. Eles tinham dito que iam ficar de olho.

11.

O Upper East Side era território de família e familiar. Era para lá que eu tinha ido primeiro depois de passar seis dias entrando e saindo de uma mala e de um quarto claro, vazio e sem janelas de um dormitório perto de Astor Place. Ou eu havia chegado muito cedo ou meu colocatário, Big Jack, tinha se atrasado, mas eu tinha achado o quarto tão terrivelmente sufocante que decidi retornar para Karachi no voo de domingo à noite que me trouxera a Nova York via Manchester. Deitado sobre o colchão embrulhado em plástico, usando uma manga não declarada como descanso para a cabeça, eu contava as horas. Concluí que tinha cento e quarenta e nove delas para matar, menos cerca de quinze minutos, o tempo estimado para empacotar meus pertences, um inventário que incluía um tapete (que, mamãe asseverou, também podia servir para minhas orações), um desnecessário *lota* de aço inoxidável, três pares de pijama que não precisavam ser passados e um estoque vitalício de batatas chips, de alguma forma enfiados numa única mala. A mala pertencera ao meu pai e foi recuperada do depósito depois de uma limpeza completa e apresentada a mim por mamãe como uma dotação pela minha maturidade. Decididamente velha guarda e Velho Mundo em sua construção e capacidade, a mala tinha abas de couro e enfeites bege, e um dos seus muitos bolsos continha uma caixa de fósforos azuis com cabeça dourada e uma caneta esmaltada com o nome do meu pai gravado. Havia alguma história por trás dela que eu não conhecia. Eu não sabia nada de nada.

O enigma da chegada era ampliado pelo fato de que o Novo Mundo era tão inesperadamente novo. Antes de eu chegar, a América tinha se tornado *terra cognita*, pois eu havia sido educado por clássicos, como *Um príncipe em Nova York*, *Crocodilo Dundee* e *Os caça-fantasmas* e pela programação americana na TV paquistanesa, que incluía *Esquadrão Classe A* e *Manimal*. E, claro, eu tinha ouvido as músicas em fitas piratas de gente como o Rei do Pop. Mas você aprende que coisas comuns do dia a dia operam de uma forma diferente da que se espera, de acordo com um conjunto caprichoso de leis, um *ethos* rarefeito. Não apenas se dirige do outro lado da rua, mas as tomadas são retas, não redondas, e as torneiras se abrem em sentido anti-horário. Você aprende a usar moedas em lavadoras, secadoras, telefones públicos, máquinas de venda automática. Você descobre os Twinkies às cinco da manhã, quando está desorientado pelo *jet lag* e há um vazio rasgando sua barriga e alma. Em meio aos espasmos violentos da febre da cabana, lacrimejante e sem saber o que fazer, me vi segurando etiquetas rasgadas com os dizeres:

ATENÇÃO: A REMOÇÃO DESTA ETIQUETA É ILEGAL. OS INFRATORES SERÃO PUNIDOS PELAS PENAS PREVISTAS EM LEI

Pulando para fora do colchão, dedos estendidos, dentes rangendo, dei três passos para trás, como se fosse a coisa certa a fazer.

SE VOCÊ ARRANCOU ESTA ETIQUETA POR ENGANO, DÊ TRÊS PASSOS PARA TRÁS

Por um minuto, esquadrinhei vertiginosamente o quarto em busca de outros avisos funestos, poças de areia movediça. O mundo tinha deixado de fazer sentido. Eu precisava conversar com alguém, qualquer um, um mandarim, minha mãe. Precisava ouvir banalidades, meigas palavras de reconforto. Pensei então que mamãe tinha despachado uma agenda que cabia na palma da mão e onde ela catalogara meticulosamente os telefones dos seus amigos e amigos de amigos nos Estados Unidos.

Com um senso de urgência, procurei pela agenda nas minhas roupas, nos bolsos da mala, e uma vez localizada, saí correndo, encontrei um telefone no corredor, enfiei uma moeda e disquei o primeiro número. O telefone tocou por bastante tempo e, quando a secretária eletrônica atendeu, segui as instruções detalhadas. Quando eu estava prestes a desligar, uma voz áspera me interrompeu:

– Ah. Alou?

– Alô, alô?

– Sim?

– Posso falar com Mini Auntie, por favor?

– Não, não pode.

– Não posso?

– Ela não está.

– Não está?

– Isso mesmo.

– *Oh!* – Seria justo caracterizar meu tom de voz como histérico.

– *Não!*

– Não precisa ficar nervoso, colega. Posso pedir para ela ligar de volta. Ela *vai* voltar em algum momento.

– Sim, sim – gaguejei. – Obrigado – acrescentei –, muito obrigado mesmo –, mas, antes que eu pudesse desligar, a voz perguntou:

– Quem é você?

Apresentando-me, mencionei que mamãe e Mini Auntie foram colegas de turma no Convento de Jesus e Maria, e que eu tinha acabado de chegar de Karachi, *no Paquistão.*

Fez-se uma pausa, o som de alguém mascando algo.

– Então, ah, o que está achando dos Estados Unidos?

– É estranho – soltei –, muito estranho... porque é tão familiar... mas não é nem um pouco... percebi que não sei nada... de nada... acho que sei, mas não sei...

– Escuta, colega. Vou te contar uma historinha. Quando eu era um rapazote de, ah, cinco anos, cometi o erro de contar ao meu pai sobre meu medo do escuro. Meu pai, um patriarca das antigas, me fez andar pela nossa casa sozinho à noite. Gritei e protestei, mas ele me mandou seguir em frente com um belo pé na bunda. Levei quase uma eternidade para percorrer o terreno ondulante, mas percorri, e adivinha só, colega? Naquela noite, perdi meu medo do escuro.

Fez-se outra pausa, pontuada pelo som de cubos de gelo e uma golada.

– Na minha chegada à cidade, decidi me perder completamente, então andei pelas cinco sub-regiões, pelas quinze pontes. Estive em Cloisters, Fort Wardsworth, Mount Loretto, em Staten Island, na plataforma abandonada da estação DeKalb Avenue. Uma vez fui parar num lugar chamado Bushwick. Anota aí, colega, não passe por lá. Epidemia de crack. Alta taxa de homicídios. Enfim, o que quero dizer é que, depois de um tempo, passei a conhecer essa cidade como conheço a mim mesmo. Você vai encontrar seu caminho. Todo mundo encontra.

A voz, seu timbre, o monólogo, apólogo, me reconfortaram. Soltei ruídos agradecidos. Como aconselhado, andei pelas ruas mais tarde naquele mesmo dia até meus pés ficarem doloridos. Voltei ao meu quarto, repleto do mundo.

– Olha, tenho que ir – a voz estava dizendo. – Tenho certeza de que vou te ver um dia desses. Vou dizer para a Mini te ligar.

Naquele domingo, fui convidado para jantar na casa de Mini Auntie, onde eu encontraria um certo Ali Chaudhry em carne e osso pela primeira vez. Nesse domingo, eu ia contar para Mini Auntie que seu irmão estava preso.

Quando a porta se abriu eu estava esperando dar a notícia a Mini Auntie imediatamente. Tinha ensaiado o que eu diria enquanto andava pela East 86th Street, olhando para a calçada – *Algo horrível*

aconteceu... Acho que você devia se sentar... Por favor, me escute –,
e continuei ensaiando enquanto enrolava ao lado do muro do Carl
Schurz Park, olhando para dentro. As árvores gorjeavam e chilrea-
vam com pássaros noturnos, e através das moitas eu podia discernir o
bosque de amores-perfeitos violeta, uma bela faixa de serenidade na
escuridão. Logo adiante, uma escadaria subia até o passeio ao longo
do East River, por onde frequentemente perambulávamos. Em noites frescas de verão, outras pessoas faziam o mesmo, pais empurrando
carrinhos, seguidos por crianças tagarelando, apontando para um re-
bocador puxando sem esforço uma barcaça imensa. O parque ficava
fechado à noite, mas dava para pular o muro, sair correndo pela grama e então trepar na balaustrada para se sentar, fumar um baseado e
ver o céu e o horizonte tremeluzirem na água. E se apertasse os olhos
depois de uma tragada, você tinha a sensação de balançar na beira do
mundo e de conhecer o que estava além.

Um cavalheiro num terno listrado e echarpe cereja abriu a porta
para mim.

– Bem-vindo, jovem – entoou num teor que sugeria que ele era o
mestre de cerimônias. Mais tarde eu descobriria que ele era conhecido como Haq. – Você deve ser o convidado misterioso! – continuou.
– Deve ser o Sr. Atrasado! Rá! Bom, não se preocupe, você chegou a
tempo. Mini ainda não serviu o jantar, e estamos ingerindo líquidos
desde, bem, oito e meia. Qual é o seu veneno? Deixe-me adivinhar,
você é um homem de gim-tônica. Rá! Adivinhei pelo jeitão da sua
carcaça. Mas, antes de atacar o bar, devemos ter um papo sóbrio sobre
o que você faz e quais são os seus planos para o futuro. Me interesso
muito pela jovem geração.

– Eu, senhor... Já trabalhei para o mercado financeiro...
– Nada menos do que um mestre do universo! – ele proclamou,
dando um tapa nas minhas costas. – Fusões e aquisições! Crescimento
agressivo! Compre na baixa, venda na alta! Rá! Venha, venha! Vamos
brindar a isso!

O cavalheiro subiu o estreito e acarpetado lance de escadas de lado, gentilmente me oferecendo sua mão livre. Na entrada da espaçosa sala de estar, ele anunciou:

– Hoje à noite temos a honra de receber a nata da sociedade.

Quinze ou vinte pessoas estavam conversando em grupos. Elas pareciam, à primeira vista, articuladas e bem-vestidas: os homens em blazers escuros, as mulheres em *shalwars* até os tornozelos, saias e calças plissadas. Um casal americano de idade estava entre os convidados, balançando a cabeça no ritmo de um cantor de *ghazal* com voz melodiosa, e num canto um sujeito rechonchudo numa jaqueta Nehru enfiava canapés na boca tirados de pequenas bandejas prateadas que preguiçosamente davam voltas pela festa. Mini Auntie tinha arranjado notáveis buquês de crisântemos ao redor da sala em vasos em forma de flamingo que criavam o ambiente salubre de uma *garden party*. Ela, porém, não estava à vista.

– Qual é o seu nome? – inquiriu Haq. – Você é filho de quem? – Embora nenhuma das respostas parecesse ter sido captada, não importava, pois, quando ele me apresentou, anunciou: – Vocês sabem quem ele é? O filho de Bano! O J. P. Morgan paquistanês!

Algumas cabeças se viraram para dar um sorriso de reconhecimento. De repente, me tornei consciente da minha aparência criminosa, do odor de suor exalando do meu corpo. Endurecendo, ajeitei meu colarinho e passei a mão no cabelo para pentear os fios soltos sobre a minha testa. Era tarde demais para correr ao banheiro mais próximo e me limpar, talvez até fazer a barba com uma lâmina descartável e manteiga de cacau como eu já fizera antes, porque naquele instante uma senhora bela e pequenina ergueu um braço, receptiva.

– Rá! – exclamou meu volúvel anfitrião com um empurrão suave. – Era inevitável que alguém o conhecesse, jovem. Você conhece Niggo?

Acabou que Niggo, assim como Mini Auntie, também tinha sido colega de mamãe nos tempos de convento. Mamãe parecia ser ligada em algum grau a todo mundo no Paquistão por conta de nosso Senhor e Salvador. Após terminar o convento, Niggo se tornara a esposa de um grande homem de terno para quem ela apontou por detrás de uma folhagem. Um ministro do gabinete de Musharraf, ele estava a caminho de Washington para consultas com o Departamento de Estado.

– Estou só acompanhando – disse Niggo. – Mas me conte sobre a sua mãe. Como ela está? Onde ela está?

– Ela está bem – eu disse, mentindo –, muito bem, muito feliz.

– Sabe, você é a cara dela. Sua mãe era esplêndida. Tinha os traços típicos dos clássicos: boca delicadamente curvada e grandes olhos amendoados – olhos que, aliás, faziam os rapazes parar como se fulminados por um raio. E era uma aluna tão aplicada! Sempre as melhores notas da turma. Eu lembro que a gente sempre copiava o dever de casa dela. Acho que todas queríamos ser como ela em segredo. Achávamos que era perfeita. Achávamos que ela iria...

Niggo interrompeu o que quer que fosse dizer. Limitou-se a cruzar os dedos e sorrir. Reparei que as bordas da sua boca pequena eram enrugadas e que seu rosto redondo estava empapado de base. Não gostei da forma como ela falava de mamãe com o verbo no passado. Mamãe continuava esplêndida. Enquanto olhava além de Niggo para uma bandeja de sashimis, uma discussão começou entre seu marido e Haq. Aparentemente, Musharraf enfim falara à nação.

– Muitos da esquerda e da direita – o primeiro estava dizendo – têm sustentado que devíamos ter aguardado, negociado, o que seja, mas Musharraf se juntou à coalizão correndo consideráveis riscos pessoais e nacionais. Ouça o que eu digo: a Al-Qaeda não o perdoará jamais. A Al-Qaeda não *nos* perdoará jamais.

– Mas como você pode defender um ditador? – gritou Haq. – Esse é o problema com vocês, paquistaneses...

– E você é o quê, meu amigo?

– Responda à pergunta, senhor! O senhor não está respondendo à pergunta!

– Muito bem, vou responder. Você se lembra da situação do nosso país dois anos atrás? O primeiro-ministro – o democraticamente eleito primeiro-ministro, permita-me recordar – perseguia toda instituição que questionava seu... seu absolutismo. Ele depôs o presidente *e* o comandante do Exército. Depois mandou seus capangas invadirem a suprema corte. Eles escalaram os muros e clamaram por justiça! Jornalistas foram arrancados de suas camas à noite e encarcerados. E você deve se lembrar, meu caro amigo, de que, logo antes de ser forçado a se retirar, ele ia passar uma legislação que faria dele o Comandante dos Fiéis! Imagine só! O homem que queria ser rei!

– Sim, mas ele não era um ditador, senhor, como Mugabe e Pinochet...

– Quando um democrata se comporta como um ditador e vice-versa, a diferença entre ambos se torna semântica. Francamente, não me interessa se o presidente Musharraf é um ditador ou um democrata, destro ou canhoto, se pinta o cabelo ou é gentil com animaizinhos. O que importa é se ele é capaz de nos fornecer algumas coisas fundamentais: governança honesta – Musharraf não é nem um pouco corrupto –; lei e ordem – excluindo choques exógenos, o país tem estado em paz –; e desenvolvimento econômico. Há estabilidade e desenvolvimento macroeconômicos num país que tinha apenas duas semanas de reservas sobrando. Estávamos a duas semanas da hiperinflação, a duas semanas do inferno...

– O senhor passa por cima da liberdade! Se há um elixir para a vida, é a liberdade! A liberdade é o alicerce da civilização! Se a liberdade...

– Você é um autoproclamado cientista político, amigo. Você devia saber que a emancipação política se segue à emancipação econômica. As pessoas querem comida na mesa. Não se pode comer liberdade...

O marido de Niggo foi interrompido por uma voz austera que ressoou feito um cantor de *ghazal* alcançando uma nota aguda:

– *Basta, senhores!* – No topo da escada, com suas pequenas mãos repousando sobre os largos quadris, Mini Auntie vestia uma blusa pistache ornada com joias e tinha os cabelos presos num coque solto. – O jantar está servido – ela anunciou. – Por favor, deixem a política na sala de estar. Apenas conversas amenas são permitidas no andar de baixo.

Quando ela se virou para descer, pulei atrás, mas fui interceptado por Haq, que me empurrou um copo de gim-tônica enquanto brindava *"Liberté, égalité, fraternité!"* e, aparentemente, a si mesmo. Tomando um golinho perfunctório, pedi licença e atravessei a sala numa linha reta. Seguindo o aroma primoroso de cebolas fritas escada abaixo, encontrei Mini Auntie na cozinha, cercada de diversas senhoras, mexendo em uma panela industrial com uma das mãos e no micro-ondas com a outra.

– *Oho* – ela reclamou –, o pão árabe está seco demais. Esses pães de Little India sempre ficam secos demais.

Uma das senhoras – uma divorciada peituda que frequentemente estava na casa – disse:

– Eu os fiz frescos, Mini. Eu tenho um homem que vem uma vez por semana e que cozinha...

– Você me faz um favor – Mini Auntie pediu. – Prepare outra fornada. Os convidados estão descendo e eu tenho que cuidar do *baghaar*.

A imagem da pátina oleosa e temperada com alho sobre uma massa quente de lentilhas me deixou tonto. Eu podia comer a panela inteira sozinho, feito Amitabh, no clássico filme de Bollywood. O jantar, porém, teria que esperar.

– Mini Auntie?

– Ora, ora, ora! – Continuando a mexer furiosamente na panela, ela perguntou: – Por onde você andava, criatura? Sua mãe estava louca de preocupação por sua causa. E onde está aquele imprestável do meu irmão? Ou talvez eu não deva perguntar. Como se eu não soubesse das safadezas em que vocês, rapazes, se metem.

– Eu tenho algo para lhe contar...

Virando-se para me olhar com atenção, ela gritou: – Hai, hai, hai! Você parece um filhote sarnento, criatura! Quero que você vá ao banheiro nesse instante para se lavar. E não use as toalhas de mão. Use a toalha de banho.

– Mas, Mini Auntie...

– Nada de mas, criatura! Não se senta à mesa de jantar nesse estado. Anda, anda!

As mulheres me olharam com pena enquanto eu me arrastava para fora da cozinha, mas ouvi Mini Auntie dizer:

– É um rapaz tão gentil...

Repousando o gim-tônica sobre o balcão de granito, me olhei no espelho. Eu parecia um zumbi. As sombras sob os meus olhos permaneciam até mesmo sob o forte facho branco da luz fluorescente, e de perto eu não conseguia distinguir as olheiras púrpura e coriáceas do meu machucado. Podia, porém, perceber o medo nos meus olhos, o medo do que aconteceria hoje e amanhã e no dia seguinte; medo pelos meus amigos, medo de contar para mamãe que eu tinha sido demitido, preso e tinha que fugir, medo pela minha sanidade. Incapaz de me encarar, baixei as calças e me instalei no assento frio e macio da privada, segurando minha cabeça, massageando minhas pálpebras, encurvado feito o *Pensador* de Rodin, contemplando a liberdade casual de sentar numa privada que funciona.

O jantar já tinha começado quando voltei. Três mesas redondas foram distribuídas como vértices de um triângulo isósceles, cada uma ornada com velas brancas bruxuleantes e arranjos de flores que obscureciam os rostos de convidados diferentes em ângulos diferentes. Instalada entre o ministro e um venerável cavalheiro americano, Mini Auntie me disse para sentar numa cadeira enfiada entre duas pessoas que eu não conhecia na outra mesa, a Mesa dos Jovens.

Os Jovens pareciam ser compostos dos filhos e filhas dos convidados e de *puppies*, Profissionais Urbanos Paquistaneses. Eles estavam discutindo seriamente a logística de organização de um baile de caridade para um centro de leprosos do Paquistão no outrora célebre Roosevelt Hotel. Aparentemente o gerente tinha oferecido um desconto, mas o salão de baile não era apropriado para acomodar eventos do porte que eles estavam planejando. "Você *tem que* considerar todas as variáveis", alguém disse.

Deslizando na cadeira vazia sem me apresentar, me servi dos pratos mornos sem demora. Havia arroz de açafrão com ervilhas, *okra* frita com tomates, croquetes de batata, almôndegas temperadas com coentro fresco e, para o caso de o cardápio ser de alguma forma deficiente, uma espécie de carneiro ao curry para completar. Uma tigela de tomates picados, cebolas e coentro no vinagre circulava pela mesa. Era um banquete real. Empilhando uma montanha de arroz no meu prato, peguei quatro das maiores almôndegas, três dos croquetes restantes e parti para dentro feito um tamanduá cheirando colônias inteiras de formigas-ruivas. Enfiei os croquetes na boca e tomei colheres cheias do molho grosso, e, abrindo as almôndegas, escavei um miolo recheado de cebolas picadas e menta.

A conversa tinha passado para um vídeo de festa de noivado que mostrava, mais para o fim, a barriga de uma garota esplêndida dançando num sari rosa. Aparentemente ninguém sabia a identidade da garota ou do câmera, personalidades misteriosas que mereciam especulação diligente. Os adultos tinham voltado à política depois do hiato imposto, exceto pelo camarada rechonchudo na jaqueta Nehru, que estava paquerando a divorciada peituda como se sua vida dependesse do resultado. Quando ele parou para respirar, ela disse: "Você é mesmo manhoso", antes de soprar fumaça no ar.

Quando finalmente olhei ao redor, percebi que dois garotos, cujas orelhas de abano indicavam laços de família, tinham me observado limpar o prato.

– Está com fome? – um deles perguntou. Pegando o guardanapo dobrado ao lado do meu prato pela primeira vez naquela noite, limpei os cantos da minha boca em resposta e encostei na cadeira. De repente, e desesperadamente, eu precisava fumar.

Seria falta de educação da minha parte interromper os procedimentos perguntando se alguém tinha um cigarro, por isso pedi licença com uma tossida. Discretamente contornando as mesas, dei uma corridinha pelo corredor e escalei as escadas feito um ninja, vasculhando as superfícies, gavetas e armários em busca de um maço perdido. Até tirei as almofadas de uma espreguiçadeira, exercício que me rendeu um delineador e uma arcaica moeda de cinco *paisa*. Os convidados eram anormalmente fastidiosos aquela noite, porque, a não ser por um Dunhill um quarto consumido, manchado de batom, na beira de um cinzeiro, não havia nenhum cigarro para filar. Aquele teria que servir.

Enquanto me esgueirava para o andar de baixo, ouvi alguém dizendo:

– Nós sofremos uma calamidade singular. Milhares de inocentes morreram da forma mais cruel e espetacular possível. Agora precisamos levar a luta até eles. Temos que proteger nossas fronteiras e nosso modo de viver...

Escondendo o cigarro nas minhas costas, segui a voz de volta à sala de jantar. Ela pertencia a um dos irmãos de orelhas de abano:

– Precisamos perseguir os terroristas onde eles estão, e se eles forem muçulmanos, árabes ou sul-asiáticos, assim seja! A segurança é nosso direito inviolável!

A audiência processava o discurso sem protestos, mas me senti compelido a dizer algo. Me sentia pau da vida.

– Todo país tem direito à segurança – asseverei. Todas as cabeças se viraram para me olhar: Mini Auntie, Peituda, Haq, Niggo, o ministro, o casal americano, assim como a Mesa dos Jovens. – O problema é como fazer para obtê-la? Em nome da segurança nacional, governos cometem crimes...

– Que *crimes*?

– Vocês meteram cem mil japoneses em campos, famílias inteiras – mulheres, crianças, velhos –, porque *eles* eram um risco em potencial. Isso não se faz. É errado. E agora somos nós. *Sou eu.* – Animado pela adrenalina, continuei: – Estive preso pelas últimas quarenta e oito horas. Fui humilhado, passei fome, fui agredido física e mentalmente. O irmão de Mini Auntie, Ali, ainda está lá. Não somos cidadãos-modelo – eu nem sou um cidadão –, mas posso dizer o seguinte: não fizemos nada de errado. Isso não é jeito de tratar seres humanos, e isso não é jeito de garantir a segurança!

Por alguns momentos, fez-se um silêncio de queda de alfinete. Então Mini Auntie se levantou.

– Por que você não me contou, criatura? – ela perguntou, me acolhendo num abraço de urso.

– Eu, hum, tentei...

– Desculpe...

– Não, eu peço desculpas. – Eu devia ter dito: *Sou um imbecil,* mas não disse.

Nos recolhemos na cozinha, onde, entre panelas abertas, frigideiras engorduradas e louças e talheres sujos, ela me pediu para relatar os eventos que tinham levado ao nosso encarceramento, "devagar e com clareza", como se estivesse instruindo um paciente alarmado. Enquanto eu narrava a história – menos o táxi, o sequestro e a pornografia –, Mini Auntie ouvia, braços cruzados, interrompendo de vez em quando para esclarecer esse ou aquele detalhe, e, quando terminei, ela baixou a cabeça para pensar.

Preparei-me para uma bronca das brabas: *Quem disse para vocês irem até Connecticut? Quem vocês pensam que são? Salvadores? Aventureiros? Os Três Mosqueteiros? Vocês não estão brincando de polícia e ladrão! É a vida real!* Em vez disso, ela abriu a geladeira, pegou uma porção generosa de musse de manga feita em casa e serviu para mim numa tigela.

– Come, criatura, come.

Engolindo um bocado, senti o gosto azedo da culpa. Enquanto eu estava livre e leve e solto, saboreando musses e almôndegas, AC tinha direito a interrogatórios e um magro bocado de papa de prisão.

– Vai lá para cima – mandou Mini Auntie. – Liga para sua mãe. Tenho certeza de que ela vai adorar.

– O que você vai fazer?

– Vou nesse tal de Centro Metropolitano de Detenção.

– Então vou com você.

– Não vai não, criatura.

– Vou sim – protestei.

Erguendo uma sobrancelha reprovadora, ela persistiu no seu famoso jeito sem papas na língua.

– Você vai terminar sua sobremesa e depois vai direto para casa. Para a cama. Ordens médicas. – Ela acrescentou: – Se você quiser, podemos ligar juntos para sua mãe.

A ameaça funcionou. Lambi a tigela inteira, coloquei-a na lava-louça e limpei meu rosto com uma toalha de papel. Lá fora, um silêncio caiu sobre a sala de jantar quando apareci. Enrubescendo, escapei para o andar de cima.

Já era de manhã em Karachi, já umas nove horas da manhã e provavelmente já quente. A estação das chuvas passara, o verão indiano devia estar no seu auge suarento. Não que o clima conseguisse reduzir a velocidade da minha mãe: ela provavelmente já tinha rezado, oleado o cabelo, dado uma volta no telhado em *shalwar* e tênis e tomado banho, cantarolando, como era do seu feitio, canções da Era de Ouro. Ela talvez estivesse bebericando uma xícara de chá na varanda ou beliscando sementes de romã levemente salgadas com o jornal *Dawn* aberto diante de si. Eu imaginava que ela devia estar em seu contagiosamente ensolarado humor matinal. Limpando a garganta, peguei o fone e disquei. O telefone tocou uma vez.

– Alô? – falei.

– Shehzad *beta* – mamãe respondeu secamente, o reconhecimento de um fato. Eu não podia dizer se ela estava grogue ou se a ligação estava ruim. Esperei que ela perguntasse como eu estava, onde eu tinha estado, por que eu não havia ligado, mas ela não disse nada.

– Desculpe por demorar para ligar, mamãe – comecei, esperando que ela me interrompesse. – Mas... bom... as coisas têm andado meio agitadas. – Era uma desculpa esfarrapada articulada de forma particularmente inconvincente. Fiquei atento para alguma palavra proferida baixinho, uma banalidade silenciosa, um suspiro até, mas mamãe mantinha firmemente um silêncio de pedra. – Você está aí?

– *Haan, beta.*

– Mãe, sinto muito, muito mesmo.

– Shehzad – ela disse, enfim. – Faz exatos dez dias desde que tive notícias suas. Você não me contou o que está acontecendo por aí, então vou contar o que está acontecendo por aqui. Tem chovido há semanas. Houve algumas enchentes. Outro dia escorreguei na escada lá fora...

– Mãe!

– Não se preocupe, *beta*. Estou bem. Não estou morrendo, não estou doente. É só uma entorse. Eu nem pensaria em te contar, mas estou contando porque... bom... eu estava sentada com meu pé em água com gelo, e pensei: meu filho certamente pode arranjar um tempo para ligar por um minuto, só um minuto, só para dar um alô e perguntar como estou, por nenhuma outra razão além de saber que sua mãe ia ficar feliz. Então fiquei sentada ao lado do telefone, torcendo para que você ligasse, mas você não ligou. Então *eu* liguei. Liguei muitas e muitas vezes, e, quando não tive resposta, comecei a ficar preocupada. Pensei: talvez alguma coisa tenha acontecido com ele. Hoje em dia, com todos esses terroristas pelos Estados Unidos, nunca se sabe. Então liguei para o seu trabalho. Eu sei, eu sei, não é para eu ligar para lá, você me disse para eu nunca ligar para lá, mas eu tinha que ouvir sua voz. Em vez disso, uma mensagem me disse várias e várias vezes: *Por favor, verifique o número discado e ligue novamente.* Comecei a ligar para outros números; devo ter falado com dez, quinze pessoas. Então alguém me disse que o seu número tinha sido desligado porque o prédio em que você trabalhava tinha caído semanas atrás.

Fechando os olhos, segurei minha testa e me tornei de repente o garotinho que tinha quebrado o vaso caro de cristal, torcendo, esperando que, quando abrisse os olhos, as coisas fossem diferentes, como costumavam ser. O vaso, claro, tinha sido trocado: a vida tinha continuado como antes. Quando abri meus olhos, porém, encostado na beira da cama de dossel de Mini Auntie, o quarto continuava o mesmo, silencioso e sufocante, e mamãe estava dizendo:

– Eu disse a mim mesma: fique calma, deve haver uma explicação. Liguei para Mini e ela me disse que não tinha notícias suas nem do Ali. Eu não queria assustá-la, então agi normalmente, mas eu estava muito assustada, eu tenho andado muito assustada. Faz duas noites que não durmo.

A linha estalou, exigindo de mim uma explicação. Eu enfim me aproximava do momento do ajuste de contas, e não era como se fosse algo inesperado: ele estava me rondando há tempos. Queria dizer que seria bom se eu estivesse com ela, massageando seus pés, aplicando creme de massagem, que eu nem tinha querido ir embora, para começo de conversa, mas o momento pedia a verdade, não sentimentalismo.

No que comecei a explicar, porém, Mini Auntie surgiu marchando para colocar seus tênis e pegar sua grande bolsa preta estilo Mary Poppins e seu fino celular, que estava ligado a uma tomada ao meu lado.

– Ainda no telefone, criatura? – ela perguntou, se agachando, tirando o aparelho da tomada. – Diga a Bano que tudo vai ficar bem.

– Tudo está bem, mãe.

– *É a Mini?* – perguntou mamãe.

– Hum, é, é ela sim – respondi, desenrolando o fio do fone.

– Posso falar com ela?

Não havia razão defensável para que mamãe não conversasse com sua velha amiga, exceto, é claro, que sua velha amiga lhe contaria exatamente o que tinha ocorrido. Com Mini Auntie ouvindo, escolhi minhas palavras com cuidado:

– Na verdade, vim jantar, mãe.

– Ah. *Acha*. Mini deve estar ocupada. Bom, mande beijos para ela.

– Posso ligar de casa?

Fez-se uma pausa, um segundo ou dois de deliberação, antes que mamãe dissesse:

– Sim, tudo bem.

– Eu te amo, mãe...

– *Beta?*

– Sim, mãe.

– Não quero ser uma chata, mas, sabe... Eu preciso te chatear de vez em quando... Preciso ouvir sua voz. Preciso saber que você tem tomado suas vitaminas...

– Eu sei, eu sei...

– Preciso saber que o seu escritório não foi destruído por um ataque terrorista.

– Estou bem, mãe, não se preocupe comigo.

– E, *beta*?

– Sim, mãe.

– Por favor, reze. Você precisa agradecer a Deus por estar vivo e feliz.

– Sim, mãe.

Depois de lhe desejar *khuda-hafiz*, voltei para o andar de baixo. Os convidados tinham se dispersado a toque de caixa, a não ser um "tio" desengonçado e modesto que eu havia encontrado uma vez *chez* Mini Auntie e outra do lado de fora do Chirping Chicken. Um dos mais requisitados advogados corporativos da cidade, o sr. Azam ia acompanhar Mini ao Centro Metropolitano de Detenção, presumivelmente para apoio moral e poder de fogo legal.

– *Chalo* – disse Mini Auntie, apagando as luzes da sala e se enrolando num *pashmina* bege.

– *Chalain* – ressoou Azam.

Enquanto caminhávamos até a esquina para chamar um táxi, repeti meu pedido para ir junto, argumentando que eu era "de certa forma indispensável", pois conhecia "o lugar de cabo a rabo", o que era, claro, cem por cento baboseira; eu não sabia como tinha entrado, nem como tinha saído.

Beijando-me na testa antes de entrar no táxi, Mini Auntie disse:

– Vai dormir um pouco, criatura.

Então ela acenou, e acenei de volta. Observei o táxi balançando pelo East End como se observasse uma locomotiva partindo por entre nuvens de fumaça nostálgica. Acendendo a guimba suja de batom, eu então perambulei pela East 86th Street feito um homem livre.

12.

Qualquer volume sobre história da extensa biblioteca de AC poderia atestar o fato de que ao longo dos milênios sempre houve aqueles que viveram de interpretar sonhos – xamãs e mascates, profetas, poetas e psiquiatras –, e embora talvez eu precisasse ver um analista àquela delicada altura da história moderna, não precisava de ninguém para interpretar os meus. Eles eram, do começo ao fim, semioticamente diretos.

Em tempos de tranquilidade, meus sonhos eram banhados por uma saudável e amena sensibilidade que produzia imagens de lêmures alados ou iglus de musse de manga. Numa bela tarde de verão, cochilando nos gramados do Central Park antes de começar a trabalhar, eu sonhara com uma sereia peituda e decididamente punjabi batendo os olhinhos enquanto boiava na esteira espumosa do Hudson. O sonho lembrava os versos de Langston Hughes:

> *Ele encontrou um peixe*
> *para levar.*
> *Metade peixe,*
> *metade mulher*
> *para casar.*

Demorando-se feito o eco fraco de uma música chiclete, o significado e o significante voltaram a mim ao longo do dia, refrão por refrão, e nesses momentos eu me pegava sorrindo e ansiando feito um romântico esperançoso.

Na segunda metade de 2001, porém, meus sonhos tinham virado uma bosta. Suponho que o mesmo aconteceu com os sonhos de todos. Eu era assombrado por terremotos que alcançavam o grau máximo da escala Richter, cadáveres num corpo de balé, por insetos com quarenta olhos piscando, pela pestilência e outros sinais dos tempos. E é claro que de tempos em tempos um vívido espectro me visitava enquanto eu estava acordado – quando eu estava alimentando a lavadora com minhas roupas sujas ou mastigando meu almoço –, impondo-se no meu estado de espírito e colorindo o restante do dia.

Na noite em que saí da prisão, porém, não sonhei. Isolado no meu apartamento, no *futon* de segunda mão, fechei os olhos, tentando dormir, mas, feito uma criança numa trovoada, não consegui. Grandes problemas me rondavam – como anunciar a prisão de Jimbo para os Khan, o que fazer sobre a ameaça de deportação iminente, e como fazer as pazes com minha pobre mãe negligenciada –, mas era a ninharia, o trivial, a meia de ponta dourada largada no chão que acabavam me mantendo acordado. Eu talvez estivesse sofrendo da Síndrome do Bebê Urso, convencido de que alguém tinha passado no meu apartamento, e embora não visse nenhuma tigela vazia de mingau, as cadeiras me pareciam suspeitamente arranjadas num esquema triangular e o assento da privada misteriosamente aberto. Seria diferente se a casa tivesse sido espetacularmente invadida e revirada, mas as evidências eram frágeis, como se os sabotadores objetivassem causar apenas danos psicológicos. A estratégia funcionou. Passei a hora das bruxas me revirando, encontrando significados na ordem secreta de artefatos caseiros.

Às seis da manhã, escrevi uma lista de coisas a fazer num envelope e grudei-o na geladeira, usando o imãzinho de banana que veio com o apartamento:

(1) Encontrar os Khan para contar a novidade s/Jimbo
(2) ver com a Mini s/AC
(3) devolver as chaves de Abdul Karim
(4) arranjar trabalho (ou SER DEPORTADO!)
(5) ligar para mamãe
(6) comprar papel, sabonete e outros mantimentos

Às sete, liguei para a casa dos Khan para ver se podia ir lá no fim da manhã, apenas para ser atendido por Amo, que me cortou, dizendo "Não posso falar agora", o que era estranho, mas não dei muita bola na hora. E depois tentei falar com Mini Auntie, mas ela não estava em casa, ou não estava atendendo, então deixei um recado desconexo pontuado por pausas e pedidos de desculpa. Às oito, as tarefas (1) e (2), apesar dos meus melhores esforços, permaneciam incompletas e não riscadas, e lembrei por que, como regra geral, eu evitava escrever listas de coisas a fazer: elas delineiam o fracasso, preto no branco.

Como a ideia de abrir o jogo com Abdul Karim fosse perturbadora, pulei inteiramente o item (3), trabalhando, em vez disso, na tarefa (4), cuja perspectiva era ainda mais intimidante: (4) arranjar trabalho (ou SER DEPORTADO!). Eu tinha quatro dias para conseguir um emprego, quatro dias para encontrar um empregador disposto a patrocinar um visto de trabalho – uma tarefa árdua em qualquer época, praticamente impossível durante um banho de sangue financeiro. Um dia, lembrei a mim mesmo, já tinha se passado.

Quando retornei a ligação para a firma que me ligara, a mulher que me atendeu me pôs em espera ouvindo uma sinfonia sombria, Bach, talvez Beethoven, a reveladora música-tema da rejeição. Enquanto esperava, uma sensação familiar de apreensão surgia, a frase padrão da indústria ressoando na minha cabeça: *Agradecemos seu interesse no cargo, mas neste momento temos muitos candidatos altamente qualificados.* Em vez disso, fui informado de que eu tinha sido escolhido para a última etapa, uma entrevista.

– Estamos tentando falar com o senhor há dias – a mulher disse.
– Hoje é o último dia do processo. Podemos encaixá-lo às quatro.
Desligando o telefone, dei um soco no ar feito Starks depois de ter acertado uma cesta de três pontos por sobre os dedos esticados de Pippen. Talvez a maré estivesse virando.

Mas naquela época coisas ruins aconteciam em dias bons. Eu estava saindo quando o telefone tocou. Estava esperando Mini Auntie ou até Abdul Karim, mas era Amo.

– Shehzad *Lala*? – ela começou sem fôlego e, eu pensei, com alguma ansiedade.

– O que aconteceu?

– Você sabe onde posso encontrar Jamshed *Lala*?

– Não tenho certeza – respondi. – Por quê?

– *Baba* teve um enfarte.

Imaginei a pobre Amo encontrando o Velho Khan caído no chão da cozinha, ligando para a emergência, tentando se manter coerente entre soluços.

– Ele está...

– Quase...

– Onde você está?

– Christ Hospital, Palisade Avenue.

– Vou para aí assim que puder – eu disse. – Tudo vai acabar bem.

Correndo, calculei que a jornada até Jersey levaria mais de uma hora de metrô – isso se não houvesse atrasos –, mas menos de trinta minutos no tráfego saindo da cidade. O problema era pegar um táxi, pois era horário nobre na Broadway. Homens e mulheres de terno faziam filas de ambos os lados da rua a intervalos regulares, braços no ar. Trotando por cinco quarteirões, eu olhava para dentro dos táxis em busca de cabeças no banco de trás, mas não havia nenhum táxi livre à vista.

De repente, o perfil careca de um taxista passando gerou uma ideia: *Kojo!*, pensei, *Vou ligar pro Kojo!* Rezando baixinho para que ele estivesse por perto, liguei para o seu celular de uma cabine telefônica. Por sorte, Kojo estava pegando um passageiro na Central Park West, o cantão que ele gostava de patrulhar por causa "dos rico e famoso". Quando contei o que tinha acontecido, o ouvi dizer para o passageiro:

– Emergença, madame. Morti na famila.

Antes de desligar, pude ouvir uma mulher ao fundo gritando:

– Você não pode fazer isso! Isso não vai ficar assim! Vou te denunciar!

Surdo às ameaças e premido pelo dever, pela fraternidade dos taxistas, Kojo se desembaraçou em tempo recorde, surgindo quatro minutos e meio mais tarde, buzinando o clássico pá-papapa-pá, pá-pá. Com um braço para fora da janela, o outro aproximadamente perpendicular ao seu peito, ele estava reclinado num encosto de cadeira feito de contas, exibindo um pingente elaborado na orelha e uma bandana carmim-claro posicionada feito uma coroa.

– Valeu mesmo, cara – ofeguei, pulando para dentro.

– Sem problema, cara – ele respondeu. E partimos.

Quando falei que ele estava ótimo, "parecendo próspero", ele passou uma das mãos lenta e contemplativa pela sua cabeça torneada e respondeu:

– Sabe, Chuck, ralo pacarai. Faturo uma graninha. Mando po pai... Toda minha vida, pedi. Agora dô. – Ele sabia bem como explicar as coisas sem esforço e sem enrolação.

Olhando para a lava do Hudson, eu disse:

– Entendo o que você quer dizer, cara.

Varando a West Side Highway, porém, com as janelas abertas, o som ligado, o sol na minha cara, esqueci temporariamente minhas ansiedades. Kojo tinha botado uma fita cassete com Pepe Wembe, Papa Kalle, Kanda Bongo Man, Amadou et Mariam e diversas sensações do afro-pop – a categoria de som que Jimbo, em tempos melhores, cortava, polia e juntava num todo coerente. Balançando a cabeça ao ritmo sincopado, Kojo e eu lembramos histórias sobre Gator e a turma do fundão e trocamos anedotas sobre nossas experiências como taxistas nova-iorquinos legítimos. Relatei uma versão abreviada do episódio com o VP. Em troca, ele me contou sobre a noite em que ele se viu em Bushwick com um pneu furado:

– Escuro qui nem Kivu. Coqué minuto, penso, Mai-Mai chega.

– Cortando o ar com um golpe tipo caratê, ele acrescentou: – Mas eu tava pronto, feito Bruce Lee.

De tempos em tempos, nossa conversa era interrompida por um trinado agudo e sintetizado, que a princípio confundi com um toque de *dancehall* no *kwassa-kwassa,* mas era na verdade o refrão do velho rap "Informer", o toque do celular espacial de Kojo. Após uma breve troca de gentilezas em Lingala, Kojo interrompia seus compatriotas, anunciando: – É problema de vida o morti –, mas, enquanto passávamos sob o rio, ele perguntou:

– Coé o poblema, exatamenti?

Inclinando meu corpo na sua direção, expliquei que tinha recebido uma ligação apavorada de uma amiga próxima mais cedo me informando que seu pai tinha sofrido o que eu entendera ser um ataque cardíaco quase fatal. Não queria explicar a mecânica da minha relação com Amo porque não queria explicar por que seu irmão, meu amigo, estava na cadeia. O que levaria à revelação de que, até pouco tempo atrás, eu também era um prisioneiro. As acusações de terrorismo exigiriam uma explicação, até mesmo para Kojo.

– Essa Amo – ele começou depois de considerar a situação –, ela é sua namorada?

– Não, não, não – respondi, ficando vermelho sem motivo algum. – Só uma garota amiga minha.

– Garota amiga minha – ele repetiu, variando tanto a ênfase quanto o significado. – Ela é bonita, essa Amo?

– Ela é bonita, e inteligente – respondi de forma simples, num esforço para compensar o rubor nas minhas bochechas. – Ela está estudando ciências atuariais.

– Se o pai morre, ela tem alguém? – Com Jimbo sem perspectiva de sair da prisão, ela não teria ninguém. Fiz que não com a cabeça.

Quando chegamos ao hospital, Kojo perguntou se eu queria que ele esperasse, e por um momento pensei na proposta, verificando a hora no painel do carro. Eram quase onze. Eu ia ter que sair de Jersey umas duas e meia para chegar à cidade a tempo para a entrevista. Não tinha como pedir para ele esperar.

– Não, Kojo – respondi. – Não se preocupe. Vou dar um jeito. – Agradecendo-o efusivamente, dei um tapa na sua mão aberta num cumprimento pouco usual e desembarquei.

O céu sobre a minha cabeça era azul e sem nuvens.

13.

Dando para Jersey City a oeste e a parte baixa de Manhattan a leste, o Christ Hospital fica num edifício alto, cinza e oblongo. Angular e limpo de fora, feito um hotel de três estrelas suburbano construído nos anos 1970, o lugar parecia úmido e sufocante do lado de dentro; pensei poder detectar o tênue cheiro fluvial de uma caverna enquanto entrava, e imaginei o ar repleto de bactérias virulentas, superinsetos. Nunca gostei de hospitais. Embora tivesse sido internado apenas duas vezes antes – uma vez aos quatro anos de idade, por conta de um surto virulento de catapora que deixou uma mossa na minha testa, e depois, três anos mais tarde, por causa de uma amigdalite –, ambas as experiências foram suficientemente traumáticas, porque passei a associar hospitais com agulhas, gemidos, manchas teimosas e o aroma fétido de mercurocromo. Desde pequeno eu tinha a impressão de que hospitais eram habitados tanto por moribundos quanto por mortos-vivos, e que aqueles que entravam nunca realmente saíam.

Tais sentimentos deformados e infundados continuavam alojados nos recessos da minha consciência, mas marchei decidido à recepção sem revelá-los, perguntando por Khan na ala de cardiologia. Fui informado por um octogenário tristonho:

– Não tem ninguém com esse nome na cardiologia.

O pronunciamento sombrio só podia significar que o Velho Khan já estava morto, que Amo estava em algum lugar, estendida sobre o cadáver do pai, berrando desamparada e desconsolada porque eu estava atrasado e seu irmão estava injustamente preso.

– Você tem certeza absoluta? – insisti.

O homem fez que sim uma vez, lenta e deliberadamente, numa comiseração ensaiada.

– Ok, então para onde eles levam os mortos? – gritei.

– Para o andar de baixo – ele respondeu tragicamente.

Correndo por um corredor, me desviei de matilhas de médicos, enfermeiras, pacientes em macas e cadeiras de rodas, evitando por pouco o que seria uma colisão de frente com um carrinho com bandejas de almoço empilhadas. De algum jeito me vi num aposento escuro com um estagiário chinês de cenho franzido. Do lado de fora, tentei obter direções mais acuradas de uma senhora negra pesadona na maternidade, que perguntou se eu era o paciente do meio-dia de um certo dr. Kahn.

– Kahn? – repeti.

Então, seguindo uma intuição repentina, voltei atrás, seguido por um par de assistentes preocupados, ofegando e suando e xingando o idiota que tinha me dado a informação errada. Quando soletrei K-h-a-n, ele murmurou que confundira *Khan* com *Kahn*. Fui informado que um Khan tinha de fato sido trazido à emergência uma hora mais cedo e em seguida transferido à sala de operação do andar de cima para uma ponte de safena de emergência.

Invadindo a ala de cardiologia do sétimo andar feito um prisioneiro em fuga, desalinhado e afobado e resfolegante, descobri Amo na área de espera, abraçando suas pernas do alto de uma cadeira dura de plástico laranja. Balançando de leve para frente e para trás, ela estava murmurando algo baixinho – a letra de uma música, as últimas palavras que dissera para o pai, uma oração. Quando chamei seu nome, ela olhou para cima com olhos felinos sobressaltados e gritou:

– Shehzad *Lala*!

Pulando nos meus braços, me deu um abraço apertado, aconchegando-se no meu peito manchado de suor.

– Tudo bem, tá tudo bem – arrulhei. Ficamos grudados naquele abraço por algum tempo, até eu poder ouvir seu coração batendo feito um bonequinho que aplaude quando você dá corda. Enfim, eu disse:
– Me conta o que aconteceu.

Nos sentamos um ao lado do outro. Cruzei minhas pernas e ofereci um lenço dobrado. Amo limpou seus olhos e nariz e começou:

– Então, eu acordei que nem todo dia pra fazer o café da manhã do *Baba* – ele come cereais com leite desnatado, e uma tigela de salada de fruta, e chá, chá preto –, só que, acho, meu alarme não tocou; então, quando eu, tipo, saí, reparei que a chaleira já estava no fogão, a TV estava ligada e o telefone, fora do gancho...

Amo parou o relato para olhar para uma estranha depressão do formato do estado de Jersey na parede oposta. Imaginei o que podia ter provocado o enfarte – alguma coisa no jornal, alguém no telefone – antes de pousar uma das mãos, reconfortante, nas suas costas. Fazendo um biquinho de determinação, ela continuou:

– *Baba* estava deitado de costas, e seu rosto estava todo vermelho e inchado e... a xícara estava quebrada. – Reprimindo um soluço, ela esfregou os olhos com o lado fofo da mão. – Eu estava pensando, não sei, se eu tivesse acordado mais cedo...

– Você sabe que não tem nada que você pudesse ter feito.

– Sabe – continuou ela como se não tivesse me ouvido –, ele já tinha sofrido um ataque cardíaco quando eu estava no segundo grau, e tem pressão alta desde que eu me entendo por gente. Os médicos sempre falam para ele: "sr. Khan, tem que mudar seu estilo de vida" – o estilo de vida é fundamental em doenças coronarianas –, mas você sabe como ele é, Shehzad *Lala*. Quando Ami estava viva, ele a escutava, mas agora tudo é diferente, e eu fico de olho nele, e ele me escuta quando eu estou por perto, mas às vezes é como se ele estivesse só me agradando, e não posso ficar lá o tempo todo, simplesmente não posso. Eu queria que Jamshed *Lala*... – Virando-se para mim, ela me encarou com um olhar lacrimejante e acusatório: – Estou com tanta raiva dele! Onde ele está? Por que ele não está aqui?

Coçando o gancho da minha orelha, olhei para o vazio atrás dela porque não tinha coragem de lhe contar que seu irmão tinha sido pego numa acusação maluca de terrorismo. Ela talvez nem acreditasse em mim. Limpando a garganta, contei que não tinha notícias de Jimbo há alguns dias, que, se ele soubesse, estaria ali.

– Você sabe disso, não sabe?

Amo soltou um suspiro em resposta:

– O médico disse que ele tem algo como trinta por cento de chance. – Inclinando a cabeça, como se perscrutando o vazio que estava se abrindo entre seus Pumas, ela suspirou de novo. Perscrutamos juntos. Eu já tinha passado por aquilo. Decidi que não deixaria que ela caísse no desespero.

– Olha, Amo – eu disse num tom que a fez se aprumar feito um rato-do-mato. – Tudo o que a gente pode fazer agora é esperar sentado. É bobagem repensar e reavaliar o que você podia ter feito ontem ou anteontem. Você precisa estar aqui e agora, alerta, no presente. Você precisa ser forte, pois, quando Khan *Sahab* sair daqui, ele vai precisar que você seja forte. Você entende o que eu estou dizendo? – Amo fez que sim. – Ele tem muita sorte de ter você. – Amo sorriu pela primeira vez naquela tarde. Tinha um sorriso maravilhosamente cativante. – Você não comeu nada, comeu? – Amo fez que não. – Espera aqui. Vou pegar um lanche.

– Não vai não, Shehzad *Lala* – ela disse, equilibrando o queixo no crescente de suas mãos abertas.

– Vou voltar em dois tempos. – Descendo pelo elevador, voei pela passagem rumo à entrada, procurando por sinais que indicassem um lugar para comer. O octogenário estava onde eu o havia deixado, dando informação errada para mais alguém. Abordei um enfermeiro de passagem, que me apontou a direção certa. A cantina era escura, tinha cheiro de frios rançosos, e o almoço parecia particularmente insosso:

a sopa do dia, Creme de Legumes, era da cor e consistência de água com sabão, enquanto o Peixe Especial Estilo *Cajun* era tão cozido que virara uma bolacha de couro. Decidi tentar a sorte fora do hospital. Amo precisava de sustança.

Descendo a Palisade Avenue, topei com um restaurante chinês que anunciava um híbrido americano especialmente repugnante – Frango Frito Kung Pao e Fritas com Queijo –, mas, para meu alívio, acabei encontrando um Subway apertado entre uma mansão Tudor de três andares condenada e uma loja de ferramentas mostrando um solitário manequim masculino de macacão na vitrine. Havia uma fila de pessoas da região, então firmei as pernas e cruzei os braços, analisando o cardápio sobre a minha cabeça. Lembrei que Amo só comia *halal*, então peito de peru ou rosbife ou salada de frango estavam fora. Ovos mexidos com croissant passariam no teste. E um copo de minestrone. Peguei um sanduíche de quinze centímetros e uma Coca de máquina para mim, e um copo de café com avelã para mais tarde, antecipando minha entrevista e meu colapso certo.

Quando voltei, Amo não estava mais lá. Um homem musculoso com um corte de cabelo *mullet* estava sentado no seu lugar. Avançando na sua direção, franzindo o cenho e levemente perplexo, examinei a área como se esperasse descobrir Amo sob a fileira de cadeiras feito uma caneta ou um botão perdidos.

– Algum problema, amigo? – o homem perguntou. Eu tinha vários, mas não queria acrescentar nada à lista. Erguendo a parte de dentro das minhas palmas, como Jimbo talvez tivesse feito, recuei até uma integrante uniformizada do serviço de limpeza do hospital que estava rondando pelo andar mais cedo, seguida por um balde com rodinhas rangentes contendo um esfregão e, aparentemente, a sopa do dia da cantina. Quando perguntei para a mulher se ela vira a garota que estava sentada "naquela cadeira ali", ela prontamente semicerrou os olhos como se eu estivesse falando numa língua estrangeira.

– Lembra? Ela é mais ou menos dessa altura – eu disse, levando minha mão até a testa numa saudação militar interrompida –, muito bonita, vestindo, hum, uma parada na cabeça – uma descrição acompanhada de um movimento circular que talvez sugerisse um halo, ou insanidade.

– *No sé* – ela disse.

– Ok – insisti, conjurando meu espanhol da Telemundo –, *¿un poquito catalina?*

Naquele instante Amo acenou de trás de uma cortina como se estivesse brincando de pique-esconde, então me levou além de uma recepção do andar até uma sala de exames mobiliada com uma cama, cadeira e mesa. Espalhando o conteúdo do saco de papelão sobre a mesa, almoçamos com vontade sob um pôster de tamanho natural com figuras cartunescas administrando a manobra de Heimlich.

Amo disse que ela "veio para cá porque aquele cara estava me olhando de um jeito esquisito... Acontece muito isso comigo hoje em dia... Não ligo muito". De repente, me vi simpatizando com o *hijab*.

– Estou tão feliz que você esteja aqui – ela acrescentou. – Você é tipo meu cavaleiro errante.

Enrubescendo, mudei de assunto.

– Como está o seu pai? – perguntei.

– Nenhuma notícia por enquanto.

– Acho que a gente vai ter que esperar.

– É.

– É...

– Posso te fazer uma pergunta?

– Qualquer coisa.

– Por que te chamam de Chuck?

– Você quer mesmo saber? – perguntei.

– Sou toda ouvidos.

A etimologia da minha alcunha ostensivamente americana tinha sido formada pelo meu apetite mítico pelo leite da minha mãe. Aparentemente, acontecia de eu ser alimentado até treze, quatorze vezes por dia. Embora mamãe nunca tenha me negado seus seios machucados e mordidos, ela percebeu que algo estava errado e, após consultas com tias e palpiteiras diversas, me levou ao seu velho ginecologista inglês no hospital.

– Senhora – ele declarou –, a criança não está conseguindo pegar o seio. Podemos trabalhar nisso. Mas não há motivo para pânico. A senhora tem, acredito, um filho muito afetuoso.

Mamãe me narrou a história antes de eu partir para a América. Ela também me disse que o barulho de chupar que eu fazia podia ser foneticamente transcrito como *chucka-chucka-chucka* – um som em seguida adocicado e destilado para se tornar Chuck. Tudo isso fez Amo se divertir um bocado, então, quando olhei para o relógio na parede e disse que tinha que correr, ela pareceu desconcertada, até perturbada.

– Onde? Onde você tem que ir?

– Olha, Amo, vou voltar logo.

– Não vá embora, Shehzad – ela disse pela segunda vez naquela tarde.

– Eu não iria se não fosse absolutamente necessário, e é absolutamente necessário.

Abandonando Amo, saí em disparada. Já passava das três. Eu tinha menos de uma hora para voltar à cidade para a minha única entrevista, menos de uma hora para dar um jeito na minha vida.

Eu não tinha terno, nem plano, nem chance, e balançando rumo à cidade num táxi, sentia com cada vez mais força que devia ter ficado, porque se algo indesejado acontecesse naquela tarde, algo trágico, algo horrível, eu nunca seria capaz de me perdoar. Enquanto as ruas passavam num borrão, as linhas amarelas se tornando uma só, me veio de repente o pensamento de que eu não era mais um homem bom.

De certa forma, meu *jihad* tinha morrido no berço. Eu tinha certeza de que não estaria com Amo quando ela mais precisasse de mim e que não chegaria a tempo na entrevista mais importante da minha vida. Tinha, porém, prometido ao taxista mais dez paus se ele chegasse na cidade a tempo. Miraculosamente, ele chegou. Eram quinze para as quatro quando emergimos do túnel Lincoln. Arriscar um desvio para mudar de roupa não era uma opção, pois as avenidas estavam engasgadas de ônibus de turismo e o começo do tráfego da hora do rush. Eu tinha que pensar em algo diferente, algo rápido. Passando pela Quinta Avenida, gritei:

– Para aí – e, tirando uma nota de cinco, acrescentei: – Volto em quatro minutos.

Entrando na loja mais próxima à esquina, peguei o primeiro terno quarenta e seis da prateleira, depois saquei meu único cartão de crédito em funcionamento no balcão.

– Gostaria de vesti-lo, senhor? – perguntou a vendedora, no que pode ter sido mais um conselho do que uma pergunta, mas balancei a mão tipo *Eu sou O cara, querida.* Sobrancelha erguida, ela anunciou:

– O preço é mil novecentos e noventa e nove dólares... sem impostos.

A quantia era maior do que a minha poupança, um mês de aluguel, um bilhete de ida e volta para Karachi, Moscou, e a maioria das regiões da África subsaariana. Sorrindo bravamente, disse para ela não se esquecer de incluir o recibo. Enquanto ela passava o meu cartão, eu olhava ao redor. Eu estava obviamente no lugar errado: o piso era de mármore Botticino, o teto, de vidro fumê, e tudo entre um e outro, das cortinas às roupas, era, de forma bastante dramática, ou preto ou dourado. Numa parede afastada estava pendurado um enorme V dourado, feito um totem.

– Até breve – a vendedora disse, me entregando a sacola com as roupas, que provavelmente valia seu peso em ouro.

– Pode deixar – respondi.

Trocando-me no banco de trás feito um contorcionista, tomei cuidado para não amarrotar ou arrastar a roupa no tapete do carro.

O terno parecia bem ajustado pelo espelho retrovisor – apertado nos ombros e justo ao redor da cintura –, mas ainda havia dois problemas com meu traje: eu não tinha uma gravata, e sob a bainha das minhas calças extravagantes minhas botas eram conspicuamente visíveis. Resignando-me a este último *faux pas* sartorial, passei os últimos três minutos barganhando com um segurança rotundo no saguão.

– Quero ter certeza de que eu estou sacando qual é a sua – ele disse. – Você vai me pagar três pratas para *alugar* a minha gravata por meia hora? – Oferece quatro. Meu fluxo de caixa não permitia uma simples compra. – É minha gravata da sorte, irmão.

Fechamos em cinco, um belo retorno sobre o investimento para o porteiro, considerando que aquela peça brilhante de acrílico não ia chegar a dez pratas nas calçadas de Chinatown. Não tinha importância. De um jeito ou de outro eu tinha conseguido chegar à entrevista, e de um jeito ou de outro estava com o visual certo.

Os escritórios da firma de análise de finanças eram forrados de madeira e parcamente mobiliados, sugerindo uma objetividade antiquada, uma anomalia num setor que havia contribuído para uma das maiores bolhas de preços de ativos da história recente. O ambiente do saguão era definido, além disso, por uma grande cacaueiro selvagem, a planta do dinheiro, cheia de folhas, e por uma versão realista de um potro castanho pastando num prado marcado por violáceas brancas. Solicitado a me sentar, fiz o que me mandaram e então prontamente cochilei, sonhando com a vida de pônei. Após um café da manhã rico em fibras de grama com orvalho, eu talvez galopasse pelos outeiros para passar o tempo com meus chapas pôneis. A gente ia ter direito a doses cavalares de diversão, brincando o dia todo, e depois pastar mais um pouco e dormir. Seria uma existência genial.

Quando fui finalmente chamado, segui a secretária até uma sala de conferência nos fundos, passando por um conjunto de cubículos apertados e um bebedouro meio vazio, um relance da vida secreta dos analistas. Um homem magro com um cabelo estilo esfregão, meio ruivo e rareando, levantou-se e estendeu o braço.

– Último, mas não menos importante – ele disse. Ambos rimos educadamente. – Você deve ser Shay-zad – ele continuou. – Pode se sentar, por favor.

Enquanto ele se posicionava na cabeceira da mesa oval de mogno, diante de uma pilha arrumadinha de papéis e um envelope pardo amassado, sentei na sua diagonal, juntando as mãos sobre a barriga e cruzando e depois descruzando minhas pernas, com minhas botas em mente.

– Deixe-me falar um pouco sobre a minha experiência – começou ele. – Venho da Costa Oeste, mas entrei na firma em 1991, logo depois da faculdade, então agora me considero um nova-iorquino. Ao longo dos anos, trabalhei com biotecnologia, tecnologias emergentes e empresas químicas especializadas – nossos pontos fortes. Observamos basicamente empresas de porte médio, capital aberto, é claro, para investidores institucionais. Atuamos num mercado de nicho, uma das poucas firmas independentes que sobraram. Somos pequenos – sou um dos quatro diretores aqui – e estamos procurando um analista para fazer as contas e também para nos auxiliar com as análises mais, hum, qualitativas que fazemos por aqui. – Reclinando-se na cadeira, o Diretor disse: – Então me diga, Shayzad, qual é a sua história?

Por um momento me senti murchando feito uma criança a quem se pede que recite um verso para um convidado. Então, tossindo no meu punho, me acalmei e comecei a falar em parágrafos:

– Bom, cheguei em Nova York quatro anos atrás para estudar na faculdade, que completei em três anos. Me formei em literatura *cum laude*, em seguida recebi uma proposta de trabalho num banco de investimentos. Como analista, fechei uma aquisição, duas ofertas de debêntures e uma IPO. Participei de todos os estágios dos processos de transação de fusões e aquisições, do esboço de memorandos de oferta à condução de sessões de *due dilligence*. Trabalhei com os departamentos de finanças corporativas dos clientes para desenvolver modelos de previsão de receitas e também criei modelos de fluxo de caixa descontado, realizei análises financeiras de companhias e sensitividades de aquisições alavancadas para avaliar companhias públicas e privadas...

– Permita-me interrompê-lo um minuto, Shayzad – ele interveio, o que me deixou grato. Meu desempenho tinha sido, na melhor das hipóteses, medíocre. – Eu tenho uma ideia do tipo de trabalho que um analista financeiro faz no dia a dia. Estou mais curioso com o que traz *você* aqui, mas, antes de responder essa pergunta, eu quero que você me diga por que decidiu entrar no mercado financeiro depois de estudar literatura.

O tom e a construção da pergunta pareciam simpáticos, mas não eram. Meu VP tinha sido mais direto: *Por que diabos você quer trabalhar com finanças se estudou literatura?* De qualquer jeito, era uma explicação complicada.

– Literatura – comecei – e o mercado financeiro são considerados díspares ou mutualmente excludentes, mas é possível conectá-los. Quer dizer, alguém podia inventar um curso chamado "Mestres do Universo: A formação do mito do banqueiro moderno". O curso traçaria a construção da ideia do banqueiro na ficção, e na não ficção, sua, hum, ressonância na imaginação popular. Você analisaria *A fogueira das vaidades* e *Psicopata americano*... Você poderia até analisar a Wall Street de Whitman... e depois há os tratados canônicos da indústria, como *Barbarians at the Gate* e *Liar's Poker*. Mas essa é a resposta mais longa. A resposta curta é que eu precisava de dinheiro.

O Diretor fez que sim com a cabeça, ambiguamente, o que entendi como uma indicação para que eu continuasse a pontificar.

– E embora tenha sido puxado – como você sabe, trabalhamos quatorze, quinze horas por dia –, eu na verdade gostava do trabalho.

Gostava de participar do desenvolvimento de uma ideia do primeiro esboço à sua execução como um evento tangível. Gostava de recriar uma companhia diante de mim, considerando todos os fatores, do custo da matéria-prima às previsões macroeconômicas. Gostava da camaradagem induzida pela cafeína entre analistas. E eu poderia falar muito mais...

Fazendo que sim pensativamente, o Diretor disse:

– Essa é uma visão, hum, pouco comum do setor. E agora entendo que você está interessado no nosso?

– Sim. Bastante. Em pesquisa posso utilizar minha formação em literatura e finanças de uma forma que não podia no mercado financeiro. Acho que escrevo bem. Já escrevi ensaios, críticas, *papers* de análise, *papers* de pesquisa, e embora eles talvez não fossem exatamente o tipo de obra que vocês produzem por aqui, fiz as mesmas perguntas que qualquer bom relatório sobre um setor ou uma companhia deve fazer: como e por quê.

– Como e por quê – o Diretor repetiu em concordância. Eu finalmente estava mandando bem.

– E uma companhia é mais do que números, um erro que tanto o leigo quanto o expert cometem. Quer dizer, você tem que olhar para as questões mais qualitativas, incluindo a experiência e a capacidade da diretoria, relacionamento com o cliente, litígios potenciais, questões que não dá para simplesmente resumir a um índice ou a um valor tangível em dólares.

– Não dá, Shayzad, é verdade – ele disse, anotando algo na pasta à sua frente.

– Pode me chamar de Chuck.

– Chuck... Posso perguntar de onde você é, Chuck?

– Do Paquistão.

– Paquistão. Uau. Como andam as coisas por lá?

– Bom – comecei com as frases feitas de um analista de TV –, se você quer mesmo saber, tem uma guerra na nossa fronteira, de novo.

Vai haver um êxodo de refugiados e combatentes, de novo, um influxo de drogas e armas. Tivemos diversas guerras nas nossas fronteiras ao longo dos últimos trinta anos. Vivemos numa das regiões mais barrapesada do mundo: fazemos fronteira com o Afeganistão ao norte, uma coleção de feudos em guerra, depois temos o Irã fundamentalista e com ambições nucleares a oeste, e a leste fica a Índia, um país com um exército permanente de um milhão de homens. Os Estados Unidos são bem sortudos nesse sentido. Vocês ficaram com o Canadá, o México e o mar.

– O mar – ele repetiu, como se tivesse frequentemente feito a mesma observação para audiências indiferentes. – Você gosta daqui?

– Sim, claro. Quer dizer, algumas das minhas melhores lembranças moram nas ruas desta cidade.

– É, sei bem o que você quer dizer – ele disse com um sorriso malicioso. – Bom, nosso tempo está quase esgotado, mas, antes de você ir, posso saber se tem alguma pergunta?

Aderindo à estrita etiqueta de uma entrevista no setor de serviços financeiros, perguntei sobre o futuro da companhia enquanto empresa privada, a natureza do trabalho do Diretor, sobre as responsabilidades de um analista e a "progressão da carreira". Cada questão foi respondida de forma atenciosa e sucinta. Ao contrário do meu VP, o inesperadamente ordinário Diretor não estava particularmente interessado em ouvir o som da própria voz. Eu estava. Ela tinha um registro levemente agudo, como um cantor de música alpina falando normalmente, mas ressoava com uma melíflua e decididamente americana sinceridade.

– Peço desculpas pelo atraso – ele estava dizendo. – Obrigado pela entrevista. – Apertando seu cartão contra a minha palma, acrescentou: – Em breve entraremos em contato com você.

Apertamos as mãos e estávamos ambos sorrindo quando nos separamos, mas, quando eu estava saindo da sala, o Diretor me chamou:

– Shayzad?

Parando no meio do caminho, virei de volta, colocando as mãos nos bolsos como se tivesse sido convocado por um professor que tinha descoberto que eu não havia respondido a última pergunta da prova final do curso.

– Você está usando botas de caubói?

– Hum, estou... Estou sim.

O Diretor concordou com a cabeça ambiguamente.

Na saída, devolvi a gravata ao seu dono, o porteiro-empreendedor, mas não pude devolver o terno porque tinha que voltar à Amo o mais rápido possível. O terno tinha que ser devolvido logo porque, quando cheguei o saldo da minha conta-poupança no caixa eletrônico do lado de fora do prédio, vi que tinha uma fortuna de dezessete dólares e vinte e quatro centavos, que não pude retirar da máquina porque a quantia não era um múltiplo de vinte. Portanto, eu agora estava abaixo da linha de pobreza. Usei os três dólares cuidadosamente dobrados no meu bolso para comprar um bilhete de loteria e outro para o trem até Jersey.

Atravessar o rio foi uma jornada desgastante e cansativa. O sono tinha finalmente me pegado e me derrubou ao longo de todo o trajeto. Sonhei que estava no mesmo prado orvalhado de antes, apenas para descobrir que os arredores eram limitados por arame farpado e torres de guarda que pareciam ser réplicas em miniatura da Torre de Babel. E a lógica sinistra do pesadelo sugeria que estávamos sendo engordados antes da matança. Eu galopava feito Silver para alertar Jimbo e AC, mas uma neblina pesada tinha invadido o campo, obscurecendo o caminho pisado de volta ao nosso terreno de pastagem. Claro, era tarde demais. Logo depois me vi esfolado e esquartejado ao lado dos meus camaradas, balançando num gancho de açougueiro.

Acordei num pulo, percebendo que tinha perdido a minha parada. A lei de Murphy estava a toda. Voltando aos tropeços, podia apenas ver contornos de néon da topografia local nas luzes da rua. Sonambulando ao hospital, de alguma forma tive a presença de espírito de dizer ao vigia noturno que minha carteira estava lá dentro com meu pai, que estava no seu leito de morte. Eu devia estar parecendo apropriadamente decrépito, pois ele me deixou entrar, embora o horário de visita já tivesse acabado.

Amuada pela minha ausência repentina e inexplicada, Amo registrou friamente minha presença com um dar de ombros e um beiço. Eu queria contar-lhe o que tinha acontecido, mas havia questões mais urgentes a tratar: embora a cirurgia emergencial de revascularização coronariana tivesse sido um sucesso, o Velho Khan tinha sido transferido para a UTI porque estava reagindo mal à anestesia. Amo andava pela sala de espera, ninando seus cotovelos e contando os passos, mas a certa altura desapareceu. Enquanto isso, me aprumei, observando as portas se abrindo e se fechando, esperando Amo voltar, e então caí no sono de novo.

14.

Por ocasião do meu décimo nono aniversário, me vi naquele mesmo banco verde descascado no canto noroeste da Washington Square, entre os descontentes e viciados, sentindo pena de mim mesmo, e embora me parecesse que depois de um ano eu estava de volta à escala zero, ao ponto zero, o ano não tinha passado em branco. Como meu colocatário, Big Jack, costumava dizer, eu tinha *trabalhado à vera*, garantindo minha presença na lista dos melhores alunos por dois semestres seguidos. Tornei-me financeiramente autossuficiente ao conseguir um emprego de seis dólares por hora e vinte horas por semana registrando a saída de livros na augusta Biblioteca Elmer Holmes Bobst. Perdi minha virgindade durante uma breve e fortuita relação de dormitório com a filha de um pastor que usava um par perverso de botas de caubói. Questionei Deus depois de me inscrever em Introdução à Filosofia, descrita no catálogo de cursos como "um estudo dos grandes temas e personagens do desenvolvimento da epistemologia e da metafísica", e depois de ouvir os sermões semanais feitos durante a oração de sexta no campus por um bando de sauditas malucos com barbas púbicas. (Eu nem era muito fã de Deus, pra começo de conversa, porque Ele tinha levado meu pai embora.) Depois de um ano de uma dieta escatológica, tomei uma dose de Campari numa festa de dormitório, sob todos os outros aspectos esquecível por causa da ligação de Campari com Kelly LeBrock, e porque eu queria contrariar os sauditas. Foi uma dose seminal.

E, seguindo as diretivas de AC, tinha me perdido na cidade muitas e muitas vezes, ocasionalmente até rondando a famosa vida noturna de Nova York (armado com uma identidade falsa, fornecida por AC, que alegava que eu tinha nascido em 1974 e me chamava Papadopoulos). A única vez que tive sucesso nas minhas incursões foi a noite em que entrei sem saber num bar gay de temática asteca em Alphabet City e um belo homem me ofereceu um Greyhound. Teria sido falta de educação recusar. Enquanto batíamos papo, ele perguntou *você já veio aqui antes?*, e respondi *já, várias vezes*, "mas hoje tem mesmo um bocado de homem aqui". Meu generoso e gregário tutor acabaria se tornando meu primeiro amigo homossexual, Lawrence, *née* Larry. Rindo, ele perguntou: "Você não costuma sair muito, não é?"

À certa altura em Nova York, depois de descobrir que a cidade é toda quadriculada e que o melhor restaurante de faláfel da cidade é o Mamum's, no West Village, e depois de forjar relacionamentos com o jornaleiro do bairro e a galera da farmácia vinte e quatro horas, você começa a sentir que a vida interior da cidade ainda te escapa. Você sente que está perdendo alguma coisa, que a qualquer momento, do dia ou da noite, há uma festa sensacional rolando, à qual você não foi convidado. Na noite do meu décimo nono aniversário eu estava me sentindo assim. Como não havia ninguém por perto – Big Jack tinha ido para Bangs, no Texas, para o feriado do Dia de Colombo, e AC renunciara à festança para preparar a heroica defesa da sua diversas vezes adiada proposta de dissertação –, me presenteei com um jantar na lendária brasserie Les Halles – *sim, mesa para um, por favor* – e pensei em me presentear com uma bebida numa boate metidinha no centro. Mas depois de olhar uma vez para mim, o segurança disse para eu tentar a sorte *em outro lugar*. Sem sorte, me retirei para a Washington Square.

Enquanto estava sentado, girando meus polegares (prontamente recusando ofertas para comprar "uma ganja docinha" e tentando com todas as minhas forças não ouvir um evangélico de voz aguda em pé num caixote pregando o Fim dos Tempos), uma horda de músicos começou a convergir em torno da fonte em grupos de dois e três, usando perucas, vestidos, sobretudos e uniformes da União, e um cara, vestindo um kit de percussão caseiro, estava sobre pernas de pau. Era uma parada das mais bizarras. Alguns pareciam vir das ruas recônditas de Nova Orleans; outros podiam ser das linhas de frente da Grande Rebelião Suburbana. Alguns talvez tivessem escapado de um circo itinerante. Eles se cumprimentavam feito membros perdidos de uma tribo, emborcavam bebida de frascos e garrafas de Gatorade e afinavam ruidosamente seus instrumentos – tubas, cornetas, trombones e buzinas, bem como xilofones e gravadores. Na hora marcada, ao som de algum chamado secreto, os percussionistas começaram a batucar um consensual *dum, da-da dum*. Então, de repente, houve uma explosão musical. Os frequentadores da Washington Square mal costumavam piscar. Mas naquela noite eles piscaram. Era como a Missa do Galo. Como uma banda de colégio doida de metanfetamina. Mais tarde eu ficaria sabendo que o evento constituía a cerimônia noturna de encerramento de um festival anual de metais ao longo de toda a costa.

Eles tocaram *riffs* de jazz e afrojazz, música *klezmer*, música cigana, clássicos do cinema, clássicos de bandas, "When the Saints Go Marching In", "Sinnerman" e uma versão enlouquecida de "Take Five". Eles deslizavam, pulavam, se sacudiam. Num dado momento, uma ninfeta num uniforme dourado de líder de torcida pulou no meio da galera, rodopiando uma bandeira feito um guerreiro *bo* ou *kendo*. Depois um clarinetista começou a fazer passos de *break-dance*. Observadores entraram na festa. Virou um vale-tudo. Atraído, acompanhei, batendo palmas, estilo *qawwali*, depois dançando, feito Rumpelstichen, gritando *Yahoo!* e *Wah wah wah!* e *Bohaut khoob!*.

Foi quando um dos tocadores de tuba, ostensivamente um rastafári samoano, me puxou de lado.

– Você é da terrinha, cara? – ele gritou sobre a algazarra.

– O quê? – gritei de volta, pensando: *Que terrinha seria essa?* Samoa? Jamaica?

– Você é da Paquilândia?

– Paquistão! – gritei.

– Sabia – ele disse me apertando. – Você é um Paq-Man.

– Meu nome é Shehzad, mas me chamam de Chuck – eu disse, apertando sua mão livre.

– Eu sou Jimbo, também conhecido como Jamshed, só que hoje sou Jumbolaya. Tá entendendo?

Eu não entendi picas, mas fiz que sim como se soubesse qual era a da parada. Só sabia o seguinte: naquele momento, eu estava presente na melhor festa da cidade.

Mais tarde eu perceberia que as melhores festas da cidade aconteciam nos grandes espaços ao ar livre, em parques, calçadas e passeios, e que todo dia tem uma festa na rua. Mais tarde eu perceberia que já era parte da vida interior da cidade. Era assim que as coisas funcionavam por aqui. Você tinha epifanias que levavam a outras epifanias.

– Aqui, cara – Jimbo disse, oferecendo um triângulo e uma baqueta.

– O que que eu faço? – perguntei feito um idiota.

– Bate feito um doido.

Mais tarde naquela mesma noite, Jimbo e eu trocaríamos histórias, cigarros, telefones. Nos tornaríamos os melhores amigos. Ele me convidaria para o jantar de Ação de Graças em Jersey, onde eu seria apresentado ao seu pai e à sua irmã menor (e logo depois ao seu novo amor). Era assim que as coisas funcionavam na cidade. Você conhecia alguém, então alguém te apresentava a mais alguém, e assim eles se tornavam parte da sua história.

Quando um enxame de moscas invadiu meus devaneios, acordei, balançando os braços e acertando o ar, antes de perceber que a estranhamente teimosa mosca que tinha entrado no meu ouvido era na verdade um dedo roliço e curioso. *Que estranho*, pensei no meu estupor soporífico, *tem um dedo no meu ouvido*. Então alguém exclamou:

– Banzai!

Inclinando-se sobre mim, bloqueando a lâmpada fluorescente feito um eclipse solar, estava um gigante sorridente, um Pé-Grande num agasalho, oferecendo sua mão.

– Jimbo? – eu disse, como que em sonho.

– Cara – ele respondeu, me erguendo feito um mochilão e esmagando meu rosto contra seu peito carnudo. Nos abraçamos como um par de ex-condenados. Jimbo cheirava a ex-condenado. Devia ter vindo direto do xilindró. – Nasci de novo – ele anunciou – feito os caras do Watergate.

– Não acredito... é ótimo ver você, *yaar*... como é que sabia que tinha que vir pra cá?

– Myla me disse, sabe, Myla e Eddie Davis do andar de cima?

– Você já foi lá dentro?

– Eles não me deixaram entrar. Disseram que ele está tipo sob a influência...

– Anestesia...

– É, isso aí, isso mesmo. Essa é a palavra. Além disso, não quero que ele tenha outro ataque quando me vir.

– Não diga isso, *yaar*. – Não sabia ao certo se Jimbo estava falando sério, mas ele estava ansioso. Eu também, mas disse: – Ele está bem, ele vai ficar bem.

– Meu velho, ele é duro na queda – declarou ele de forma pouco convincente.

Cego pela excitação e pelo vulto de Jimbo, não reparei que tinha mais alguém ao fundo, se espichando em busca de atenção, feito um parente conhecido, mas distante numa reunião de família. No começo achei que ainda estava sonhando, mas nos meus sonhos Jimbo seria seguido ou por munchkins trotando, quando eu dava sorte, ou pela Bruxa Malvada do Oeste a cavalo. Em vez disso, ele era seguido pela Pato. Olhei para ela por alguns instantes, encabulado, talvez de forma meio idiota, porque a aparência dela parecia mais fenomenal do que uma visita dos fantásticos residentes de Oz.

– Oiê, Chuck – ela disse. Era meio estranho, tínhamos, no fim das contas, discutido e nos separado de forma pouco cerimoniosa, mas saquei que a melhor forma de abordar a situação era com um beijo.

– Oi, Dora – respondi, plantando um molhadinho na sua bochecha. – Senta aí.

A não ser por um venerável casal porto-riquenho aconchegado orelha contra orelha num canto da sala e uma enfermeira de plantão arrebatada por um romance água com açúcar no outro, a área era toda nossa. Rearrumando os assentos, pegamos uma cadeira dura e laranja para cada um, mas, quando a Pato se contorceu, Jimbo a agarrou pelos pneuzinhos e valentemente sentou-a no seu colo. Laçando seus braços ao redor do pescoço de Jimbo, ela perguntou:

– Você está querendo brincar, sr. Khan?

Jimbo fez que sim. – Posso brincar, senhorita.

Era genial vê-los juntos. Eu me sentia caloroso e risonho feito uma noite no Tja!, e feito numa noite no Tja!, trocamos histórias. Das respostas monossilábicas de Jimbo, porém, parecia claro que ele não estava lá muito interessado em reviver sua experiência. Imaginei que tinha sido difícil para ele. Os camaradas no Centro Metropolitano de Detenção devem tê-lo tratado como o Incrível Hulk, embora Jimbo fosse mais o seu sósia bem-comportado. Quando perguntei se tinha cruzado com um certo Ursão, ele respondeu:

– Num sei, mas tinha um cara que falava feito o como-é-mesmo...

– Mick Rooney?

– É – Jimbo respondeu com veemência pouco característica –, *a porra do Micky Rooney*. – Mas se Jimbo não tinha cruzado com o eminentemente sensato e simpático Ursão, me perguntei como ele tinha sido solto. – Consegui dar meu telefonema – disse Jimbo –, então liguei pra Dora...

– E – interveio Dora – ele estava tipo "Oi, querida, estou na cadeia. Que tal passar aqui pra uma visitinha conjugal?". Fiquei totalmente estarrecida. Fiquei furiosa. Jimbo é muitas coisas, um ótimo DJ, um bêbado horrível, mas terrorista é que não é. Todo mundo sabe que ele é um urso de pelúcia, um carneiro...

– "Carneirinho, Carneirão", meu amor.

– Você é um garanhão, querido. – Jimbo concordou com a cabeça. – Enfim – a Pato continuou –, primeiro achei que eu ia para o Brooklyn, mas depois pensei: *O que que eu vou fazer?*, então liguei pra pessoa com quem sempre falo quando as coisas dão errado de verdade...

Antes que ela pudesse dizer mais, a Pato abruptamente deslizou para fora do colo de Jimbo, como se estivesse sofrendo de formigamento, e, antes que pudesse pedir a ela que continuasse, percebi que Amo tinha se materializado diante de nós. Ela devia ter escapado dos recessos da ala de cardiologia em busca de ar, ou companhia. Nas dobras da sua testa eu podia ler que ela não estava impressionada pela aparição tardia do seu irmão mais velho com uma garota desconhecida e barrigudinha pendurada alegremente nas suas coxas. Botando as mãos na sua cintura esguia, ela gritou:

– Por onde você andou, Jamshed *Lala*?

Jimbo se levantou, mas não ousou se aproximar. Ela parecia prestes a entrar em combustão espontânea.

– Na cadeia, mana – balbuciou Jimbo.

A alegação soava absurda, e Jimbo não a desenvolveu imediatamente.

– É, claro! – gritou Amo, assustando todo mundo: eu, Jimbo, a Pato, o casal porto-riquenho no canto. Antes que a coisa ficasse feia, porém, intervim:

– Na verdade, Amo – comecei –, nós dois estávamos na prisão.

– Peraí! *O quê?*

– Fomos presos, no fim de semana, acusados de terrorismo, ou suspeitos de terrorismo, ou algo assim, não sei. – Virando-me para Jimbo, perguntei: – Você sabe qual era o problema? – Ele fez um gesto cansado e negativo com a cabeça. – Enfim – acrescentei –, é uma longa história.

– *Terrorismo?*

– Você conhece o AC, não é? Ele ainda está lá. Você devia estar contente que o seu irmão saiu e está aqui agora. – Amo estava processando aquelas notícias já velhas com rápidas piscadelas de olhos, e de repente cobriu a boca com a mão e baixou a cabeça para esconder seu rosto. Então Jimbo pulou e a abraçou como se ela fosse um buquê de flores com caules longos.

Enquanto isso, a Pato estava em pé, sem mover um músculo, observando a reconciliação dos Khan com uma das mãos na sua nuca e a cabeça levemente inclinada para o lado. Acredito que ela teria permanecido assim se eu não tivesse intervindo.

– Hum, Amo? – eu disse. – Deixa eu apresentá-la à Pato, quer dizer, Dora... e, Dora, essa é a Amo, irmã do Jimbo, quer dizer, Jamshed. – Não foi uma das minhas melhores apresentações.

– Aamna – Amo me corrigiu.

– Oiê, Amina – disse a Pato. – Já ouvi falar muito de você. É tão bom finalmente te conhecer pessoalmente. – Amo ofereceu um sorriso gélido em resposta, mas, como era bem-educada, conseguiu soltar um baixo e cordial:

– Você também.

E com exclamações, explicações e apresentações feitas, Jimbo pediu:

– Dá o papo reto, mana.

Fomos informados de que o Velho Khan estava se recuperando da anestesia e, cortesia da enfermeira de plantão, podia receber a família.

– Vim levar o Shehzad – Amo disse –, mas acho que agora podemos todos entrar.

– Não acho que seja uma boa ideia, mana.

– Como assim?

– Pensa um pouco. O velho teve um enfarte. Ele não precisa me ver. E se ele tipo ficar bolado ou algo assim? – Concordei. Entrar em bando, a Pato de carona, não parecia particularmente prudente naquele momento. – Chuck, cara. Que tal uma checada?

– Claro, *yaar.*

Esfregando um jato de sabonete líquido nas palmas da minha mão à guisa de preparação, segui diligentemente Amo, passando pela sala de exames onde tínhamos almoçado mais cedo e por um corredor largo patrulhado por enfermeiras se arrastando, até um quarto dividido em quatro quadrantes por cortinas de vinil que iam do chão ao teto. Era úmido lá dentro e o cheiro era de pés sujos e Vick Vaporub e algo como mercurocromo. Dois dos quatro leitos estavam ocupados, e eu pude discernir pela silhueta de bruços do paciente à minha esquerda que ele era alto, ossudo e não tinha amigos. Me peguei murmurando uma oração por ele. É tudo o que dá para fazer.

Amo abriu a cortina à direita, e ali jazia o Velho Khan, feito Cristo na cruz, ligado a tubos, soros e máquinas pulsantes. Um tubo pendia do seu lábio inferior de forma que sua boca aberta e desdentada se entortava para um lado, enquanto sua dentadura boiava num copo meio cheio de água efervescente na mesa enfiada entre a cama e a parede. Embora seus olhos estivessem inchados e quase totalmente fechados, dava para ver um horizonte branco por baixo de cada pálpebra. Feito um búfalo ferido no Serengueti, ele respirava pesado, apenas difusamente consciente dos abutres revoando acima.

Quando sentei na cadeira ao seu lado, onde Amo deve ter passado a noite, semiacordada e encurvada, o Velho Khan se mexeu: erguendo em alguns graus seu queixo com a barba por fazer, gesto que parecia ser mais um reflexo do que um reconhecimento da nossa presença, ele estendeu os dedos meio fechados da sua mão direita como se relutantemente exibindo a palma calejada para uma quiromante. Pegando sua mão na minha, pronunciei meu *salam*, e, quando ele não respondeu imediatamente, repeti a saudação numa voz mais alta. Em resposta, o Velho Khan emitiu algo entre um grunhido e um gemido, fazendo uma das máquinas apitar feito a trilha sonora metronômica de um filme de terror.

– O que houve, *Baba*? – gritou Amo. – O que você quer?

O Velho Khan tentou articular o pensamento novamente, e novamente o pensamento saiu aleijado, mas, quando tirei o tubo da sua boca, ele arfou:

– *Beta*.

No começo achei que ele tinha me confundido com Jimbo, mas mesmo naquelas condições não era algo plausível. Apertando seus dedos num punho, ele gritou:

– Meu filho... levaram meu filho...

E de repente tudo fez um sentido angustiante: não foram o chá ou as notícias que causaram o enfarte, mas o telefonema. Às sete da manhã do dia anterior, o Velho Khan fora informado de que seu filho tinha sido preso. Enquanto a máquina continuava a apitar como uma contagem regressiva eletrônica, disse a Amo que chamasse o médico.

– Mas Jamshed *Lala* está aqui...

– Vai *logo*.

Enquanto Amo se esgueirava para fora de má vontade, me inclinei sobre o Velho Khan e disse:

– Khan *Sahab*! Jamshed está bem. Seu filho está ótimo... falei com ele... e ele está vindo para cá nesse exato momento. – Era a verdade, ou algo bem próximo da verdade, embora eu não tivesse certeza se o Velho Khan tinha ou não ouvido ou entendido. O esforço o deixara exausto. Fechando seus olhos azuis brilhantes, retornou ao seu estupor.

Era inquietante ver aquele homem velho e grandalhão reduzido a um estado animal, semiconsciente e seminu: a camisola verde com bolinhas do hospital tinha se desfeito nas costas, e o lençol azul-bebê que estava envolvendo seu corpo da cintura para baixo subira até seus joelhos para revelar pés cheios de calos e surpreendentemente pequenos. Eu não pude deixar de me maravilhar com aqueles pés que o carregaram do rochoso interior pachto à cidade portuária de Jersey City, da juventude à maturidade, de rufião a homem de família. Era muito cedo para a jornada terminar.

Prendendo a borda do lençol sob seus calcanhares, ergui as mãos, baixei a cabeça e balbuciei uma oração que começava:

– *Allah Mian*, por favor, ajude Khan *Sahab* a se reerguer. A família precisa dele. – Aproveitei para acrescentar: – O senhor levou meu pai cedo demais. Não leve Khan *Sahab* ainda. – Antes que pudesse completar meu lamento, Deus enviou um médico. Uma senhora ruiva com um sinal atraente na dobra da boca invadiu a sala com um estetoscópio, perguntando se eu me importava *de esperar lá fora*.

Encontrei Amo balançando contra a parede no corredor, estudando o teto como uma astrônoma amadora ligando pontinhos cósmicos numa noite nublada. Quando ela me viu, começou a falar:

– Achava que a dieta do *Baba* era pobre em flavonoides, ou que ele não estava cuidando do HDL, sabe, variáveis que a gente pode controlar, mas não era só isso. Só de pensar que *Baba* podia estar em casa, cuidando do jardim, ou pegando sol, ele gosta de fazer isso depois do café da manhã, ou cozinhando uma baita refeição, se... se... estatisticamente, isso simplesmente não faz sentido nenhum. A gente pode fazer uma análise das diferentes variáveis, mas a correlação entre eventos aleatórios sempre vai ser meio que insignificante...

Embora eu não entendesse muito de ciências atuariais, sabia onde Amo estava querendo chegar, mas antes que eu pudesse encaixar um comentário, a médica surgiu.

– Pessoas diferentes respondem de forma diferente à anestesia. Seu pai não respondeu muito bem. Sugiro que vocês esperem – que horas são agora? – pelo menos duas horas antes de irem vê-lo. – Deslizando as mãos para dentro dos bolsos do seu jaleco, ela disse retoricamente: – Ok? – enquanto se virava para partir.

– Na verdade – comecei –, preciso falar com a senhora, doutora. – Parando, ela deu uma olhada no seu relógio de bolso, depois pronunciou um evasivo *hum-hum*. – Tem alguns pontos que talvez seja interessante levar em conta. Sabe, tenho quase certeza de que o enfarte do sr. Khan foi provocado pela notícia de que o filho dele tinha sido preso, só que agora ele está livre, mas o sr. Khan não sabe...

– Espera um minuto. *Você não é o filho?* – Balancei a cabeça. – Onde *está* o filho? – Quando respondi que ele estava na sala de espera, ela apertou a cartilagem do nariz, declarando: – Só a presença da família é permitida aqui. – Me ofereci para levá-la ao membro correto da família. Enquanto ela nos seguia à sala de espera, a médica perguntou, meio brincando: – Ele não é um assassino psicopata, certo?

– Não – soltou Amo, exasperada. – Ele foi preso por, hum, terrorismo!

Congelando no meio do caminho, a médica disse:

– Como é?

– Foi um engano – intervim, fazendo uma cara feia para Amo. – Por isso ele foi solto.

– Então ele *não* é um terrorista?

– A senhora pode julgar por si mesma.

Levamos um tempo para achar o filho pródigo. A sala de espera estava lotada feito feira de manhã. Clãs inteiros estavam instalados nas ou ao redor das cadeiras laranja. Três gerações de uma família de linhagem cambojana congregavam junto às paredes num canto distante como se tivessem reivindicado aquela porção de terra para si. Uma diminuta avó grega batia no próprio peito enquanto seus filhos robustos discutiam roucamente entre si, e uma ninhada de quatro adoravelmente bem-comportadas e bem-vestidas crianças negras estava sentada em fila de acordo com a idade ou a altura ao lado de uma senhora com um chapéu ornado de lantejoulas douradas. Felizmente, o homem do mullet não tinha voltado, mas o casal de idosos porto-riquenhos permanecia em sua vigília solene.

Havia um casal apaixonado no meio de todos, indiferente à atividade ao seu redor: o homem, um bloco de carne com *dreadlocks*, estava atrás da sua parceira, massageando seus ombros como se tocasse um piano de cauda. Amo os indicou com o dedo. A médica hesitou enquanto andávamos até eles.

– Sr. Khan? – ela perguntou.

Soltando a Pato, Jimbo perguntou:

– Como o meu pai está, doutora?

A médica diligentemente repetiu o prognóstico, reiterando que ele devia esperar duas horas antes de visitar o pai.

– Mas você *precisa* ver o seu pai.

Jimbo considerou o pedido antes de responder.

– Nosso relacionamento é meio esquisito – Jimbo disse. – A senhora não acha que ele pode ter um troço?

– Você vai deixá-lo *muito feliz* – ela respondeu, sorrindo severamente antes de se virar para ir embora.

– Meu velho é dureza, hein, doutora?

– Ele é um sobrevivente.

Nós quatro ficamos em pé porque só tínhamos uma cadeira. Então Jimbo e eu conseguimos arranjar outra, e a Pato e Amo experimentaram se instalar uma ao lado da outra feito crianças instadas a conversar. Tínhamos uma hora e quarenta e dois minutos para matar antes da Grande Reconciliação dos Khan. Nesse ínterim, decidi ir de novo arranjar um lanche.

O estômago de Jimbo passara a manhã toda roncando feito um trovão. Eu tinha pena dele: ele passara dias na famosa dieta de carboidratos do Centro Metropolitano de Detenção. Antes de sairmos, pegamos os pedidos das damas – outro ovo mexido com croissant e um copo de minestrone para Amo, uma maçã verde e uma garrafinha de água mineral para a Pato – e mencionei o Frango Frito Kung Pao e Fritas com Queijo para Jimbo.

– Parece ótimo, cara – ele disse, ninando sua barriga feito um hipopótamo de estimação deixado com vizinhos negligentes durante o fim de semana.

– Melhor que o grude da prisão.

– Só.

– Ei – comecei enquanto andávamos pela tarde –, o que aconteceu por lá?

– Cara, eu tô aqui. Não quero voltar pro buraco. Entende o que eu quero dizer?

– Tudo bem, mas me diz pelo menos como você saiu.

– O Papai Ganso, cara – ele respondeu, se equilibrando na ponta dos pés. – O Papai Ganso fez o trabalho dele.

Eu devia ter adivinhado. Eu o vira uma vez porque aconteceu de eu estar na casa da Pato depois de uma noite insana de farra para recuperar minha carteira (a qual, após uma busca cuidadosa, ela escavou com o auxílio de uma vassoura). Adentrando o recinto com sua aquisição mais recente sob o braço – talvez fosse um Whistler pouco conhecido –, o pai da Pato (que Jimbo batizou de Papai Ganso) me analisou com olhos de absinto e curiosidade acadêmica. Embora ninguém soubesse realmente o que fazia da vida – ouvia-se por aí sobre sua associação com captação de recursos, filantropia –, ele tinha o jeito daquela rara estirpe de homem conhecida como o cavalheiro aventureiro: vestia um impermeável transpassado e na cabeça um chapéu de feltro que foi removido para revelar uma densa cabeleira branca.

"Você deve ser paquistanês", ele dissera à guisa de apresentação. "Já estive no vale dos kaalash. Lugar notável, povo notável. Descendentes dos exércitos de Alexandre. O Paquistão é fascinante, fascinante. Tenho muitas histórias para contar. Já caminhei até o sopé do K2, que, Dora, é o segundo pico de montanha mais alto do mundo. Já negociei vodca com os guardas da fronteira chinesa no desfiladeiro Khunjerab, joguei polo com o mir de Nagar... Você sabia que Bob passa as férias lá? – Não sabia se ele se referia a Bob Hope ou Bob DeNiro, e embora impressionado com seu conhecimento da minha terra natal, fiquei com a impressão de que se eu fosse um membro da tribo masai em traje completo de guerreiro ele relataria a história do meu povo para mim.

Mais tarde, me contaram que Papai Ganso tinha me achado um bom rapaz, mas, confundindo-me com o namorado, acrescentara que eu parecia "meio delicado" para sua filha. Quando enfim esbarrou com Jimbo uma noite no Oak Bar, dizem que achou que ele era "não de todo palerma", inadequadamente exótico e definitivamente não o tipo da sua filha. E quando a Pato tentou incluí-lo no Esforço de Libertação de Jimbo, ele não acedeu imediatamente. "Quem sabe o mal que se esconde no coração dos homens?", teria perguntado. Como não era do tipo que aceita um não como resposta, Dora ligou para seu padrinho, o colega de quarto de Papai Ganso na faculdade, que, para a sorte de Jimbo, era o atual governador do estado. Foi só questão de tempo até o caso de Jimbo receber o devido escrutínio.

Embora eu desejasse investigar a questão mais profundamente, Jimbo tinha começado a falar sozinho no caminho de volta:

– Elas nunca se perdiam e eram focadas pra cacete, foco total, cara, empurrando a sujeira como se ninguém estivesse ali, carregando comida naquelas cabeças de alfinete delas, tipo folhas e restos de *biryani* da véspera. – Levei um tempo para entender o que ele estava dizendo. – As observava no jardim toda manhã, soldadescas, hop-hop-hop-hop. Aquilo me acordava. E o Velho Khan dizia: "Olha só essas formigas, *beta*. Olha só essas formigas."

– Jimbo, *yaar*, te falei uma vez, vou te falar de novo: o Velho Khan vai ficar feliz pra cacete de te ver.

O Kung Pao ainda estava quente e pegajoso quando retornamos, e, dispensando as formalidades, Jimbo enfiou sua parte goela abaixo em pé. Depois da famosa dieta de carboidratos do Centro Metropolitano de Detenção, devia ter sido a primeira refeição de verdade que ele comia em dias. Amo e a Pato, por outro lado, almoçaram como se estivessem num piquenique, cruzando as pernas e abrindo guardanapos de papel no colo. Eu podia ouvi-las cochichando uma com a outra sobre a refeição, mas Jimbo parecia sem preocupações e sem arrependimentos, satisfeito consigo mesmo e com a novidade daquele prato. Em seguida foi para perto de um armário de vassouras e então desapareceu. Retornou não mais do que dez minutos depois portando um buquê de dar pena com dentes-de-leão escolhidos a dedo. Estava na hora.

Deixando a Pato para trás, nos dirigimos ao quarto. Quando entramos, as máquinas apitavam, o ar-condicionado zumbia, o paciente ao lado chiava e o Velho Khan nos encarava com olhos vazios como se fôssemos um trio de órfãos cambojanos abandonados. Então, erguendo os braços, trovejou:

– Por que vocês estão todos parados aí desse jeito?

Amo pulou para abraçá-lo, enquanto Jimbo e eu permanecíamos aos seus pés porque não havia como os dois passarem pelo espaço entre a cama e a parede sem derrubar Amo, o soro, a mesa de café e o vaso vazio na mesa de café. Enquanto isso, espremi do mecanismo na parede uma massa transparente de sabonete líquido hospitalar. Jimbo imitou meus gestos, esfregando suas palmas carnudas uma contra a outra como se rezasse.

Quando chamado, o filho pródigo cambaleou na direção do pai, apresentando os dentes-de-leão feito uma criança arrependida. O Velho Khan puxou Jimbo para o seu peito e chorou. Eu nunca tinha visto nada parecido.

– Achei que tinha te perdido, *beta* – disse o Velho Khan.

– Achei que ia te perder, *Baba* – Jimbo disse.

– Me conta o que aconteceu. Me conta tudo, *beta*.

Instalando-se no perímetro da cama, Jimbo e eu nos alternamos no relato da rocambolesca história do nosso encarceramento, pausando intermitentemente para esclarecer fatos (*Peraí, o guaxinim era o AC?*), opiniões (*Você acha que eles já tinham decidido que iam prender alguém naquela noite?*) ou questionar o ímpeto da inevitabilidade: e se AC tivesse cooperado com o FBI feito um ser humano sensato ou Jimbo não tivesse descido do alto das escadas feito a Brigada Ligeira? E se tivéssemos ido embora mais cedo? E se nem tivéssemos saído da cidade? E embora ninguém tenha dito nada, estou certo de que a seguinte pergunta estava na mente de todos nós: e se o 11 de setembro nunca tivesse acontecido?

De acordo com AC, a pesquisa histórica séria considera incorretamente que a questão do *e se* pertence ao território de Philip K. Dick ou de títulos de quadrinhos como *E se o Incrível Hulk tivesse o cérebro de Bruce Banner?*. Embora historiadores não achem que seja trabalho deles apontar probabilidades em eventos históricos, AC pensava que eles deveriam. "Olha, colega", ele desenvolveu uma vez, "não é como se qualquer coisa pudesse acontecer a qualquer momento. Você tem que considerar as *condições de possibilidade*. Quando um ala-pivô ataca a bandeja adversária, por exemplo, a probabilidade de marcar uma cesta aumenta. Se você tem um pivô no garrafão, as chances aumentam ainda mais, e se estamos em, digamos, 1993, nas finais da Conferência Leste, faltando vinte segundos para tentar a cesta, Charles Smith no rebote, o som da bola batendo no aro tem, ah, ressonância histórica."

A questão que pairava na minha mente era de interesse mais particular: e se AC estivesse presente, apoiado na cama entre nós com suas botas de caubói e casaco de veludo, cofiando seu bigode de desocupado? A essa altura ele já teria fumado um charutão no banheiro masculino, comido uma enfermeira, se livrado do Homem do Mullet e compartilhado o conteúdo turvo e potente do seu cantil de bolso com o homem solitário do leito vizinho. E mais, teria conseguido um quarto particular para o Velho Khan, a cobertura ou a suíte presidencial, e o enchido de lírios-tigre, tulipas e gardênias porque esse era o jeito dele – encantador e travesso, atencioso e perturbado, um homem de qualidades incongruentes e incomensuráveis.

– Então, espera aí – Amo estava dizendo –, se Ali ainda está lá, como é que vocês saíram? – Contei para ela que devia minha liberdade a um cara robusto e simpático que fora ao mesmo tempo meu interrogador e benfeitor. – E você, Jamshed *Lala*?

Todos os olhos se voltaram para Jimbo, que pigarreou, verificou o canto dos olhos em busca de remelas e então balbuciou algo sobre uma velha amiga que limpou a barra dele. Era o tipo de resposta que você poderia dar quando interrogado sobre os biscoitos que sumiram do pote.

– Que amiga? – perguntou Amo.

Tentando indicar a Amo que esse tipo de pergunta não era saudável, cortei discretamente minha garganta com um golpe de caratê, o sinal universal de *deixa pra lá*, mas o ângulo não permitia que ela me visse e ela perdeu o gesto.

– Que amiga, Jamshed *Lala*? – ela insistiu.

Jamshed *Lala* não respondeu de imediato, provavelmente por estar considerando as poucas opções que tinha. Ele podia ter mentido. Eu teria mentido. A verdade era cansativa pra cacete. Uma mentira talvez facilitasse a vida de todos nós. Talvez pudéssemos ter continuado amavelmente nossas vidas sem medo nem arrependimento. Em vez disso, ele disse:

– Dora, querida.

– Como ela fez isso?

– O pai tem amigos no governo...

De repente, o Velho Khan grunhiu:

– Dora? Quem é essa Dora?

Amo e eu trocamos olhares em pânico. Olhei para o monitor cardíaco.

– Minha amiga, Dora – disse Jimbo.

O Velho Khan se sentou e franziu as sobrancelhas como se tivesse acabado de inalar os fétidos vapores de mercurocromo.

– Sua *amiga* Dora? A mesma garota! Onde ela está?

– Na sala de espera.

– Sala de espera? – repetiu o Velho Khan. – *Aqui?* – Jimbo fez que sim. – O que ela está fazendo aqui?

– Ela tá aqui porque a gente tá aqui.

– Quero conhecer essa *amiga*. Vá chamá-la. Traga-a aqui!

Imediatamente me oferecendo para trazê-la, saí correndo do quarto e pelo corredor, inalando e exalando metodicamente feito um maratonista se poupando para a interminável última etapa. Quando eu estava chegando à sala de espera, porém, ouvi alguém me chamando. Primeiro pensei que fosse um membro da equipe do hospital me admoestando por não respeitar as regras de visitação do hospital, mas era Amo.

Batendo as solas de borracha dos seus Pumas contra o linóleo, ela ofegou:

– Oiê.

Havia um rubor na sua face que lembrava a bolinha de ruge numa boneca. Ela parecia diferente, como outra pessoa, provavelmente porque o lenço tinha escorregado da sua cabeça. Foi só naquele momento que passei a entender por que alguns interpretavam a injunção corânica a respeito de ornamentos como incluindo o cabelo e a cabeça.

– Oi – respondi sem fôlego.

– Eles precisavam ficar sozinhos.

– Ah... certo... – gaguejei. Amo sorriu como se eu tivesse dito algo engraçado; sorri de volta; e então passou-se um momento durante o qual não dissemos nada, mas mantivemos contato visual, como se fascinados pela luz fluorescente refletida nas nossas pupilas. Talvez não fosse nada ou talvez fosse o tipo de momento que tinha se passado entre Begum e o Velho Khan uma noite decisiva muitos anos atrás num hospital em Karachi. Ele talvez a tenha abraçado. Ela talvez tenha permitido que fosse abraçada. Amo deu um passo para a frente.

– Eu estou... estou feliz que você esteja aqui, Shehzad – ela disse.

– Sabe, toda vez que você vai embora – para, tipo, comprar o almoço ou seja lá onde você foi ontem – eu sinto como se não fosse te ver nunca mais.

Estávamos perto o bastante para um beijo. Podíamos, devíamos, mas o destino interveio na figura da Pato. Eu a tinha visto com o canto dos meus olhos, andando de um lado para o outro feito Agar entre os montes.

– Oi, pessoal – ela disse. – O que está havendo?

Lembrando de minha missão urgente, informei:

– Khan *Sahab* te convocou.

– Agora?

– Agora – confirmei.

A Pato engoliu em seco. Depois coçou a ponta do nariz, passou a língua nos lábios. Desde que eu a conhecera, a Pato nunca tinha perdido sua tranquilidade decididamente régia. No Christ Hospital, porém, ela parecia prestes a isso. Puxando-a de lado, eu disse:

– Cê tá bem? – A Pato fez que não com a cabeça. – Ok, escuta. Você vai fazer o seguinte. Quando você entrar, ergue a mão, de preferência sua mão direita, até a cabeça, inclina de leve e diz *salam*.

– Repete – ela disse sussurrando a saudação.

– *Salam*, feito *sholom*, mas mais brusco – eu disse, mas depois acrescentei: – ou feito *salame*, sem o *e*.

– Salame. *Salam*. Saquei.

Então nós três caminhamos de volta feito turistas no museu de Jersey City, parando do lado de fora do quarto para trocar suspiros e sorrisos irrequietos (e a Pato enrolou seu cabelo louro-sujo num coque certinho, o qual ela em seguida prendeu com um pauzinho japonês não usado). Quando entramos, Jimbo a pegou pela mão feito um verdadeiro cavalheiro e a apresentou ao pai como sua noiva.

– *Baba Jan* – ele disse. – Gostaria de apresentar a Dora ao senhor.

O Velho Khan escrutinou a Pato com olhos azuis brilhantes. Todos o fizemos. Pensei ter visto a Pato fazendo "salame" com a boca.

Seria o fim. Erguendo a mão à cabeça feito uma nativa, porém, ela conseguiu soltar *salam*, acrescentando:

– É uma honra conhecê-lo, sr. Khan.

O gesto teve um efeito salutar sobre o Velho Khan, pois as linhas que desfiguravam sua testa de lixa desapareceram, e ele a convidou a se sentar com uma das mãos aberta.

– Venha – ele disse, dando tapinhas na cama. – Sente-se. – A Pato obedeceu. – Estou muito grato a você pelo que fez pelo meu filho.

– Não precisa me agradecer, sr. Khan...

– Seus olhos me dizem que você é uma pessoa boa. Isso é o que importa. Não importa se uma pessoa é oriental ou ocidental, negra ou branca, de Nova York ou Nova Jersey. Minha experiência me ensinou que todo ser humano precisa das mesmas coisas: comida, água, teto, amor. Você concorda comigo, Dora *beti*?

– Sim, sr. Khan... Sabe, meu pai certamente concordaria com o senhor. – Parando para pensar sobre o que diria a seguir, ela acrescentou: – Quando estiver melhor, gostaria que o senhor o conhecesse.

Enquanto o Velho Khan refletia sobre a resposta, imaginei o épico *tête-à-tête*: pachto e anglo-saxão, muçulmano e anglicano, imigrante e filho da terra, papeando num fórum mutuamente conveniente, talvez uma silenciosa cabine no canto do Oak Room. Seria a primeira vez em quase uma década que o Velho Khan atravessaria o Hudson e provavelmente a primeira vez que jantaria num estabelecimento cotado no Zagat. A situação exigiria grandes feitos diplomáticos. O Velho Khan provaria o peixe-espada refogado com cuscuz porque só comia *halal*, e Papai Ganso talvez dispensasse respeitosamente seu *Glenfiddich* noturno. Então eles discutiriam juntos o relacionamento da sua progênie, no fundo sabendo que o futuro era um *fait accompli*.

Colocando sua mão no topo da cabeça da Pato, o Velho Khan virou para Jimbo.

– Jamshed *beta* – ele disse –, é hora do chá. Precisamos oferecer à nossa convidada uma xícara de chá. E biscoitos. Precisamos achar biscoitos!

Em qualquer outro momento, eu teria me oferecido para uma caça a biscoitos, mas àquela altura não podia ficar para aproveitar a famosa hospitalidade pachto. Lembrei que estava correndo contra o tempo. Em setenta e duas horas, minha vida tal como eu a conhecia chegaria sem cerimônia ao sem-fim. Era hora de partir.

Depois de pedir ao Velho Khan permissão para partir, relutantemente concedida, ofereci uma rodada de tchaus e reverências a distância. A Pato beijou o ar. Amo franziu as sobrancelhas. Jimbo se ofereceu para me acompanhar até a saída.

– Rezarei por você, Khan *Sahab* – eu disse antes de sair.

– Estou vivo por causa das suas orações, Shehzad *beta*. – E, como sempre, ele disse: – Não deixe de transmitir meu *salam* à sua mãe.

Enquanto cortávamos em meio às hordas que aguardavam na sala de espera até chegarmos à recepção, percebi que tinha perdido meu medo de hospitais. As coisas às vezes davam certo. Antes de nos separarmos, perguntei a Jimbo se ele tinha onde ficar.

– Você sabe que é sempre bem-vindo lá em casa, *yaar*.

Socando-me sentimentalmente, Jimbo disse:

– Você é um cara legal, Charlie Brown. Obrigado por tomar conta da minha família e tal e coisa. – Quando eu disse que ele não precisava me agradecer, Jimbo me socou de novo e disse: – Você é realmente um civilizado.

– O que vai acontecer com o nosso amigo, *yaar*?

– O tal do governador está trabalhando nisso, cara.

– O quê? Por que você não me contou antes?

– Cruze os dedos – ele disse, demonstrando –, e os polegares, assim.

– Bom – suspirei –, pelo menos *ele* vai ficar bem.

– O que houve, cara?

– Eu estou bem. Estou legal. É só que lá eles me falaram que tenho que sair do país.

– Que papo é esse?

– Meu visto. Expira em três dias. – Jimbo deu um tapa forte na testa. – Tudo depende de eu conseguir esse emprego...

Me agarrando pela lapela com incomum alacridade, Jimbo disse: – Faça o que for preciso! – Então, abrindo o zíper do seu agasalho, mostrou vergões rosa nos seus ombros arredondados. Era uma exibição surpreendente. Traçando o contorno túmido de uma chibatada até o alto da omoplata, me veio a ideia de que se tinham espancado o Jimbo, deviam ter quase matado AC. Ele não era fácil. – Sobrevive, cara. Que nem meu velho. Nós somos sobreviventes.

Era um belo sentimento, só que sobrevivência é uma exigência material. Comida e teto dependem de liquidez, mas meu dinheiro estava preso num bilhete de loteria e num terno de dois mil dólares. Penhorar este último liberaria o fluxo de caixa minimamente necessário para a subsistência, mas já havia dobras correndo ao longo do paletó, que teria que ser passado com gestos suaves e estudados. E eu não tinha nem ferro nem tábua de passar. Teria sido ótimo devolver o Fantástico Terno dos Sonhos e depois passar o fim da tarde entre as multidões da Quinta Avenida, olhando as vitrines, experimentando colônias na Bergdorf, avaliando relógios Rolex incrustados de falsos diamantes oferecidos por camelôs do oeste da África, dando voltas pela FAO Schwartz feito um homem que se recusa a crescer. Em vez disso, me vi pisando as ruas manchadas de *paan* de Jackson Heights, vestido para uma *soirée* num country club texano, as chaves de Abdul Karim sacudindo no meu bolso. Tinha alguns negócios para resolver e um plano incompleto, embora não inteiramente insensato.

15.

O ar estava frio e enfumaçado feito novembro em Karachi, e, como de costume, cheirando a *biryani* de carneiro. O aroma atingia a altura do trem e se espalhava pela Roosevelt Avenue. O bairro de Little Pakistan estava incomumente tranquilo, como se os nativos, preparando-se para um furacão, tivessem saído da cidade de repente. Metade das lojas parecia fechada, e as calçadas tinham sido praticamente abandonadas pelas patrulhas de tias, pelos vagabundos amontoados nas esquinas vendendo cartões telefônicos, os garçons bengaleses de olhos escuros chupando *beedis* durante pausas para ir ao banheiro. A não ser por um par de Lincoln Continentais – um deles desafiadoramente ribombando *dil bolay boom, boom* –, a rua principal também estava praticamente deserta, feito uma pista de aterrisagem obscura.

Mais tarde eu descobriria que nas varreduras que se seguiram ao 11 de setembro muitos tinham atravessado a fronteira, para o Canadá ou o México, com pouco mais do que a roupa do corpo. Muitos voltariam às casas de onde tinham partido décadas atrás, para não voltar nunca mais. Havia, porém, alguma atividade na 37th Avenue: o caído Palace – um cinema pornô que tinha renascido como o palco de Bollywood na vizinhança – continuava funcionando para a primeira sessão, um remake musical "de arrepiar os cabelos" de *Ghost*. E a loja de bebidas dos siques onde acontecia de nos reunirmos em busca de petiscos variados e aperitivos estava aberta para negócios, bem como o Kabab King, logo ao lado.

Houve um tempo em que fazíamos uma peregrinação quinzenal ao lendário Kabab King para cafés da manhã tardios ou jantares cedo, arrastando conosco moradores de Manhattan que incluíam, em algumas ocasiões, Ari, Lawrence, *née* Larry, a Pato e sua tribo urbana. Estávamos famintos quando chegávamos, às vezes ainda de ressaca da noite anterior, e, embora acontecesse de os não iniciados se sentirem como os proverbiais estranhos numa terra estranha, eram recebidos pelo dono bigodudo feito parentes perdidos da terrinha e mereciam tratamento VIP: as cortinas desfiadas com estampa floral da área dos fundos reservada para famílias eram abertas, cadeiras adicionais eram arranjadas e desempoeiradas, as superfícies das untuosas mesas de vidro eram liberadas, limpas. A salada chegava, o refrigerante era servido. Então vinha o banquete de carne: *bihari kabab, seekh kabab, tikka* de frango, *boti* de frango.

De acordo com um crítico gastronômico do *New York Times*, cuja manchada crítica xerocada podia ser vista presa entre a mesa e o vidro, "O *kabab* raramente recebe o respeito devido. Desprezado por ser simples, desdenhado por ser primitivo, o *kabab* crepita pela vida sem ser reconhecido, como carros e ônibus que roncam no pano de fundo sonoro da cidade". Eu tinha lido tantas vezes que por um tempo era capaz de recitar tudo a qualquer hora como versinhos memorizados na infância, e o que me irritava não era tanto a analogia mal concebida, mas a caracterização esdrúxula e vagamente orientalista do *kabab*: "O *kabab*... é simples e primitivo – tão velho quanto o dia em que o primeiro hominídeo ancestral enfiou um pedaço de pau num pedaço de carne e o pôs sobre o fogo."

Não havia dúvida entre nós de que o artigo tinha sido escrito por um homem branco, não um erudito Jeffrey Steingarten ou um urbano Tony Bourdain, mas o Sam Huntington da crítica culinária. No fim das contas, o filé é considerado primitivo na maior parte do mundo, e supõe-se que ele fosse cortado por neandertais das ancas de búfalos errantes e jogado sem cerimônia sobre o fogo. Embora Sam tenha remonto o *kabab* à Era Paleolítica, seu preparo é um exercício evoluído que inclui parboilizar a carne, moê-la, mariná-la, temperá-la e finalmente grelhá-la no carvão. O crítico, porém, conseguiu captar o ambiente local:

Até $ 25

KABABS SUCULENTOS ESCONDIDOS NUM REFÚGIO DE TAXISTAS NO QUEENS

Talvez seja apropriado, então, que um lugar que celebra o humilde *kabab* seja ele mesmo tão humilde e ordinário quanto o Kabab King Diner, um restaurante paquistanês iluminado e atulhado que ocupa um dos cinco pontos da intercessão entre a 37th Road, a 73rd Street e a Roosevelt Avenue em Jackson Heights, no Queens. Parece um refúgio de taxistas, com um grande balcão térmico e mesas comunais com jarras de água, onde os clientes comem com talheres de plástico em pratos de isopor. Mas por trás do balcão onde molhos com curry e ensopados ficam aquecendo, e de um corredor onde cozinheiros passam de um lado para o outro anotando pedidos, dezenas de espetos pendem de uma prateleira, esperando para serem colocados num dos fornos *tandoor*. E destes fornos emergem *kababs* tão molhados e suculentos quanto é possível imaginar, cobertos por uma espessa marinada de iogurte, com diversas ervas e muito temperados. Esses *kababs* não se diluem no vozerio seco de fundo. Eles exigem atenção pelo choque que provocam.

Ficávamos mais cheios do que chocados depois, olhando apaticamente um para o outro, para os taxistas e suas famílias nas mesas adjacentes e para os pratos de isopor destruídos diante de nós. Alguém inevitavelmente perguntava pelo cardápio de sobremesas antes de ouvir que pedir uma sobremesa num restaurante de *kabab* não era aconselhável. Outro alguém perguntava sobre o banheiro e era pronta e vigorosamente desencorajado. Então pagávamos no balcão antes de trocar apertos de mãos, e retornávamos por onde tínhamos vindo.

* * *

Teria sido maravilhoso revisitar o velho refúgio, mas eu não tinha viajado até Jackson Heights pelo conhecido *kabab*, *shabab* ou *sharab*. Tais tempos de antes da queda estavam muito, muito distantes. Contornando o Kabab King, virei a esquina e percorri três quartos do quarteirão até os sombrios prédios de tijolos sem elevador no lado direito da rua. Tinha decidido abrir o jogo com Abdul Karim.

Quando toquei a campainha sob a enferrujada caixa de correio folheada a cobre, que às vezes ficava destrancada para a troca semanal das chaves do carro, Abdul Karim abriu a porta, enrolado, como de costume, no seu robe azul-real. Ao fundo eu podia ouvir os guinchos e assovios vindos da TV, barulhos que denunciavam desenhos animados, e por um momento imaginei que tudo estava bem, como antes; mas então percebi que Abdul Karim raspara o bigode – sua orelha ainda estava com um resto seco de creme de barbear – e seus olhos estavam vermelhos e cheios de veias, como se ele estivesse com uma conjuntivite das brabas.

– Se atreve! – ele gritou, me acertando com o dedo como se pretendesse perfurar meu esterno. – Se atreve a dar as caras? Você sabe quanto sofrimento está causando?

Encarando-o sem expressão, me desculpei copiosamente – "Desculpe, desculpe, desculpe" –; por quê, eu não tinha certeza. Não precisei adivinhar.

– O FBI veio na minha casa. Eles acordam minha filha de seis anos, nos tratam criminosamente. Eles perguntam: "Qual é sua relação com o jovem Shehzad? Você está sabendo que ele é terrorista?"

Sem palavras, baixei a cabeça. Eu tinha vontade de explodir em lágrimas.

– Eu estava confiando em você – Abdul Karim estava dizendo. – Eu estava acolhendo você, dando trabalho, mas você me traiu! Você nos traiu. Você é o traidor. – Fazendo que sim para mim mesmo, concordei com as acusações. Era minha culpa. Eu não devia ter arrastado a família Karim para os mares tempestuosos da minha vida. – Somos pessoas decentes. Não queremos tipos que nem você. Vai fazer *jihad* em outro lugar!

– Desculpe – tartamudeei –, desculpe, desculpe. – E teria continuado a jorrar desculpas e mais desculpas vazias, mas fui interrompido por uma voz ressoando do interior:

– *Aray bhai, kaun hai?*

Era a sra. Abdul Karim. Uma senhora parruda, definida em parte por uma formidável trança oleosa caindo até a cintura, ela era ao mesmo tempo uma dona de casa eficiente e uma esposa exigente, determinada a acompanhar os avanços das famílias americanas – ou, no caso, latino-americanas – da redondeza. Eu tinha me encontrado com ela na primeira vez que peguei as chaves e, embora ela tivesse sido cordial e me servido uma xícara de *chai* de Kashmir, fiquei com a impressão de que não tinha ido muito com a minha cara, talvez porque, feito seu marido, eu tivesse descido na vida.

– Vai agora – mandou Abdul Karim, me acertando de novo. Enquanto eu tropeçava escada abaixo, ele disse: – Tá vendo, você tá deixando a minha esposa nervosa. Vai, vai, vai.

– Desculpe – eu disse, repetindo a palavra feito um mantra enquanto refazia meus passos até o Kabab King. Eu precisava de abrigo, de um tempo para organizar meus pensamentos. Entrando sorrateiramente como um suplicante, encontrei um lugar perto da janela e uma folha descartada e quebrada de *naan* para mastigar. Brinquei com um saleiro. Fiz chapéus de origami com guardanapos de papel. Reli a crítica do *New York Times*. E conversei com Abdul Karim na minha cabeça enquanto me esquivava de garçons com sorrisos amarelos e meias-verdades. Embora eu dissesse que pediria algo um pouco mais tarde – *Na verdade, estou esperando outra pessoa* –, não podia pagar nem as entradas do cardápio. Depois de um tempo, porém, pedi uma água, que foi despejada como um favor feito a contragosto no

copo de plástico de outra pessoa sobre a mesa. A equipe do restaurante estava cansada e irritadiça feito Abdul Karim, feito eu, feito todo
mundo. O dono não estava por ali. Talvez também ele tivesse fugido
e atravessado a fronteira. Talvez fosse a hora de eu fugir também.

Depois de passar quase uma hora deliberando com o saleiro, fui praticamente escoltado para fora pelos funcionários do restaurante, mas
em vez de voltar à cidade, como talvez fizesse um tempo atrás, decidi
voltar para a casa de Abdul Karim. Tinha que me defender, me explicar. Não podia simplesmente ir embora. Voltando à cena do desastre,
toquei resolutamente a campainha de novo, mas dessa vez a sra. Abdul
Karim abriu a porta. Ela ficou parada na entrada como se estivesse
protegendo sua casa e morada de um intruso decidido a roubar e pilhar.
Era a pose que mamãe fazia quando algum estranho batia à nossa
porta: um mendigo, um cozinheiro diarista, alguém pedindo dinheiro para a *madrassa* da vizinhança ou para pagar as dívidas do meu pai.
Mamãe ouvia cada visitante inesperado com as mãos nas cadeiras, mas
a última palavra era sempre sua. Nada passava por ela.

– Sai daqui! – a sra. Abdul Karim gritou de repente, sacudindo
uma colher de pau na minha cara. – *Duffa ho!*

De alguma forma consegui me manter firme, e, antes que ela pudesse me acertar com a colher e me mandar passear, supliquei em urdu
que ela me ouvisse:

– *Aik minute* – eu disse, erguendo um dedo trêmulo –, *muhjay
bus aik minute ki mohlat deejiay. Phir main aap ko kabhi tang nahin
karoon ga.* – A sra. Abdul Karim franziu o cenho como se já conhecesse aquela ladainha, como se eu estivesse repetindo feito um papa-
gaio as promessas que seu marido tinha feito sobre construir uma vida
melhor nos Estados Unidos da América. Juntando as mãos, repeti:
– *Aik minute, bus aik minute.*

– *Aik minute* – ela grunhiu, mãos nos quadris, colher na mão. – Só *aik minute*.

– Senhora, eu sinto muito, muito mesmo pelo que aconteceu. Sinto muito pela dor que causei à sua família. A culpa é toda minha. Me sinto envergonhado, horrível, culpado. Vou fazer o que for preciso para endireitar as coisas.

– Você não vai fazer nada – a sra. Abdul Karim disse. – Você vai embora.

– Ok, mas só quero que saiba que o seu marido não precisa se preocupar. Não sou um terrorista. Fui acusado injustamente, preso injustamente, passei dias na cadeia, mas eles perceberam que tinham cometido um erro, me libertaram... O táxi deve ter sido apreendido, mas eu estava com medo demais para fazer perguntas. Estou com medo até de ligar para a minha mãe. – Olhando para os meus pés, continuei: – Quer dizer, o que eu vou dizer para ela? "Tudo mudou, mãe, tudo mudou para pior."

A sra. Abdul Karim me observava com olhos de águia, processando minha lenga-lenga lamentável com aquela mesma fronte severa, mas então, para meu espanto de cair o queixo, proclamou de forma bastante abrupta:

– Farei uma xícara de chá.

Sondando a rua em busca de sinais, sombras, agentes do FBI, ela me conduziu para dentro com um rápido e seguro aceno da colher. Talvez sentisse pena de mim ou de alguma forma estivesse obrigada pela etiqueta; de qualquer jeito, me senti tocado e grato, e entrei antes que a oferta pudesse ser retirada, quase tropeçando no capacho. Abdul Karim tinha saído. Foi-me dito para sentar enquanto o *chai* era preparado. Obedeci.

Apertado e aconchegante, o dois-quartos-e-meio-com-banheiro sempre me lembrava nosso apartamento em Karachi, embora a estética da morada de Abdul Karim não combinasse com a sensibilidade da minha mãe. As cortinas, por exemplo, eram de um tom magenta e enfeitadas com borlas douradas. Havia uma peça de caligrafia emoldurada e pendurada na parede ao lado de uma pintura a óleo colorida que lembrava aquele famoso poema do Frost. Notavelmente ausente era o retrato colorido gigante de Altaf Bhai, o líder do violento, mas ferozmente secular partido político de Karachi. Ao longo dos poucos meses precedentes, eu tinha entendido que Abdul Karim era um homem do MQM que fugira da sua cidade amada e pedira asilo político no começo dos anos 1990, quando o poder instalado perseguia de forma flagrante os membros do partido. Ele não podia ter previsto na época que seria perseguido de novo.

Antes de me sentar, analisei a coleção de figuras de vidro soprado e bonecas de porcelana pintadas a mão exibidas num armário sólido de *sheesham*, a peça central do aposento: um anjo apropriadamente dedilhando uma harpa, um leopardo repousando sobre uma pedra, um casal macilento dançando uma dança de salão, um beija-flor em tamanho natural no meio de uma batida de asas e sugando o néctar de uma orquídea, uma criança descalça com um chapéu de feltro de guaxinim portando um mosquete sobre o ombro. Quase derrubei a estátua vagamente africana ao esbarrar meu ombro, a qual, após análise mais atenta, revelou ser uma réplica da famosa dançarina de Mohenjodaro.

Quando me sentei, descobri que o escabelo elevado aos meus pés se abria feito um livro para suportar as sandálias azul-real de Abdul Karim, um cachimbo, um saco de tabaco e um par de óculos de leitura. Me sentia feito Cachinhos Dourados, e, feito Cachinhos Dourados, olhei para dentro do menor dos aposentos, uma espécie de despensa que abrigava, entre outros itens, um cesto de roupa e uma tábua de passar. Devia haver, concluí, um ferro em algum lugar.

Enquanto manejava as posses íntimas de Abdul Karim, reparei que estava sendo observado por uma fofíssima criança de seis anos com olhos brilhantes e rabo de cavalo, ora balançando pelo braço do batente da porta, ora amassando seu vestidinho rosa de cotelê. Ela estava usando tênis de borracha combinando e o curioso sorrisinho de uma figura de porcelana pintada que tivesse ganhado vida.

– Olá, lindinha – eu disse, sinalizando para ela com uma das mãos aberta. – Qual é o seu nome?

Quando ela se recusou a divulgá-lo, contei-lhe o meu.

– Chuck. – Ela chocalhou de riso. – Que tipo de nome é Chuck?

– Bom... Acho que é americano.

– Você é americano?

– Hum, não... Sou paquistanês, na verdade.

– Por que cê tem um nome americano se é paquistanês?

Dei de ombros.

– Papai é paquistanês.

– E você?

– Sou paquistano-americana.

– E qual é o seu nome?

– Meu nome é Tanya.

– Tanya – repeti. O nome não apenas funcionava em ambos os lados do fosso civilizacional como possuía uma sonoridade prazerosa.

– Sabe – eu disse –, você tem um nome muito bonito.

Sorrindo de orelha a orelha, Tanya saltitou para perto, pousando as mãos no descanso de braço da cadeira num gesto de boa-fé. Conversamos sobre os desenhos que ela assistia – Pokemon, Tiny Tunes, Pernalonga, nessa ordem – e em que escola ela ia, e adivinhei sua cor favorita. Em questão de minutos, nos tornamos os melhores amigos. Enquanto papeava com ela, percebi que não tinha interagido com uma criança desde que deixara Karachi. Falando nisso, na verdade não tinha ido a nenhum batizado ou funeral. Era, de certa forma, uma existência estranha, desconectada.

Quando a sra. Abdul Karim voltou equilibrando uma bandeja de *chai* e biscoitinhos de creme de baunilha arrumados ao redor de uma torta de limão, encontrou Tanya empoleirada no descanso de braço, pernas chutando o ar, confabulando alegremente sobre os mais diversos assuntos.

– Você está incomodando o hóspede? – a sra. Abdul Karim disse, pondo as coisas na mesa. A realidade não podia ser mais diferente: Tanya tinha sido acordada pelo FBI por minha causa.

A criança pulou para fora do descanso de braço e correu ao colo da mãe para enfiar a cara nas dobras da sua *dupatta*. Eu costumava fazer a mesma coisa quando era da idade dela e queria poder fazer de novo.

– Agora vai fazer seu dever de casa – a sra. Abdul Karim mandou.

– Vou te ver logo.

Ou era a hora do dever de casa na casa dos Karim, ou eu não era companhia apropriada. Voltando ao quarto dos seus pais, Tanya ligou a TV, de onde vieram sons que pareciam ser de Tom e Jerry.

– Você tem uma filha adorável, madame – observei.

– Ela é a menina dos olhos do pai – ela disse. – Vivemos apenas para ela. Ela vai ter vida boa aqui. É tarde demais para nós.

A ideia calou fundo no meu peito enquanto eu queimava a língua tentando bebericar o chá pelando. Depois de algum tempo, perguntei:

– Onde está o pai de Tanya?

– Tentando liberar o táxi. Me preocupo o tempo todo. Se não tem táxi, não tem emprego, e se não tem emprego...

A preocupação era contagiosa. Quando me ofereci para ajudar, a sra. Abdul Karim me conteve com um olhar que me fez sentir encabulado e pequeno feito uma criança descalça carregando um mosquete pesado. Engolindo o *chai* adocicado e leitoso feito remédio, entendi que o melhor serviço que podia oferecer era deixar a família em paz. Também entendi que minha breve, mas movimentada carreira de taxista nova-iorquino tinha acabado. Pus as chaves no escabelo.

Antes de ser escoltado para fora pela segunda vez naquela tarde, juntei a coragem para pedir um "pequeno favor" à sra. Abdul Karim, e, embora ela tenha recebido a pergunta com um suspiro compreensível, prossegui:

– Isso vai parecer meio estranho, e a senhora pode dizer não se quiser, mas eu poderia, hum, usar sua tábua de passar?

Felizmente, a sra. Abdul Karim concordou.

16.

Quando meu pai voltava do trabalho, eu ficava olhando enquanto ele se lavava, trocava de roupa, tomava chá e via o jornal da noite na PTV. Então, enquanto mamãe preparava o jantar, ele me colocava sobre os ombros e embarcávamos no nosso costumeiro passeio pelo manguezal perto de casa. No caminho, passávamos pela barbearia a céu aberto sob o cedro e a família de sapateiros na esquina. Às vezes pegávamos um par de milhos temperados e cozidos no carvão ou um saco de castanhas no vapor. E meu pai apontava para carros que passavam, motocicletas, bicicletas e as velhas carroças de burro, bem como a flora e a fauna da vizinhança, de arbustos de jasmim e vinhas de buganvília a corvos e mainás e pipas com rabo branco girando em lânguidos círculos no céu. Tudo, aprendi, tinha um nome, e todo nome carregava um significado. *Buganvília é uma planta. Mainá é um pássaro.* Havia, aprendi, um esquema, uma ordem nas coisas, no mundo.

Assim que chegávamos ao nosso destino, meu pai me botava no chão para que eu pudesse pular, correr ou rolar na grama. Não havia balanços, escorregas ou trepa-trepas na época. A topografia do parque encorajava atividades adultas: passear depois das refeições, ler o jornal, fumar cigarros, contemplar o mundo. A área era dividida por um estreito caminho de pedras com palmeiras que tinham sido pintadas de vermelho e branco para impedir a proliferação de cupins. De um lado havia uma esplanada, e do outro, uma trilha de juncos.

Eu ficava longe dos arbustos do manguezal. Eles se mexiam sem parar. Uma vez vimos um mangusto ou um gato selvagem por dentro dos interstícios gramados, criaturas que povoavam meus primeiros pesadelos. Exausto depois de exibições de grandes proezas atléticas, eu me juntava ao meu pai, que estaria fumando um cigarro num dos dois bancos de concreto utilizáveis. Então, quando o chamado noturno para a oração ressoava dos alto-falantes de estanho, ele me colocava de novo no meu poleiro e pegávamos o caminho de volta. Eu passava a mão pelos cachos de cabelo no topo da sua cabeça e apertava suas orelhas borrachudas, e continuávamos nossa conversação.

Lâmpadas de rua, descobri, só estariam acesas no nosso caminho de volta.

– O mundo está sempre girando, Betu – ele dizia. – Agora o sol está do outro lado dele. – Do seu jeito, meu pai me apresentou ao modelo copérnico do sistema solar, à pirâmide alimentar, ao movimento *art déco* de Karachi. Pernas balançando, eu absorvia tudo.

Uma noite, no outono de 1985, mamãe disse que meu pai tinha viajado para o exterior e que eu ia passar a noite na casa de um vizinho. Enquanto ela preparava um mochilão, penteava meu cabelo e passava creme na minha cara, lembro que perguntei:

– Quando ele vai voltar?

Ele vai ficar muitos dias fora.

– Mas quem vai levar Chuck para o parque?

Alguém vai levar Chuck para o parque. Vai sempre ter alguém para levar Chuck para o parque.

O Central Park é paradisíaco no verão: fontes douradas, esporos de dente-de-leão carregados pela brisa, borboletas planando, cachorros molhados, anjos em sutiãs abertos, shorts desabotoados, exibindo braços e pernas rosados. Nas tardes de domingo, um grupo de jazz se reúne perto de Strawberry Fields, e um pouco além hordas de patinadores frequentam o Roller Disco. Eles giram e giram feito dervixes, como se não houvesse dia e noite, hoje e amanhã, apenas a Batida. Eu desejava me juntar ao movimento, arranjar um par de patins e girar, mas nunca tinha tempo, e então, quando não tinha nada além de tempo, vi que não tinha inspiração.

Depois de interiorizar a música, você pode ir rumo ao norte, circunavegando o lago, para pegar um sol no Great Lawn. Ao longo do caminho de asfalto, à sombra, sempre tem algumas crianças usando varas de pescar caseiras na água, feitas de pedaços de pau, pedaços de corda e clipes de papel, e, embora houvesse um monte de minhocas e besouros carnudos na terra, só Deus sabe o que eles pegavam com aquelas iscas. Ocasionalmente eu parava à espera da Grande Fisgada, mas nunca via nada acontecer. Suponho que não possuía o temperamento de um pescador.

Há duas rotas ao gramado dali. Você pode virar à direita e pegar a rota pitoresca através dos labirínticos caminhos de terra, corredores de xisto, pontes de troncos, árvores de café do Kentucky e moitas de amoras selvagens que é o Ramble, onde no alvorecer você pode topar com amantes se debatendo, um encontro gay; ou, se tende a acreditar que a distância mais curta entre dois pontos é uma linha reta, você pode seguir o caminho para além de Tavern on the Green até o Delacorte Theater. De manhã você topa com um horizonte de centenas de dedicados turistas e fãs de Shakespeare serpeando morro acima em busca de ingressos para o espetáculo da noite, alguns dos quais, acampados desde o amanhecer, tomam café da manhã, jogam Scrabble ou observam os pássaros. Eu tinha ficado duas vezes na fila, em vão, por uma produção de *Conto de inverno* – estrelando, salvo engano, o Balki de *Primo cruzado* – sem café da manhã nem jogos de tabuleiro nem binóculos. Por sorte, porém, uma babá alemã me ofereceu ingressos de segunda mão por cinco pratas cada no Ladies Pavillion. Foi um show espetacular.

Além do Delacorte fica o esparramado e convidativo Great Lawn. Enquanto você se aproxima, dá para ver pipas no céu, frisbees arremessados sob a brilhante luz do sol. Dá para ver os uniformes vermelhos do pessoal que joga beisebol no fim de semana, os vestidos de noiva brancos das esguias modelos de catálogos taiwanesas que posam perto dos salgueiros. Numa tarde de verão no parque, dá para sentir a intimação de que Deus está no céu e tudo vai bem no mundo.

Mas tudo não ia bem no mundo. Quando Mini Auntie ligou, enquanto o sol nascia, eu sabia que algo estava errado. Ela parecia engasgada, como se tivesse pegado um resfriado na noite passada, e começou a balbuciar desculpas por não ter me ligado de volta. "Tudo bem", respondi. Não passava de vinte e duas horas desde que eu tinha deixado um recado. Quando perguntei: "Está tudo bem?", ela me informou as seguintes notícias a respeito do meu melhor amigo num sussurro: embora as acusações de terrorismo contra AC tivessem sido retiradas (o manual para fazer bombas e a sinistra literatura árabe acabaram sendo *The Anarchist Cookbook* e o *Muqaddimah,* de Ibn Khaldun, respectivamente), as autoridades encontraram quatro gramas e meio de cocaína *em sua pessoa.* "A pena para posse de drogas em Nova York é a mesma para homicídio em segundo grau..."

Quando coloquei o fone no gancho, as paredes do apartamento se fecharam sobre mim. *De quinze anos a prisão perpétua,* balbuciei, estarrecido. *De quinze anos a prisão perpétua.* Eu precisava sair, ir à casa de Mini Auntie. Correndo nos meus pijamas, botas de caubói e chapéu de caçador, concluí que era melhor cortar caminho através do parque até o East Side. Corri desabalado rumo ao centro da cidade por dois quarteirões e meio, uma corrida desesperada e descoordenada de duzentos metros, até sentir meus pulmões se contraindo e minhas pernas virando chumbo. Lacrimejante e enjoado, passei trôpego pelo

Museu de História Natural, entrei no parque e pensei em desabar sobre a relva ondulada. Em vez disso, me vi vagando por aí.

Vaguei para o sul, mais ou menos na direção do lago. Não era para pensar na antiga questão: para onde os patos voam no inverno? Não era nem inverno ainda, embora as folhas estivessem mudando de cor. Em mais alguns meses, tudo estaria preto e branco. Crianças já estavam sendo vestidas com gorros de lã, um ou outro cachecol, mas seguiam despreocupadas. Brincavam com as folhas. Brincariam na neve. Quando era da idade delas, eu tinha brincado na areia, construindo diques e castelos, cavando túneis, juntando bolas de lodo. Por um momento, pensei sentir o cheiro de sal no ar, percebendo que a brisa da manhã estava com um fedor de ovo podre e sulfuroso que sugeria um desequilíbrio crucial na estratosfera.

Vaguei por Tavern on the Green, Strawberry Fields, Sheep Meadow. Na última vez que fui ao Meadow, estava acompanhando um certo Ali Chaudry. Na semana depois de ter sido demitido, fiquei enfurnado no meu apartamento por dias. Um belo dia, AC apareceu à minha porta num terno estilo safári bege, trazendo dois pacotes de seis latas de Bud numa das mãos e, na outra, o que parecia ser uma pipa feita em casa, e aerodinamicamente problemática, na forma de um jato de combate JF-17.

– Vista-se, colega – ele disse. – Vim te libertar. – Lembro que eu estava tão animado de vê-lo que joguei meus braços ao seu redor, quase amassando a pipa.

Era uma tarde quente e sem vento, então ele sugeriu que a gente matasse as cervas primeiro e jogássemos conversa fora antes de o vento ficar mais forte. Apoiado no declive à sombra que se elevava sobre o prado, AC explicou que o JF-17 é um jato de combate de terceira geração, coproduzido pelo Paquistão e pela República Popular, e que a pipa foi inventada em conjunto no século V por dois filósofos chineses, Lu Ban e Mozi.

– O Reino do Meio – ele disse com saudosismo. Fiz que sim, como se soubesse onde ele quisesse chegar, mas não sabia, embora não importasse. – No século XVI, um monge viajante italiano presenteou os velhos Ming com um mapa do mundo conhecido. Na época, a cartografia podia ser considerada, hum, tecnologia sofisticada, como células a combustível, o *splicing* de genes, *et cetera*, *et cetera*, mas, em vez de aceitar o presente graciosamente, o imperador Ming ameaçou estripar o sujeito.

Naturalmente, perguntei por quê.

– O mapa colocava a Europa bem no meio, jogando a China para o canto e cortando o Pacífico, quando, para os chineses, a China era o centro do mundo, o Reino do Meio. – AC tomou um gole espumoso de Bud. – O imperador proclamou que permitiria que o monge mantivesse sua genitália apenas se fizesse uma representação mais acurada da realidade.

Quando perguntei se um mapa mais acurado fora feito, AC respondeu:

– O monge ficou com a rola dele.

O episódio talvez sugerisse algo sobre a construção da história, a íntima ligação entre virilidade e discurso, ou algo do gênero, mas não importava, porque eu já tinha tomado quatro cervejas naquela tarde, e a tarde estava simplesmente esplêndida. Quando a brisa finalmente começou, desci correndo feito uma criança, em círculos e ziguezagues, descalço na grama antes de AC me chamar, explicando que eu tinha que ficar parado para soltar a pipa. Pegando o JF-17 da minha mão, ele começou a se afastar, contra o vento, contando cem passos.

– Agora puxa! – ele gritou. Puxei. A pipa decolou como que por magia.

Na periferia de Cherry Hill, tive uma ideia brilhante. Era tão brilhante que dei um tapa na minha testa: *vou tirar AC da cadeia*. Enquanto começava a acelerar o passo, pensei em toda a logística do plano. Depois de pegar Jimbo onde quer que ele estivesse – na casa da

Pato ou no Christ Hospital –, ia parar numa loja de ferramentas para comprar os equipamentos necessários: corda, um rolo de fita adesiva, bolas de pingue-pongue, papel-alumínio, fósforos de papel, algumas latas de tinta em spray. Eu estava pensando estilo *Anarchist Cookbook*. Pensando em sabotagem, atos de terrorismo. Chegaríamos ao Centro Metropolitano de Detenção depois de marcar um horário para ver AC – as pessoas encontram amigos e parentes na prisão o tempo todo –, e antes de subir faríamos uma parada no banheiro mais próximo. Lá detonaríamos várias bombas de fumaça rudimentares: bolas de pingue-pongue furadas e enroladas em papel-alumínio. Então o alarme de incêndio ia tocar. Haveria pânico, pandemônio. Tiraríamos vantagem da situação. Agiríamos feito ninjas.

Tinha chegado até aí quando comecei a me sentir cansado, cansado mesmo, quase desmaiando, talvez porque tivesse corrido de Cherry Hill até o Children's Zoo, uma distância de mil e duzentos metros, se não mais. Quando comecei a ver pontos vermelhos e amarelos feito flocos de neve, parei num banco perto do cercado das focas, encurvado e de olhos inchados. Sentia ânsias de vômito, mas a única lata de lixo estando a pelo menos quarenta metros de distância, me imaginei sujando toda a área ao meu redor, prejudicando o desenvolvimento das crianças que brincavam de pique nas redondezas. As mães já estavam lançando olhares na minha direção por sobre o horizonte de suas revistas femininas, feito gazelas. Eu era uma hiena pintada no meio delas. Só que hienas são sobreviventes; hienas caçam em bando. Eu estava *tout seul*.

Apoiando-me no descanso de braço de madeira, tentei sentar direito, mas me desmanchei feito um saco de papel. Ficava dizendo a mim mesmo *senta direito, diabos, senta direito, as crianças estão olhando*, ainda que as crianças não estivessem nem um pouco interessadas. Elas estavam com a cara corada de exaustão e tinham começado uma brincadeira nova que envolvia ficar rodando sem sair do lugar, gritando "Ovelhinha, ovelhinha". Enquanto eu as observava e ficava animado por tabela, percebi que o único jeito de fazer voltar o tempo, de ser uma criança de novo, era ter uma. Claro, eu precisava ser laçado primeiro. Talvez por Amo. Faríamos um belo casal. Teríamos crianças saudáveis e bonitas. Nós as traríamos para o parque nos fins de semana em berços, em carrinhos, nos nossos ombros. Tio Jimbo e tia Pato podiam nos acompanhar. Iríamos todos perambular *en famille*, faríamos piquenique, olharíamos as pessoas, alimentaríamos os patos. Seria ótimo.

Enquanto eu pensava em me tornar um homem de família, o famoso relógio musical sobre a entrada norte do Children's Zoo deu oito horas. Virando-me para olhar os animais dançantes lá em cima, reparei numa policial negra no arco sob o relógio. Embora não houvesse nada estranho na sua aparência, nada ameaçador na sua atitude, me encolhi instintivamente e desviei o olhar, olhei para o céu. Ele estava cheio de nuvens e cinza, e como eu não tinha visto a previsão do tempo, não sabia se ia ou não chover. Quando lancei um novo olhar casual, vi a policial avançando na minha direção, gesticulando violentamente. Então vi os flocos de neve de novo. Era uma tempestade do cacete.

Quando retomei a consciência, estava deitado de costas com várias fraldas formando um travesseiro sob a minha cabeça machucada, cercado por olhos me encarando de cima pertencentes a uma das mães, uma morena em culotes, um octogenário de chapéu panamá apoiado numa bengala e a policial que tinha me deixado apavorado.

– Tudo bem com você, querido? – ela perguntou. Não estava tudo bem comigo. Eu me sentia em pânico, paralisado, e então ouvi um trinado no meu ouvido, feito candelabros retinindo. – Quer que eu chame uma ambulância?

Balançando a cabeça, murmurei:

– Estou bem, estou legal.

– *Você tomou alguma droga?*

– *Não, senhora!* – exclamei num susto, como se eu fosse mórmon.
– Estou limpo, estou sóbrio.

– Bom, você não está com a cara boa, querido.

Forçando um sorriso confiante, sentei-me e disse:

– Eu... eu às vezes fico meio epiléptico de manhã.

Puxado pelo braço, tirei a poeira da roupa e ajustei o chapéu no topo da cabeça.

– Obrigado, senhora – eu disse. – Obrigado por tudo.

Assim que eles se afastaram, alguém bateu no meu ombro.

– Ela não tava atrás de você, chefe – explicou o velho de chapéu.

– Ela tava atrás do menino. – Ele prestou esclarecimentos adicionais apontando para uma criança de cinco anos com o nariz escorrendo se pavoneando por ali, sacudindo um galho feito um maestro. A criança de fato parecia ligeiramente ameaçadora. – Tem veneno de rato na grama. Tá vendo as placas?

Foi mais tarde que percebi que estive nas garras de uma espécie de psicose psicossomática culturalmente ativada, feito a histeria na Viena do *fin-de-siècle* que tinha inspirado o Grande Charlatão, ou a exaustão mental no oeste da África que periodicamente transformava homens e mulheres em zumbis, ou a anorexia e bulimia que devastavam as colegiais de Manhattan. As autoridades me deixavam existencialmente borrado de medo. Tinham se tornado o que espantalhos e palhaços são para algumas crianças, gatos selvagens e mangustos eram para mim, avatares do Bicho-Papão.

Naquele momento, porém, já sabia que não podia dar um passeio pelo parque, muito menos entrar numa prisão, com ou sem fita adesiva e uma caixa de bolas de pingue-pongue.

17.

Quando entrei no meu apartamento naquela tarde, não me sentia nada legal. Estava tremendo. O apartamento estava frio e escuro, e eu sentia aquele novembro úmido e chuviscado na alma. De repente senti vontade de fugir, dar um tempo, me mandar da cidade. No cinema as pessoas se mandam o tempo todo. Você vê adolescentes rebeldes, amantes em fuga, ex-presidiários violando condicionais mexendo em gavetas e armários, desencavando dinheiro – trocados, maços escondidos de notas – em cofrinhos, potes de biscoito ou sob sofás e colchões. Você os vê enchendo pastas de executivo com cuecas, tirando roupas de cabides e lançando um último olhar sobre os escombros antes de saírem correndo. Eles mostram o polegar no acostamento ou pulam dentro de calhambeques e partem para o oeste ou atravessam a fronteira, rumo ao pôr do sol.

Quando você para pra pensar, o tema peculiarmente americano da fuga está presente em narrativas que vão desde o faroeste até a *road comedy*, de *Butch Cassidy* a *Thelma e Louise*. Ele pega o velho arquétipo literário, seja ele vindo da Mesopotâmia ou da Grécia, estrelando aquele velho cavaleiro britânico ou o lendário marujo omani, e o inverte. Os protagonistas, frequentemente em pares, não estão em busca de tosões de ouro ou cálices sagrados, feito os heróis de outrora, mas são perseguidos, em geral, pelo longo braço da lei. Eles são fora da lei ou se tornam fora da lei pelas vicissitudes caprichosas e inclementes do mundo moderno. Feito os residentes de New Hampshire, eles aspiram a viver livres ou morrer.

E embora torça para os valorosos anti-heróis, você sabe muito bem que eles não podem e não vão ter sucesso. Na verdade, você percebe que eles estavam destinados ao fracasso desde o ponto de partida. Eles nunca chegarão à Terra Prometida.

A fuga é menos uma destinação do que um estado de espírito. Eu estava nesse estado.

Tirando o chapéu de caça da minha cabeça, joguei-o para o outro lado do aposento, descalcei as botas a caminho do banheiro, arranquei minha camiseta canelada e me despi até ficar como vim ao mundo, acastanhado e sem pelos. Concluí que o melhor jeito de me livrar dos tremores era tomar um longo banho quente de banheira. Abrindo a cortina do box, instalei a rolha e liguei a torneira, mas, quando pus o pé para dentro, a água pelando queimou minha sola. Saltitando para fora, dedos dos pés abertos no chão escorregadio de azulejos, misturei quente e frio antes de entrar novamente. Enquanto a água batia nas minhas pernas, quadris, o começo das minhas costas, minha barriga, meu peito, fechei os olhos, buscando buraquinhos, formas na penumbra, traços de luz, mas não havia nada ali, nem mesmo uma sombra ou sugestão de silhueta. Eu só podia discernir uma vista extensa da escuridão. Senti que estava balançando na borda irregular do universo. Um passo em falso, um escorregão e eu ia vacilar e cair.

De repente lembrei que o sabão tinha acabado. A qualquer outro momento isso não seria nada de mais, mas naquele instante a ausência de sabão se tornou uma questão épica e existencial, uma que exigia ação, resolução imediata. Pingando e com pústulas de arrepios, me arrastei até o armário do banheiro, onde inspecionei nas prateleiras o estoque de malcheirosos desodorantes comprados por engano e uma coleção de velhas escovas de dente esfiapadas da qual não tinha me livrado por conta de uma infância de classe média ancorada na frugalidade. Era um ano inteiro de tralha. Havia vários cilindros de papelão de papel higiênico, uma lata gorda e enferrujada de creme de barbear e uma lâmina descartável, cega e cheia de pelos. Nenhum sinal, porém, de sabão. Em vez disso, topei com uma caixa fechada e embrulhada para presente de Ativan, Lexotonil, Klonopin, ou algo do gênero, oferecida por AC depois que fui despedido.

Dentro dela encontrei três cartelas, o bastante para um ano levando em conta minhas necessidades, cada uma com doze comprimidos ovais. Jogando o conteúdo sobre a superfície de mármore falso, topei com a prescrição que o acompanhava. GUARDAR EM TEMPERATURA AMBIENTE CONTROLADA, 20° C, começava. MANTER EM LOCAL FRESCO E SEM UMIDADE. Meu olhar foi atraído pelo aviso abaixo:

Casos preexistentes de depressão podem piorar durante o uso. Esta droga não é recomendada para pacientes que sofram de depressão nervosa ou psicose...

Não havia dúvida de que eu era bem delicado. Virando o folheto para o outro lado, li a parte sobre superdosagem:

Em casos leves, os sintomas podem incluir sonolência, confusão mental, reações paradoxais e letargia. Em casos graves, e especialmente quando ingerida com outras drogas ou álcool, os sintomas podem incluir ataxia, hipotonia, hipotensão, depressão cardiovascular, estado hipnótico, coma e óbito.

Era como se no rótulo estivesse escrito ME ENGULA. Abrindo doze comprimidos um por um, como se estivesse descascando pistaches, esmaguei-os na mão e, inclinando-me sobre a pia, expus minha alma ao espelho do banheiro. Era um exercício inútil: enquanto o vapor rodopiava em configurações fantasmagóricas, eu ficava limpando a superfície do espelho com minha mão livre como se para captar algo real e corpóreo, mas não havia nada. Comecei a chorar inconsolavelmente, feito uma criança de luto. Muco vertia sobre a boca e lágrimas quentes corriam pelo rosto e pingavam do queixo para a pia. Era uma exibição patética. Aquilo tinha que parar. Lambendo a mão, mastiguei diversos comprimidos úmidos como se estivesse mastigando Tic Tacs. Tinham gosto de aspirina, de papa farinhenta. Lembro de notar a água caindo em cascata por sobre a borda e transbordando e se espalhando pelo chão. Escarranchado sobre a banheira, responsavelmente girei a torneira no sentido horário antes de perder o equilíbrio. Caí pela segunda vez naquele dia.

Eu me sentia anestesiado, morto, feito meu pai.

18.

O mundo tinha virado de cabeça para baixo: o lado de cima estava embaixo e o de baixo estava em cima, e eu jazia enroscado feito um feto no chão, agarrando a cortina do banheiro como se ela fosse o Santo Sudário de Turim. Incapaz de me mexer, jazi por um longo tempo – não sei quanto – feito um peixe fora da água, sacudindo um pé – não sabia qual – para ter certeza de que ainda conseguia fazê-lo. Eu tinha água num ouvido e um zumbido no outro feito um alarme de incêndio. Quando finalmente consegui me levantar, usando a privada como muleta, e me sequei com uma toalha de mão, percebi que o zumbido não vinha da minha cabeça. Seguindo-o até o telefone, segurei mecanicamente o fone no meu ouvido. Alguém estava falando comigo numa voz fina, num tom laudatório, mas eu era incapaz de acompanhar. Era como se ainda estivesse dentro d'água.

Em vez disso, lembro vagamente de observar o pátio de concreto da minha janela, tomando nota das mudanças na topografia: a churrasqueira tinha sido guardada, bem como outros elementos sazonais: as tochas e as duas espreguiçadeiras listradas onde meu vizinho indócil passava o tempo nas noites de verão de Manhattan, às vezes sozinho, às vezes acompanhado, fumando cigarros, bebericando vinho gelado e olhando para o céu. Tudo o que restava era uma fina faixa de grama artificial, um par de guimbas de cigarro, uma planta com forma de guarda-chuva num vaso frágil e um saco de carvão. O clima para churrasco e sexo ao ar livre tinha passado. O Dia de Ação de Graças estava praticamente chegando. Em breve a cidade se tornaria um deserto, com gente viajando rumo a mesas repletas no interior do país.

Após as sobras e as azias, mais ou menos na época em que a nostalgia se acomodava, os preparativos para o Natal estariam a toda: flocos de neve gigantes pairando sobre a Quinta Avenida, mundos em miniatura exibidos nas vitrines da Saks, e no Rockefeller Center o pinheiro enorme seria iluminado por um milhão de flashes.

No ano anterior eu tinha assistido a uma família de três, do peitoril da minha janela, assiduamente ajeitando laços, bolas, velas e festões dourados e prateados nos ramos de uma árvore de Natal. Presentes foram embrulhados, *eggnog* e biscoitos circulavam a intervalos regulares e, quando a decoração estava estabelecida, o prematuramente careca pai de trinta e poucos anos subiu numa escada pequena e pegou a criança, que em troca se esticou para depositar um anjo de vidro no cume folhado. Pensei que tinha pegado o jeito da coisa. De fato, naquele ano tinha decidido comprar eu mesmo uma árvore. Embora não celebrasse o Natal, pensei que podia participar dos rituais associados.

Os rituais do único feriado que eu comemorava religiosamente eram tão familiares quanto a cidade: ir de festa em festa, encher a cara, beijar estranhos quando soava a meia-noite. Embora ainda não tivesse planos para a grande noite, ainda era cedo. Estava bastante seguro de que não participaria das festividades na Times Square para ver a maçã descer. Só tinha ido uma vez e fez um frio mortal, além da loucura generalizada: pessoas esmagadas umas contra as outras com bafo de pretzel e cerveja, berrando e soprando apitos dentro do metrô, como se estivessem se dirigindo para a próxima festa – o domingo de Superbowl talvez, ou o Dia de São Patrício, a parada de Halloween no West Village. Sempre há uma festa na cidade.

De repente identifiquei uma voz ao telefone.

– Parabéns – ela dizia. – Uma carta deve chegar daqui a duas ou três semanas delineando os termos. – Murmurando agradecimentos retóricos, desliguei.

Levei vários minutos para compreender que tinha sido devidamente notificado de um acontecimento fortuito e inesperado. Levei vários minutos para perceber que na tarde em que tentei o suicídio me foi oferecida uma saída. Então vomitei para todo lado.

Embora ainda tonto e enjoado e machucado, vesti uma roupa e peguei minha famosa lista de coisas para fazer na porta da geladeira e corri para arranjar um cartão telefônico numa lojinha ali perto. Era hora de ligar para mamãe, comprar sabão, papel higiênico, hora de ajeitar as coisas. *Quando a gente cai*, mamãe me disse uma vez, a gente *se levanta, e quando cai de novo, levanta de novo*. Correndo pelo quarteirão com seu ditado em mente, virei a esquina, evitando por pouco esbarrar em uma família de três, apenas para ser interceptado pelo marroquino, que, parecia, estava à espreita.

Bloqueando meu caminho feito um poste telefônico, ele estendeu sua mão, proclamando *salam-alikum*. Balbuciando *walaikum*, lhe ofereci a minha.

– Não vejo você há muito tempo – ele começou.

– Sim – respondi.

– Me preocupo com você, irmão.

Tentando me soltar da sua pegada de ferro, eu disse:

– É muito gentil da sua parte.

Eu não estava no clima para papo furado, mas ele não me largava.

– Orei por você.

Fazendo que sim como se reconhecesse o tácito subtexto conversacional, imaginei se eu realmente devia minha emancipação às rezas do marroquino, à intervenção divina.

– Obrigado...

– Ore você também. Alá cuida dos Seus filhos.

Embora sempre tivesse acreditado que eu tinha mais em comum com alguém feito Ari ou Lawrence, *née* Larry, do que com o marroquino, fui lembrado de que compartilhávamos os mesmos rituais, vocabulário doutrinal e infraestrutura escatológica, ainda que não lêssemos os mesmos livros, ouvíssemos as mesmas músicas, frequentássemos as mesmas áreas – tenho certeza de que ele frequentava outros lugares – nem tivéssemos a mesma interpretação da história. Observando-me por trás dos mesmos óculos redondos de professor, ele perguntou:

– Você foi a algum lugar?

– Eu fui a algum lugar? – repeti.

– Você foi para casa?

– Ah, não, não. Eu, hum, estava fora da cidade.

O marroquino não tinha engolido aquela. Mostrando os dentes, cruzou os braços e bateu os pés, gestos que podiam ser coletivamente interpretados como *tá bom, conta outra*. Pensando que seria mais fácil revelar a natureza da minha ausência à única pessoa que desejava meu bem em vez de tecer uma elaborada teia de mentiras, me inclinei na sua direção e disse:

– Se você quer mesmo saber, irmão, eu estava na prisão. Por isso você não tem me visto.

Os olhos do marroquino se arregalaram.

– No condado de Passaic?

– Não – respondi, surpreso. – No Brooklyn.

– No Centro Metropolitano de Detenção?

– Como você sabe?

– O primo da minha mulher. Levaram ele.

– *Meu* amigo – eu disse – ainda está lá.

Balançando a cabeça, ambos nos comiseramos em silêncio por nossos camaradas caídos, nossos irmãos em armas. Então, lançando um olhar para o céu, ele perguntou retoricamente:

– O que podemos fazer? – Olhei para cima também. Imaginei Deus olhando para baixo na nossa direção através do dossel de nuvens.

– Está nas mãos de Alá.

Não havia mais nada a dizer. Então o marroquino enfiou um exemplar do *New York Times* na minha mão.

– Pega, pega – ele disse, embora eu não me importasse com as notícias. Tentei devolver, mas ele insistia. – Bresidente Musharraf fez discurso hoje. Lê, lê.

– Você é muito gentil.

– Você é meu irmão. Quer algo mais?

– Na verdade, preciso de um cartão telefônico, irmão.

Enquanto ligava para casa do único telefone público funcionando na 79th Street, lembrei do fuso horário de nove horas no verão separando os litorais do Atlântico e do Arábico. Embora já passasse da meia-noite em Karachi, ainda haveria trânsito nas ruas, pessoas nos restaurantes de beira de estrada na Bandar – Bundoo Khan, Biryani – deviam estar conversando enquanto tomavam chá com leite. Distante da bagunça, nosso apartamento no nono andar devia estar escuro e silencioso. As janelas estariam abertas, o leve cheiro cáustico de repelente de mosquito no ar. Mamãe estaria dormindo enrolada num lençol, braço cruzado sobre a testa. Se estivesse em casa, eu estaria dormindo ao seu lado.

O telefone tocou. Um ônibus intermunicipal passou trovejando.

– Alô? – eu disse.

Após uma pausa prenhe, mamãe respondeu:

– *Beta?*

– *Mãe...*

– Está tudo bem?

– Bom... não estava tudo bem... mas agora está... então não se preocupe...

– Shehzad – interrompeu mamãe –, é quase uma da manhã. Estou um pouco devagar, e você está falando muito rápido. Agora me diga de novo: por que eu não preciso me preocupar?

– Comigo – respondi. – Você não precisa se preocupar comigo.

– Você está me ligando à uma da manhã só para dizer que não preciso me preocupar com você? Respirando fundo, tentei organizar meus pensamentos.

– É, mais ou menos. Na verdade, preciso te contar uma coisa. Faz uns três meses, na primeira semana de julho, eu fui embora, sabe, fui demitido. Teve gente indo embora na companhia toda. Houve uma queda nos mercados, uma recessão econômica, e depois do 11 de setembro, bom, as empresas praticamente pararam de contratar.

Eu podia ouvir mamãe respirando. Podia vê-la massageando seus olhos. Ela estava provavelmente sentada agora, encurvada e de pernas cruzadas.

– Mas não se preocupe, mãe. Uns quinze minutos atrás me ofereceram um trabalho. Análise de investimentos. Eu gosto do pessoal. Eles querem que eu faça relatórios financeiros. É algo que eu posso fazer e fazer bem. Eles disseram que eu vou me "encaixar muito bem". É muito promissor. Uma oportunidade maravilhosa.

Minha revelação foi recebida com silêncio, e por um momento achei que a ligação tivesse caído. Então mamãe disse:

– Se é uma oportunidade tão maravilhosa, *beta*, por que você está parecendo infeliz?

– Estou?

– Você está infeliz?

– Não sei – eu disse, então soltei: – estou, estou sim. Eu podia estar bem, mas tem mais.

– Mais?

– Mais que não te contei – respondi, limpando a garganta. – Semana passada, Jamshed, Ali e eu fomos presos, acusados de terrorismo...

– O quê?

– Fomos presos, interrogados, ficamos na solitária. Foi uma loucura. Eles ficavam falando que nós estávamos *de posse* de manuais de fabricação de bombas, literatura terrorista. Ficavam dizendo que a gente ia

ficar lá *a vida toda.* Eu tinha certeza de que não ia mais ver a luz do dia.
Mas de algum jeito, de algum jeito, eles me soltaram, e o Jimbo...
    – *Graças a Deus!*
    – Então Khan *Sahab* teve um enfarte...
    – *Ai, meu Deus!*
    – Não se preocupe. Ele está bem. Fui vê-lo e ele mandou *salam*
para você. Ele está se recuperando...
    – *Inshallah!*
    – Mas Ali ainda está preso. Mini Auntie está um caco... Eu mesmo fiquei um caco. Tenho me sentido tão desamparado. Não tem
nada que eu possa fazer. O que eu posso fazer?
    – Por que você não me contou, *beta*?
    – O que você quer que eu te diga, mãe? Que a vida mudou?
A cidade mudou? Que tem tristeza em toda esquina? Tem policiais
pra todo lado? Sabe, teve uma época em que a presença da polícia era
reconfortante, como numa parada ou tarde da noite, na rua, no metrô, mas agora tenho medo deles. Tenho medo o tempo todo. Me
sinto feito um homem marcado. Feito um animal. Isso não é jeito de
viver. Talvez seja só uma fase, talvez vá passar, e as coisas voltem ao
normal, ou talvez, não sei, a história vá continuar se repetindo...
    Parei. Eu estava falando comigo mesmo. Mamãe estava em silêncio. Ela estava provavelmente em pé, olhando para as luzes da cidade
através da treliça que circunscrevia a varanda. Embora as mais brilhantes ardessem no outdoor de Colgate-Duas-Vezes-Por-Dia-Todo-
Dia soldado no nosso prédio, a varanda oferecia um panorama da
cidade velha, do grande domo branco modernista do mausoléu
de Jinnah ao norte ao campanário da grandiosa relíquia colonial
neogótica, Empress Market, ao sul. A Bandar passava logo abaixo,
uma estrada ligando os marcos geográficos e carregando o tráfego do
e para o mar. Eu podia ouvir o turbilhão dos riquixás sobre o clamor
dos ônibus intermunicipais; podia quase sentir o cheiro da poluição,
a brisa contra o meu rosto. Me ouvi dizendo:
    – Quero voltar pra casa, mãe.

19.

No fim você se resigna e diz adeus, não necessariamente nessa ordem. Você improvisa porque não previu o fim, assim como tinha sido incapaz de prever o começo. Você arranja diversas caixas de papelão – três ou quatro bastam – e joga coisas dentro delas sem cerimônia: livros, papéis, pornografia, porta-retratos, roupas de inverno, chapéu de caça, roupa de cama, Tupperware, lota de aço inoxidável, pijamas que não precisam ser passados, batatas chips velhas, uma caixa aberta de Ativan. Você descobre que não tem sentimentos para com a bricolagem que contribuiu para a infraestrutura dos seus anos de formação. Você faz uma caixa para o pessoal do Exército da Salvação, manda outra para seu endereço na terra natal; prepara uma caixa de presentes para um ou dois amigos, e o que não cabe, você descarta. Você não deixa nada para trás. Não leva mais de uma tarde para encerrar os preparativos. Você nem chega a suar muito. Três brasileiros ágeis e eficientes aparecem na hora marcada, falam com você em português e, marchando para lá e para cá em coturnos, carregam tudo o mais para fora. Você paga um extra para eles carregarem o *futon* até a rua, sem riscar o piso. Você varre o apartamento com uma vassoura emprestada, esfrega o banheiro com papel-toalha. O apartamento fica igual ao dia em que você chegou, como se você tivesse sido um invasor esse tempo todo, não um colono original. É fácil chegar, é fácil partir. Você se instala no chão, pernas cruzadas, olhos fechados, feito um asceta. Você se senta mudo e sem se mexer até não sentir mais as pernas e o tempo passar nas batidas do seu coração. Quando a irmã de um amigão seu aparece de surpresa no começo da noite, trazendo de presente um prato de *gulab jamuns* e um beijo casto na bochecha, você fica exultante, você se sente emocionado, porque genuínas manifestações de gentileza são incomuns. Em retribuição, você se oferece para levá-la ao bistrô italiano três estrelas na esquina porque o centro da cidade parece muito distante.

O sol estava se pondo no West Side, batendo nas janelas e vitrines, e lustrando as ruas com um verniz róseo. Os locais voltavam do trabalho, alguns de tênis, alguns com casquinhas de sorvete, outros com pastas finas caindo penduradas no ombro feito crianças vindo da escola. Eles paravam em bares ao longo da Amsterdam Street para o happy hour, se espalhavam em pátios ao ar livre e bebericavam sangria, absorvendo o começo da noite. Podia ser o último dia bonito do outono.

Decidimos sentar do lado de fora também, pernas cruzadas, mãos no colo, sem falar, sem nos olhar, bebericando água da torneira a intervalos regulares como se fosse Brunello. Consultei o cardápio, desdobrei meu guardanapo xadrez, rearrumei os talheres. Evitava olhar para Amo porque estava com medo de ficar encarando. Ela olhava para os lados.

Ela vestia uma jaqueta de brim, camiseta branca, saia de *chiffon* na altura dos tornozelos, uma bolsa salpicada de lantejoulas e sua marca registrada, os Pumas vermelhos. Tinha chegado *sans hijab*. Seu cabelo liso e castanho na altura dos ombros cortava a testa feito o de uma estudante japonesa, exalando jasmim e cravo. Quando perguntei educadamente sobre as recentes mudanças no seu vestuário, ela perguntou:

– Você quer dizer a saia?

– Hum, não – respondi. Não sabia se ela estava zoando comigo. – Eu quis dizer...

– Deixa eu adivinhar, Shehzad. Você quer dizer o *hijab*?

Cruzando os braços, me preparei para uma exposição sobre identidade, embora sempre tivesse suspeitado que Amo tivesse trocado as agruras da adolescência e Britney Spears pela religião. Em vez disso, ela disse:

– Eu era, tipo, meio que acima do peso desde sempre, acho que puxei a Begum, e por muito tempo não me importei, mas então a coisa ficou meio feia no fim do primeiro grau. Era sempre "Ei, olha a garota-marshmallow", essas coisas. A história ficou mais feia ainda no segundo grau.

"Então, de repente, acho que foi no começo do último ano, comecei a mudar – não sei como, não sei por quê, aconteceu – e os mesmos caras que ficavam me dando apelidos no primeiro ano agora me passavam cantadas e tudo. Fiquei tão enojada com aquela situação que foi tipo pode vir, que venha o *hijab*. E não é como se eu não fosse muçulmana. Fui a aulas de religião a vida toda, rezo e tudo e tenho orgulho de quem eu sou."

– Ótimo. Isso explica muita coisa. Mas não explica por que você...

– Por que eu tirei o *hijab*.

– É.

– Adivinha.

– Bom – gaguejei. – Na verdade, não sei, mas sei que você está bem bonita. Muito bonita.

Amo ficou vermelha e abriu um largo sorriso, como se meu cumprimento fosse novidade ou uma revelação; então, de forma bastante surpreendente, perguntou:

– O que você quer, Shehzad? – Fiquei sem palavras diante da pergunta ousada.

– Como... como assim?

Sorrindo, ela acrescentou:

– Tipo, do *cardápio*?

– Ah – balbuciei. – Isso.

Tinha quase certeza de que ela estava zoando comigo. Pedimos grandes clássicos da cozinha ítalo-americana – penne com vodca para mim, e espaguete, sem almôndegas, para ela – e mastigamos fatias de pão artesanal banhadas no azeite de oliva enquanto esperávamos. Quando perguntei sobre o Velho Khan, Amo disse que ele não estava se recuperando tão bem quanto o previsto: não só a cirurgia o deixara fraco, mas sua pressão estava aprontando de novo, aumentando os riscos de um derrame.

– *Baba* apaga depois do jantar, o que é assustador.

– Imagino – eu disse, mas não podia imaginar.

– Rezo todo dia – continuou Amo. – Deus tem que me ouvir. Vai me ouvir.

Ela me disse que Jamshed *Lala* estava com ela. De fato, ele não tinha saído do lado do pai desde a minha estada no Christ Hospital, e, embora tivesse planejado me visitar depois de saber da minha partida iminente, Amo tinha insistido em vir no seu lugar.

– *Baba* precisa dele – ela disse. – Perguntei para ele por que você está indo embora, mas ele me disse para eu perguntar para você mesmo. Então, por que você está indo embora?

Evitando seus olhos atentos, tentei um sorriso atrevido, então brinquei com o saleiro e tomei um belo gole de água da torneira. Teria sido bacana tomar um copo de vinho, talvez uma garrafa inteira, mas me curvei às boas maneiras, a Amo.

– Não sei, Amo – comecei. – É complicado.

Se tivesse tomado duas doses, talvez contasse a ela do medo, da paranoia, da solidão profunda que tinham virado elementos rotineiros da vida na cidade, da minha carreira medíocre de analista financeiro e de taxista. Se tivesse tomado duas doses, eu podia muito bem ter aberto meu coração. Mas não abri. O jantar foi servido, uma bela desculpa para abandonar o assunto. Além disso, eu estava esfomeado.

Não tinha comido o dia todo. Pedi queijo parmesão, pimenta e mais água, mas matei o prato antes de o garçom voltar.

Amo, por outro lado, não teve pressa, mastigando sua comida, enrolando fio após fio de espaguete no seu garfo.

– Bom – ela disse, olhando para o seu prato, como se estivesse comentando a consistência do molho de tomate –, vou ficar com saudade de você. – Senti minhas orelhas queimando, meu coração batendo mais rápido. Talvez fosse a coisa mais simpática que alguém tinha dito para mim em séculos.

– Vou sentir sua falta também, Amo.

– Tem algum jeito de eu te convencer a ficar?

A pergunta talvez fosse caprichosamente sentimental, algo que amigos dizem quando amigos partem, mas eu tinha quase certeza de ouvir uma sugestão de casamento no tom, e por alguns instantes, enquanto mastigava o último pedaço de pão da cesta, me vi considerando a possibilidade, as condições de possibilidade. Eu teria que estar empregado e prosperando, e Amo teria que terminar seus estudos antes de o assunto poder ser oficialmente abordado. Então um dia eu viajaria para Jersey City de trem, suado e ansioso e vestido nas minhas melhores roupas, para pedir ao Velho Khan a mão da sua filha. Quando eu parava para pensar, seu ávido interesse em mim, na minha trajetória profissional, talvez pudesse ser a atenção de um sogro em potencial. Presumindo que ele nos daria sua bênção – com o Velho Khan não se podia ter certeza de nada –, mamãe receberia um telefonema, e doces seriam distribuídos para todos.

Em seguida, a logística seria debatida. O evento teria lugar no salão de banquetes de um hotel na periferia da cidade, um Holiday Inn ou até um Sheraton. Entre os convidados estariam Mini Auntie, gente como Kojo, Ari, Lawrence, *née* Larry, e membros proeminentes da comunidade – o cônsul-geral do Paquistão, o editor-chefe do *Urdu Times* – e os não tão proeminentes, como Ron, o barman, que participaria como civil porque as festividades seriam sem álcool. Haveria um consenso entre os convidados de que Amo era a noiva mais linda da sua geração. O bufê seria do Kabab King. Jimbo seria o DJ. E, com sorte, a limusine seria de Abdul Karim.

Depois alugaríamos um apartamentinho de um quarto no Upper East Side antes de fazer um financiamento para um apartamento mais cômodo, e em mais ou menos uma década, com ambos ganhando mais de cem mil dólares por ano, talvez nos mudássemos para algum subúrbio, feito o Shaman, talvez Scarsdale, *por causa das escolas*. Depois de produzir progênie, viveríamos o resto dos nossos dias com um utilitário na garagem, objetos de arte na sala de estar e uma vista para um gramado manicurado.

Tudo somado, era uma visão com a qual descobri que não podia me comprometer.

– Talvez você possa me visitar em Karachi – eu disse. – Você vai gostar de lá. É bem parecido com Nova York. – Era verdade.

Amo não respondeu. Talvez estivesse com a boca cheia; talvez não concordasse. Depois de matar o resto do espaguete com silenciosa aplicação, passou nos lábios um guardanapo engomado e recusou educadamente uma sobremesa. E quando pedi a conta, ela abriu a bolsa, oferecendo-se para pagar, mas estiquei o braço e segurei sua mão. Não a larguei até o garçom voltar com o troco, então a convenci a me acompanhar num passeio.

Perambulamos lado a lado feito um velho casal, tocando os ombros, mas sem nos dar as mãos. Atravessando a Broadway e o West End na direção de Riverside, podíamos sentir o rio além da faixa de folhagem. O solo estava molhado e fragrante sob nossos pés. O céu estava turvo; pensei ver de relance um crescente amarelado entre as nuvens, mas quando, fui mostrar para Amo, não havia mais nada.

– Está ficando tarde – ela disse.

– Acho que a gente devia voltar – eu disse. Meu voo sairia em menos de quatro horas.

– Acho que sim.

Retornamos e partimos para reencontrar a civilização. Na entrada da estação da 72nd Street, nos demos adeus. Contei para Amo como era maravilhoso vê-la e que eu ia manter contato. – Promete? – perguntou ela. Dei um beijinho no seu rosto e a abracei de um jeito casual, mas senti uma pontada no meu coração quando ela me deu as costas e desapareceu no meio da multidão.

O apartamento estava vazio, a não ser pela mala do meu pai e os *gulab jamuns* de Amo. Enquanto esperava pelo táxi para o aeroporto, embalei o prato com o *New York Times*, feito um presente barato. Meu olhar caiu sobre uma parte do jornal intitulada UMA NAÇÃO DESAFIADA: RETRATOS DA DOR, uma seção regular naqueles dias.

Mohammed "Mo" Shah

INIMIGO DO FUNDAMENTALISMO

Mohammed Shah gostava de dirigir seu Mercedes 500 SEL. Ele era um muçulmano de Rawalpindi, Paquistão, e trabalhava para uma empresa de seguros de vida sediada em Hartford, Connecticut, onde se dizia que ele estava "subindo rápido na vida". O sr. Shah, quarenta anos, também gostava de ler e de comer fora.

"Todo mundo pensa que todos os muçulmanos são fundamentalistas", disse Michael Leonard, um colega de trabalho. "Mohammed não era assim. Ele era como nós, como todo mundo. Ele trabalhava duro, jogava duro."

Mas, de acordo com o sr. Leonard, o sr. Shah queria se estabelecer. "Eu não o conhecia há muito tempo, mas sei que ele queria se casar, começar uma família e todas essas coisas bacanas. Só não tinha encontrado a garota certa."

O sr. Shah estava em uma reunião no World Trade Center no momento da tragédia. Ele ligou para o sr. Leonard para pedir que o substituísse no trabalho. Um avião tinha atingido o prédio, disse ele. Ele ia chegar atrasado.

Era um obituário estranho. Talvez todos os obituários fossem fundamentalmente estranhos. Não havia menção a pulos de barcos, trabalhos em postos de gasolina, coleção de pornografia, contrabando de cigarros – *de mortuis nil nisi bonum* – e não havia menção a nós. A história era simples, preto no branco: o homem era um muçulmano, não um terrorista.

Depois de relê-lo, fiz o que fazemos em horas como essas. Tirei minhas botas, coloquei a camisa para dentro e dobrei minhas mangas. Lavei o rosto, braços e pés e separei o cabelo com dedos molhados. Abri o tapete da mala que mamãe tinha despachado quatro anos antes, fiquei de pé, calcanhares juntos, braços dobrados sobre o estômago, e, posicionando-me aproximadamente a leste, na direção de Meca, recitei o chamado à oração.

Em nome de Deus, comecei, *o Clemente e Misericordioso. Deus é grande. Sou testemunha de que nada merece ser venerado que não seja Deus. Sou testemunha de que Maomé é o Apóstolo de Deus. Venha à oração. Venha à oração. Venha ao sucesso. Venha ao sucesso. Deus é o Maior. Não há outro deus a não ser Deus.*

Erguendo as mãos às têmporas, murmurei:

– Aceite essas orações em nome de Mohammed Shah.

Então, quando era hora de partir, fui embora.

Epílogo

Você pega um voo de Karachi para Manchester e depois Nova York. Abra um belo sorriso na Imigração quando disser: "Tudo tranquilo?" Isso pode acelerar o processo. Eles gostam de expressões familiares. Não entre num carro com motorista de óculos escuros. Pegue um táxi amarelo na calçada. Você vai atravessar faixas de miséria no Queens: parques vazios cercados de arame farpado, casas geminadas com tábuas de madeira nas janelas, letras capengas indicando MOTEL. Você verá de relance imagens fragmentadas e desfocadas, emolduradas por grafite e lixo e cortadas por acessos a túneis: um mendigo se arrastando na escuridão, o conteúdo da sua vida transbordando de um carrinho de supermercado. Isso vai abalar sua sensibilidade. Você vai pensar: *É isso? América, terra dos livres, de costa a costa? Onde estão os arranha-céus? As louras com aqueles pernões?* Seu taxista dirige como se estivesse atrasado para um compromisso e de tempos em tempos te observa pelo retrovisor. Ele também é paquistanês e sabe qual é a sua: um estudante que acabou de chegar, um *bacha*. Ele vai dar conselhos que você não pediu. Arranje um green card. Fique longe das louras com pernões, a menos que não consiga um green card. Você suspeita que ele está te dando uma volta, mas ouve absorto. Ele te fala sobre o *dhaba* em Jackson Heights que serve o melhor prato de *nihari* deste lado do Atlântico. Você se reconforta com a familiaridade dele com o *American way of life*, ou, como ele diz, com *a vida na Umreeka*.

"Logo logo", acrescenta ele, "você vai descobrir quem você é." O congestionamento na Brooklyn-Queens Expressway faz você lembrar da rodovia Tariq à noite. O taxista aumenta o rádio: *"1010 WINS: você nos dá 22 minutos, nós lhe damos o mundo."* Você repete a frase curiosa enquanto tenta calcular quão longe viajou. Sua mente viaja de volta ao último abraço da sua mãe, seu clã acenando por trás de portas de vidro fumê. A energia, o barulho, as hordas, os outdoors e a estética arenosa de Karachi despertam um sentimentalismo profundo. Lá você era você mesmo e estava vivo. Agora você se sente sozinho, se desespera. Agora você está cansado e a refeição do avião te deu indigestão, e a novidade do Novo Mundo já está gasta. Você massageia os olhos, esconde o rosto, olha para as linhas amarelas da estrada unindo-se numa só. Então a estrada se inclina e, quando olha para cima, você vê campanários e mastros e construções de ferro. Você reconhece o Empire State Building dos filmes, a Citicorp Tower, o Chrysler Building, e quando olha para o sul, vê o mundialmente famoso World Trade Center. O céu resplandece; três rastros de fumaça branca de jato desaparecem sobre o centro da cidade; um helicóptero desce em câmera lenta sobre o Hudson. "Está Fazendo Sol e 22 Graus no Central Park, com Máxima Prevista de 25 Graus. Hoje Vai Ser um Lindo Dia de Setembro!" Você fica exultante. *É isso*, pensa você, *América, terra dos livres, de costa a costa*. Você abre sua janela. Uma brisa quente desarruma o cabelo que você penteara no banheiro do avião. Você começa a cantarolar "Start spreading the news..." e percebe que nunca soube a letra toda.

Agradecimentos

Gostaria de agradecer a Sarwar Naqvi, o primeiro escritor que conheci na minha vida, por incutir em mim o apreço à literatura, e a Asad Naqvi, pelo seu apoio nos bastidores desde o início. Gostaria de agradecer especialmente ao indomável Zafar Iqbal por seu misterioso, implícito e explícito apoio a este projeto ao longo dos anos. Sou grato a Afshan, Vineeta, Jason e aos poucos que leram o manuscrito em diversos estágios; a John Mac, por me permitir utilizar seu escritório no verão de 2007, e a Asad Hussain e Nadia, por me permitirem utilizar a caverna da North Hoyne Street um pouco antes no mesmo ano.

Também gostaria de mencionar o dramaturgo John Glavin, cuja extraordinária intervenção me permitiu completar minha educação muito tempo atrás, a Leslie, por me permitir continuar essa educação no passado recente, e a meu querido amigo e anjo da guarda Akhil, sem o qual eu me veria, em muitos sentidos, desamparado.

Acima de tudo, gostaria de agradecer ao brilhante e inexaurível Lee, bem como ao sempre otimista Gary Morris, sem os quais este projeto provavelmente permaneceria confinado a um guardanapo.

Impressão e Acabamento:
GRÁFICA STAMPPA LTDA.
Rua João Santana, 44 - Ramos - RJ